張保仔

伍翠蓮　題字

黃勁輝　著

我是斷了線的紙鳶，不受控制，不聽指揮，魚絲斷了，
乘風而去，一去不返，放任自由。
我在等什麼？
也許，我在等
一陣風來……

——張保仔

（本故事依歷史藍本改編，部份角色為虛構人物）

目錄

作者簡歷

黃勁輝 博士　　資深編劇、電影導演、小說家

擅於處理跨媒體藝術實驗的探索者。文學與電影的探索實驗電影《劉以鬯：1918》及《也斯：東西》（「他們在島嶼寫作」系列2）導演，黃氏花了六年時間製作和探索「香港文學家紀錄片」的電影形式。該兩影片形式新穎受到廣泛關注，2015-16年間，台灣、香港上線公映以後，先後受邀到世界各地放映或演講，包括美國紐約大學、約克大學、賓夕凡尼亞州大學、瑞士蘇黎世大學、日本應義慶塾大學、新加坡新躍大學、國立台灣大學、國立清華大學、成功大學、山東大學等。黃氏將拍攝方法與理論，著作《劉以鬯與香港摩登：文學．電影．紀錄片》，先後榮獲香港藝術發展局「藝術家年獎」及「中文文學雙年獎」評論推薦獎。

黃氏是資深編劇，憑《奪命金》（2011）電影劇本，榮獲台北金馬獎「最佳原著劇本」、香港電影評論學會「最佳編劇」及華語電影傳媒大獎「最佳編劇」等殊榮。該電影同時榮獲亞太影展「最佳影片」，並入圍威尼斯影展競賽單元。較早期參與的劇本，包括梅艷芳、鄭秀文主演高票房電影《鍾無艷》（2001）及柏林影展觀摩電影《辣手回春》（2000）等。

黃氏為山東大學文學博士，香港大學文學院哲學碩士，「文學與電影」叢書（香港大學出版社等）主編及策劃，該叢書出版包括《劉以鬯與香港現代主義》（2000）、《女性與命運：粵劇·粵語戲曲電影論集》（2000）、《香港文學與電影》（2012）、《香港影像書寫：作家、電影與改編》（2013）。黃氏著有短篇小說集《變形的俄羅斯娃娃》（2012）、《香港：重複的城市》（2009）等，其短篇小說入選多種文學選集，包括《香港短篇小說百年精華》、《香港當代作家作品合集選》、《香港短篇小說選》等。

故事之前

《張保仔》這部長篇小說，緣起於二〇一三年榮獲香港藝術發展局「文學寫作計劃」，一年內寫起初稿。想不到不斷修改，完成之時，已花了六年時間。

《張保仔》一如鍾無艷，一直是民間流傳的故事人物，至今沒有見過文字記載的小說。很多旅客來香港，第一印象就是帆船。因為香港以前是漁港，更有趣的地方是，香港曾經是海盜張保仔的地盤（根據地）。也許你在維多利亞港見過香港旅遊發展局打造的張保仔海盜船游弋，也許你到長洲鑽過「張保仔洞」。傳說張保仔當年打劫外國商船，紅旗幫在香港盤據多年，很多人對他收埋寶藏之地很感興趣。歷來傳說多多，其中以赤柱灣春磡角山發現的張保仔洞，最為後人所樂道。很多傳說認為張保仔埋下金銀於香港島和一些離島，不過從未聽說有人真的掘到金銀。

「張保仔傳說」最吸引我的地方是，尋找香港這片土地的文化源頭。如果香港的象徵是海盜帆船，帆船意象，有什麼文化涵意？為什麼香港要以海盜，做文化象徵的地標呢？

這幾年我在台灣資助下，拍攝了《劉以鬯：1918》及《也斯：東西》兩部電影。在工作及放映期間，經常往返台港，發現兩地文化有很多淵源。不論台灣、香港，我們都是在島嶼上生活。台灣談歷史常常想到鄭成功，香港則會談到張保仔，海盜文化是兩片土地的共同歷史想像。

海盜文化給我的感覺是浪漫，遠離陸地，海上建立理想，追求自由、反叛。事實上，當年鄭成功是漢族，不滿來自滿州異族的政權統治，遠走台灣。鄭一是鄭成功後人，紅旗幫幫主，以香港為根據地的海盜王，立張保仔為養子。一次海浪意外，鄭一不幸離世，鄭一嫂石氏擁張保仔繼位，統領紅旗幫。

張保仔是一個很龐大的故事計劃，不容易開動。因為榮獲香港藝術發展局「文學寫作計劃」資助，可以全職寫作。其間我搜集不少有關的傳說和歷史資料，中間有很多互相矛盾或不合情理的地方，需要細心挑選考證。花了一年時間，寫出初稿。

寫作過程中，我不斷思考海盜文化代表什麼？他們遠離政治權力，無政府狀態下卻有一套秩序在運作。西方有一些研究談及過十八世紀初，加勒比海、大西洋、印度洋有大約二千海盜活躍。海盜要求不受約束的權利，不行君主制，他們可以罷免船長，某程度上說海盜之間有一種類近於民主制度的運作。一方面，我欣賞海盜文化的浪漫與自由的理想層面；但另一方面，我更感興趣是回到現實，自由背後究竟要付出什麼代價呢？

更特別的是張保仔這個人物，他原是新會江門漁民子弟，十五歲隨父捕魚時為鄭一所擄，收為養子。嘉慶十二年十月颱風，鄭一溺死。張保仔統領群雄，年可能不過二十（或者二十左右）。以他這麼小的年紀，怎樣號令天下？如何征戰大清和葡萄牙戰艦，毋畏毋懼，屢獲全勝？憑什麼條件令其他驍勇壯年的海盜，甘願服膺於張保仔？這些都是非常迷人的地方，亦是一個謎。

結合各種傳說和現實考慮，可以推想到張保仔是個極具魅力之人。現存資料找不到他的相貌，不過可以相信他的一張臉，具有非比尋常的魔力，足以顛倒眾生，懾服群雄。張保仔集陰陽兩性於一身，能吸引鄭一（名義上為養子，實際上是情人），亦能吸引石氏（即鄭一嫂，鄭一死後，張保仔再娶義母為妻，並育有後人）。張保仔是香港歷史上可以互通雙性魚水之樂的第一人。

這個故事有趣的地方，一方面是張保仔的魔力與政治，另一方面是他的性向與愛情。張保仔身處於一個複雜混亂的時代，小小的年紀登上了一幫之主。當時面對大不列顛帝國東印度公司向亞洲伸展國力，葡萄牙政府治下澳門要維護海上利潤；大清政府在各方壓力下肅清海盜的決心，林則徐對英國鴉片的憎恨；南方反清勢力的抬頭，廣州有天地會的陳近南，台灣有海盜「閩王」蔡牽，廈門一帶有海盜「浙王」朱濆等。面對各方誘惑與權力爭奪，香港的海盜張保仔何去何從呢？

我寫了一年後，沒有立即出版。適逢香港和台灣經歷年青一代的躁動與不安，帶來很多新思想的衝擊與改變。世界各地青年亦有各種不同的運動，美國的佔領華爾街，法國的黃色背心革命，英國的脫歐公投。我感到世界在波動，人心在改變，我們身處的現實環境跟滿清中葉時期張保仔面對的時代巨變，遂有似曾相識的感覺。據說這個時代最代表年青人心聲的電影是《大象席地而坐》，如果連那位年青導演胡波都無法掌握自己的命運，在沒有希望的時代，年輕人如何自處呢？自由的代價何在？讓年青人上台當家作主，是神話？還是陷阱？

關於新時代的各種新思想，不斷衝擊我的筆，筆下的小說變成了一個戰場，一場經歷六年戰爭的場地。我本來想沿襲傳統章回小說一直延伸至台港武俠小說的敍事筆法，讓《張保仔》編成一個充滿想像與奇幻的故事。紛紛擾擾的現實環境，卻令我不斷反思。傳統敍事筆法各種精彩的佈局，扣人心弦的情節，是否足夠描述動盪的人心？是否可以刻劃現代青年悲傷的無力感呢？

六年來在寫作過程中不斷自我折磨與修改，傳統章回筆法敍事，是否能走到現代複雜的人心之中？不知不覺，似乎是整部小說敍事思考和探索的主要方向。

結局琢磨過很多次，還是想留下一個希望。結尾最終用一個開放方式，讓讀者自行想像與選擇。

故事其實有一個很殘酷的結局，但是我覺得現實太可怕了。所以會將結局放在「故事之後」部份。如果想保留想像空間，請千萬不要翻看「故事之後」！

本書得以完成，得賴各方支持。感激香港藝術發展局各評委多年來的耐心支持，由「文學寫作計劃」的支持，到後來多次延期修訂的忍耐。感謝蕭國健教授提供張保仔歷史資料的指導。感謝劉燕萍教授提供三婆神話的資料。感謝澳門偶劇導演林婷婷帶我親訪澳門的三婆廟。「文化工房」支持這個項目的出版及校閱工作。特別感謝我的母親親手動筆，為本書題字。

現在，請你找一個舒適的位置，閒靜的環境，進入清中葉大時代的漁港，艷陽之下，千帆並舉的壯麗場面，將會活現眼前。那是兇惡殘殺的地獄，那是自由浪漫的樂土，那是神秘的南方海盜地盤——香港……

張保仔

一、刺殺紅旗幫幫主

紅旗飄揚，驕陽失色。

巨型帆艦泊岸，足有三層樓高。微風下，船影慢慢逼近，巨帆恍若一座小山，屹立廣州港口。巨艦左右，各有大礮四五門，礮口大若頭顱，威風懾人。

岸上黑壓壓的排滿人龍，巨大帆影無法覆蓋。雄赳赳的，盡是壯丁，他們大多赤膊裸身，汗流肌膚，豪邁奔放。一個一個，魚貫上船。

——年歲，大名？

——黎復，今年十七。

——上船後，要歃血入會，以後是兄弟。你明白嗎？

——明白。

——陸上有家人，有愛人嗎？

——三無。無父母、無妻兒愛人，無錢。陸上無所牽掛。

——為什麼要上船？

——我不是滿州人，我愛自由！

帆船慢慢前航，匯入大海，是威震兩廣的紅旗幫會。船行千里，過后海灣（即今深圳灣），入新安縣香港的西營盤。

船隻入境響號，水手爬上船桅揮動紅旗，向上呼喚。遠遠見到最高的大山，其山頂之巔，有崗哨扯旗回應。

「上船前早有聽聞，香港有座『扯旗山』，果有其事。」黎復心道。此時已近落日，餘暉漸退，海色染紅，流動的紅色，令黎復想起許多紅色的往事……

……殷紅。赤紅。火紅。嫣紅。紫紅。粉紅。暗紅。硃紅。墨紅。深紅。淺紅。腥紅。殘紅。潮紅。灰紅。艷紅。鮮紅。椒紅。赭紅。褐紅。朱槿紅。那是六年前的往事，十一歲的黎復，平生第一次接觸這麼多紅，認識紅有這麼多種顏色。鮮紅逐艷，雙目暈眩。陽光下，若流水，若雨水，都是紅。若江，若湖，若河，若海，一片紅。紅，走入衣衫毛線之中，幻化成不同的彩「紅」。灰領上的紅。黑褲子上的紅。黃袈裟上的紅。紫鞋子上的紅。青袖子上的紅。素色內衣上的紅。赤硃肚兜上的紅。磚塊有紅。泥土有紅。樓上落紅雨。窗帘都染紅。模糊的肉碎上有紅。拆斷的白骨上有紅。乳房上有紅的手印。腐朽的臉上有紅。一根染紅了的舌頭。一隻帶紅的牙齒。一綹黑髮滲紅。一個圓圓的眼球撞向牆壁，隨地滾動，劃出不同的紅。烏鴉群的羽毛、爪子、嘴巴，處處皆紅。

……整條村的人，沉沉睡在紅色之中，做同一個紅色的夢。只有一個小孩子醒來，從豬糞池中爬出來，倒在屍骸山上嘔吐。

他，整個安南港村鎮唯一的生還者。

嘉慶六年十二月初七。他不會忘記這個紅色的日子。

自那日起，他把自己的名字改為復，起誓復仇。黎復決定隻身從安南到滿清，拜師學藝，苦練武功，以漢人的功夫，殺死暴戾的漢族海盜王。

這麼多年來，日繼夜，夜接日，他的腦海裡無時無刻都只有一個名字——紅旗幫幫主，鄭一……

船入西營盤，深入紅旗幫重要據點。碼頭上盡是船艦，少說亦有五十艘。極目所及，人山人海，最少有幾千人。黎復心裡不禁倒抽一口氣，想不到賊兵竟有這麼多。

黎復隨眾人下船，碼頭前一片空地，中間生了大火把，設壇迎新。燒豬焚香，樣樣齊備。百多位新人燒紅紙，歃血，傳血水飲，向天齊頌：「不願同年同月同日生，但願同年同月同日死。紅日高昇，青月落下，天地為證，歃血為盟。」

旁邊有一個沒有門牙的人，大概是經過撞擊而甩掉。說話漏風，總讀不準字，低聲問黎復：「什麼『紅油青魚』？我讀書少，詩詞弄不明白。」黎復見他樣子愚笨，不回答。「漏風人」又問另一身邊肥漢子，肥漢子低聲說：「是『紅日高昇，青月落下』，『紅日』是紅旗幫，『青月』，是滿清，寓意反清復明。」「漏風人」想說反清，卻說成：「『翻蒸』好！『翻蒸』好！」黎復心道：「清漢非同族，海盜不過打家劫舍之徒，想不到入海者，有不少心繫家國，推翻政權的思想。」

眾新人赤膊一字兒站立，一個老翁拿著紙筆，逐一點名記下。

「漏風人」說：「我叫笨……笨……笨……笨……」說得臉紅耳赤，無法擠出個正確發音。

老翁故意調高聲線問：「笨什麼？」眾海盜大笑。

「漏風人」的臉漲紅，很不容易，吐出自己的名字：「……笨……本……本源。」

老翁點點首，說：「好！笨源，歡迎你。」眾大笑。

「不是……本……本……本……本……笨源，是……笨……笨……笨……」「漏風人」愈緊張，愈說得亂。

「是……笨……笨……笨源。」老翁模仿「漏風人」語氣，眾海盜又大笑。「我不管你爹娘以前叫你什麼名字，入會後，我叫你什麼名字，你就是什麼名字。你以後就是『笨源』，明白麼？」

「漏風人」笨源傻傻呆呆地，似不太想接受，又不知怎樣做，臉紅若番茄。老翁不管他，又問笨源身旁的肥漢子名字。

肥漢子說：「小生姓楚，楚河漢界的楚。名字叫……」

「肥楚！」老翁搶白，說：「你生得這麼胖，不用有名字了。你以後就是肥楚！」

眾人大笑。

輪到黎復，老翁指著他的臉，向眾人說：「看，這人的臉多骯！」眾海盜大笑。

黎復苦笑，說：「小弟挖鐵礦的，賤骨頭，吃得苦，不怕辛勞，不怕骯髒。」

老翁笑道：「你當然不怕骯髒，整條船最骯髒就是你！」眾人又大笑。「報上大名！」

「黎復。黎明的黎，反清復明的復。」靈機一動，他立刻模仿「反清復明」的說法，掩飾了「復仇」的原意。

「哈！反清復明的復，嘴真會說話。」老翁掩著鼻，笑道：「你這麼骯髒，我以後叫你臭四。聽到嗎，臭四？」

黎復唯唯諾諾，在眾人一片大笑聲中。他嚥下心裡怒火，一定要保持自己相臉的秘密。

*　*　*

臉，是最重要的。

一個人的姓名可以偽造，臉相卻是與生俱來的。

鄭一相臉，時刻不忘。鄭一相貌的畫布，早已流傳於安南港。

安南發生超過十年內戰。自乾隆五十六年起，安南人阮光平發動政變，驅逐國王黎維琪，流亡廣西。嘉慶六年，維琪弟黎福映以暹羅龍賴兵返國，與阮光平大戰，殺光平。光平弟景盛，與要臣麥有金（即後來成為海盜首領的「粵王」鄔石二）逃難入海，勾結海盜附和，並拜紅旗幫主鄭七為大司馬。雙方大戰，福映屢敗。但是紅旗幫佔據安南港，幫會首腦鄭氏兄弟虐待安南人民。引起民憤，安南港村民與福映合力夾擊，雙方激戰，死傷慘重，鄭七被大礮打死，鄭一卻生還，旋即成為紅旗幫首領，率眾報復，殺害無數村民。

紅旗幫襲擊安南港期間，鄭氏兄弟的相貌，早已流傳，視同魔頭。黎復帶了一張畫布，從安南到廣州，小心翼翼保存。終日或掛在牆上，或貼在稻草人頭上，每天練習武功時，都要對著仇人鄭一的臉。

鄭一，是龐大的紅旗幫首領，手下無數。黎復只是孑然一身，雖然視死如歸。但是報復只有一次機會，萬無一失。

要報仇，絕不可以認錯相。

但是要做殺手，需要一張平凡的臉。樣子太出眾，教人注目，行動便不順利。一個專業殺手，往往樣子平庸得毫不起眼，最好教人看過亦不會記得，令目標不設防。行兇後，亦容易全身而退。因為人家看過他的臉，亦記不起相貌。

黎復想行刺鄭一，偏偏天生相貌清秀，皮膚白皙，宛若少女的臉，光滑如水，只怕一彈即破，毛孔纖柔，從不生鬚。黎復不是一般俊美，而是安南港第一美男子，是一張遠遠看見亦過目不忘的臉。安南第一相士阮一指曾慕名而來，專程看黎復的相。

「奇相！奇相！天生異相，陰陽並生。一生幸運，逢凶化吉，轉危為機，遇險不驚。本應手握兵權，統領一方。唉……奇哉……怪哉……」阮一指沉吟良久，反覆看黎復之相，說：「……你……你相格稱奇，就差那麼一丁點兒氣質，本可富甲一方。怎麼說呢？就好似……好似一件未開鋒的神兵利器，若果終身不能開鋒，只能飲恨。要看將來際遇，是否能轉變命運。命運上有天定數，中有人事變，下有時勢易。福兮禍所伏，禍兮福所倚。就看你個人造化了。」

歷海盜血洗安南港，大難不死，即已應驗。黎復一直銘記阮一指之言，深知自己天生福相，不過如何開鋒轉命，苦思無方。奈何行刺鄭一，隻身深入虎穴，自己相貌出眾，反成障礙。

對鏡自照，黎復想過一個冒險行為：

自毀相貌！

對著鏡中自己的相貌，小刀舉起了，數次，無法成功。面對一副陰陽並合的奇相，上天精緻設計的俊美之臉，黎復下不了手。既然阮一指說「一生幸運，逢凶化吉，轉危為機，遇險不驚」，不如斗膽闖去。只是往臉上胡亂的塗油抹污，弄成一個骯骯髒髒的模樣，試試能否深入虎穴而無驚無險。

* * *

帶著「臭四」的外號，黎復安然混入了紅旗幫了。

數日下來，除了幫忙處理日常的煮食和清潔工作，亦有水手訓練黎復等人學習航海知識，如何應付船上工作。帆船航行，依風而行，順風逆風，亦全賴帆的轉動而配合。下雨如何處理。大霧如何應對。風暴如何應付。天，是海上最大的敵人，亦是海上最大的朋友。

黎復默默工作，刻意低調，很少與其他水手交談。最好不要讓人留意，甚至不令人感覺自己存在。黎復冷靜觀察，逐漸了解紅旗幫會眾極多，遍佈兩廣，勢力比想像中龐大。入會多天，仍未見將領，可能鄭一根本不在西營盤。究竟何時才遇到海盜王？黎復心急如焚。平平靜靜又過了數天。

有一天，遠處有一艘巨艦移近，碼頭鳴鼓，響號應和。眾人顯得異常興奮。只見巨艦樓高足有四、五層，左右各有十多門大礮，一大面紅旗高高掛船首，甚具氣派。黎復心裡一陣激動，莫非幫主鄭一會來？

黎復隨眾人走出碼頭。有一個水手大叫：「主公回來了！」黎復心裡怦怦亂跳，久候多時，鄭一終於出現了。

巨艦泊岸，為首一個彪形大漢走出來，一身光艷玄衣，身長六尺，體型健碩，長髮披面，長鬍子及胸，雙目如炬。黎復一見，不對勁。鄭一是兩撇鬚，沒有鬍子。馬臉，細長目，跟眼前的「主公」不一樣。

「是四當家。」身旁的「肥楚」說。

「笨源」問：「紅旗幫有四個當家？」

「不止。」「肥楚」說：「紅旗幫有五營，東、南、西、北、中，各有統領。二當家『香山二』蕭雞爛（明末將香港一帶稱為「香山」，清代仍有人沿用舊稱。），三當家梁皮保，四當家蕭步鰲，五當家鯊嘴城，六當家蘇懷祖。我們這一支，屬於西營。」

「啊！大幫主就是井……鄭一。五營有何分別？」

「紅旗幫規模龐大，分成五支，各司其職。東營外交貿易，所有對外的事情，都是

『香山二』負責；南營刑法，賞善罰惡，有功則賞，有過則罰，梁皮保有個外號『鐵面判官』，因此大家對三當家，特別尊敬。北營後防，佈防糧草，皆由鯊嘴城主理；中營管情報，幫裡幫外收集消息，全賴蘇懷祖，中營的人最神秘，神出鬼沒。」

「我們呢？」

「我們西營管運輸，是海上最重要的一支。我們算是找對靠山了。」肥楚得意洋洋地說。

黎復聽後恍然大悟，方知紅旗幫組織嚴密。「看來要接近鄭一，不是想像般容易。」

笨源興高采烈，怪叫幾聲，聽不清他說什麼。肥楚忽然嚴肅道：「別說話，主公有事宣佈。」

只見四當家蕭步鰲昂立船首，驕陽下玄衣反光，令人目眩，蕭步鰲朗聲道：「眾兄弟，幫主有令，安南戰事緊，需要支援，大家收拾行裝，聽命而行。」一呼千應，各人紛紛登上船艙。

蕭步鰲一聲令下，眾帆並舉，朝安南進發。

夕陽下，四十多艘帆船並肩而行，海面一片紅旗。其他船隻，遠見紅旗襲來，紛紛讓道。

黎復心情七上八落，一時想起久別安南，自己一去十年，不知今夕安南港是何模樣？一時又想，紅旗幫勢力龐大，一眾亡命海盜，萬一攻佔安南。自己隨船而行，眼見生靈塗炭，同胞血流成河，如何自處？一時又想，苦練十年，孤身一人到廣州學藝，每日看著鄭一畫布，無時無刻，不時想到取其首級。如今走上戰場，極有可能接觸到鄭一。謀劃多年的復仇計劃將要轉眼成為事實，心裡怦怦亂跳，又緊張，又興奮。

黎復胡思亂想之間睡去了，醒來已經天光。只聽一片嘈吵，走上船頭，但見很多水手群聚船首。遠處有另一船隊，主桅懸掛紅旗，約有帆船五十艘。彼此揮動紅旗，互相擊鼓鳴笛，聲音響徹海面。

「鄭一來了！」黎復心道，心跳加劇，從人隙之間擠上前，走到船首最前方。海風呼呼，無法吹滅黎復內心復仇的熾熱。只見兩隊主船逐漸靠近，蕭步鰲走出船頭，對面主船船頭又走出一條好漢，彼此隔岸呼應。

只見該好漢一身青衣，疑是青絲織成，陽光下更顯光艷。漸近，只見那人頭髮很短，身形瘦削，左眼帶了一個眼罩，朗聲道：「四弟好！」

蕭步鰲抱拳，朗聲回應：「三哥好！」

黎復心裡一沉，想起剛才「肥楚」所言，眼前這個青衣的「獨眼龍」，正是紅旗幫三當家「鐵面判官」梁皮保。「不是鄭一！」黎復受後面興奮的水手推擁，身體夾在船首，不能前行，退亦不能。黎復沉思：「如果『西營』有幾千人，『南營』又有幾千人，兩個堂加起來已經近六七千了，紅旗幫人數至少超過萬人，在萬人之中，取其首領首級，就單憑我黎復一人？真能成功？」黎復亦不禁生疑。

兩個船隊打過招呼後，一左一右，並肩而行，幾乎雄霸海面。其時烈日當空，一片紅旗，好不壯觀。

眾水手返回工作崗位，黎復與三、四幫眾一起修補破網，心不在焉。

「笨源」問：「這麼多天了。幫……幫……幫主，怎麼我沒有見過？」

「笨源」無心插柳一句，正是黎復心中所想，連忙靠近細聽。

「幫主怎麼會這麼容易見到？我來了三年，才見過一次幫主。」一個生有「招風耳」的「大耳」說。

「幫……幫……幫主……夫人呢？」「笨源」又問。

身旁的「肥楚」拍打「笨源」的頭，叱喝：「吃了豹子膽？幫主夫人你也打主意？」

「夫人石氏，我們叫她石一嫂。幫主不常見，反而石一嫂常來巡視，鼓勵我們兄弟。石一嫂是女中豪傑，人又漂亮，又能幹果斷，我們都很尊敬她。『笨源』，如果你將來娶到石一嫂這種老婆，一世都不會怕窮了。哈哈！」

「幫主和夫人有沒有生……生……孩子呀？」

「肥楚」拍打「笨源」的頭，叱喝：「你這個人真無聊！幫主與夫人有沒有孩子，干你何事？」

「工作……沉……沉悶嘛！大家一邊工作，一邊聊聊，不好嗎？」

「說起來亦怪！幫主和夫人並無兒女。他們郎才女貌，是人間龍鳳，天作之合，不生孩子，確是怪事。不過他們收了一個義子，名叫張保，我們都叫他張保仔。少主十分聰穎能幹，而且天生一個美人樣子……」

「男兒怎麼會有美人樣子呢？」「肥楚」搶白。

「說也奇怪，少主男生女相，卻是甚討人喜歡。你一見他的臉，內心無論多奸詐險惡的人，都會馴服。大概少主就有這種個人魅力了。」

「我……我……我真想見一見。」「笨源」由衷地說。

只見負責通報消息的小伙子明俊，黑黑瘦瘦，貌若猴子，身手靈活。也不知他如何動作，幾次跳動，已經登上主桅，搖動鈴鐺。

黎復不知發生何事，整艘船水手立即進入戒備狀態，各返崗位。鈴聲，代表作戰。「大耳」、「肥楚」、「笨源」等聞鈴聲即離去，就只有黎復仍留在甲板上。望向海面，不見戰艦，只有幾艘運貨的大商船，前後各有一艘小規模礮船，僅有四五門大礮。商船隊見紅旗幫欲掉頭，兩船隊同時加速逼近，轉眼間，兩船隊一左一右前行，將商船隊夾在中間。

「走！」明俊不知何時，已從主桅跳到甲板，向黎復呼喝：「臭四，走！」

只聽擊鼓鳴笛，黎復只覺地動天搖，晴天霹靂，兩邊船隊已經開礮。明俊拉扯黎復躲閃一旁，槍林彈雨，商船隊尾部的礮船連中多礮，生火燒著了。眾海盜呼嘯，鼓聲更密集。

「劫商船麼？」黎復問。

「不是劫商船，是他們在我們管理的海域航行，拒交保護費。要給他們一點教訓，否則他們不會知道我們紅旗幫有多厲害！」明俊得意地說。

只見有紅旗船隻用船身撞向商船，一隊紅旗幫在槍聲掩護下登上商船。海盜行動極為純熟，裡應外合，左右夾擊。眨眼間，商船前頭的礮船被擄，紅旗幫眾登上船，礮船水手俱戰死。一個年青海盜插上紅旗，控制大局。商船隊只得投降。

這時黎復的船剛駛近商船。「是肥豬肉！來！」明俊不知從哪裏提了大刀，擲了一把小刀給黎復，明俊挾著黎復，躍上。後面一大群海盜亦接著躍過去。

商船上的人衣著華麗，部份華人更穿西裝，俱集中大廳，眾海盜圍著。一個禿頭的海盜頭目大喝：「把所有值錢的東西拿出來，有保留的，殺！」黎復認得他是「光頭勇」，明俊拿了一個布袋給黎復，吩咐：「你都幫忙，小心！」

黎復接過布袋，跟幾個幫眾一起去收集錢財。商船的富人都很服從合作，身上錢包、手錶，紛紛拿出來，放入布袋中。有一個少女，皮膚很白，身穿西式低胸裙子，十分性感，頸項垂了一顆鑽石，閃眼耀目。黎復從未見過這種裝扮，看得發呆。那少女見黎復看著胸前，手掩鑽石，一啜嘴，向黎復搖頭。那少女雙眼充滿感情，懇求他放過，黎復心軟，不知所措。

旁邊一海盜見到，摑那少女一把掌，仰天大罵：「騷貨，想作反？」伸手取項鍊，那少女竟然跟他互相拉扯，一時之間竟然未能奪到項鍊。眾目睽睽下，堂堂一個男子漢，竟然無法勝過一個弱質女子，連拉一條項鍊也不成功。

該海盜老羞成怒，又摑那少女一把掌，大罵操語：「掉那媽！想死！」再伸手，不是取項鍊，而是扯開她的連身裙，露出雪白的乳房。

黎復心口怦怦亂跳，欲阻止該海盜，但是不知如何自處，只懂發呆。

只見該海盜伸手抓向那少女乳房，少女大叫，卻換來該海盜「嘿嘿嘿」大笑。本來收集財物的眾海盜，紛紛停下工作，看看那少女乳房，又看看該海盜如何處置，期待一場好戲。

噗哧！槍聲響。

該海盜中槍，眾人驚呆。

該海盜倒地，是那少女身旁一個紳士模樣的老伯，似是她的父親，手裡拿著一根先進的鬼火槍。

大家還未弄清楚什麼一回事，紳士手法純熟地換檔，他的目光由該海盜，轉移向黎復。槍口隨著他的目光走，槍口已經對準黎復了。

那一刻的時間好像凝止了，那一刻的時間好像無限長。

噗哧一聲……

……多少年了？

那種氣味……

如果死亡有一種氣味，就是這種氣味了，腐朽頹敗，寂滅無息。

空氣中都是死亡的氣味，那間破廢的空屋。

傳說以前一家三代幾十口的大屋，老爺死了，開始鬧鬼，家人先後死於非命，剩下的後人紛紛搬離。荒廢了幾十年的大屋，一間充滿咒怨的凶宅。連土地亦長不出植物，沒有任何生氣。

黎復一個人住在凶屋，多呼吸咒怨氣味，只會增加復仇的決心。

黎復孤身來到廣東努力學習華語，令人不會知道自身安南的身份。他聽過很多關於唐人武術的傳說，現實在廣東沒有什麼奇遇，亦沒有拜過什麼名師。他曾經去過一些武館，又或是一些跌打醫館，實際上都只是幫忙粗活的童工，學習一些強身健體之道，都是皮毛膚淺的。

殺！黎復要學的是殺人之道！

沒有一個地方鑽研殺人之道。他找到了一間充滿咒怨的凶屋，集怨氣，自行研發殺人之道。

黎復聽過中原有一種武功：

十步殺一人，千里不留行。

他自行研發這種武功，要一發即中，快絕無影。

他花了一年時間鑽研各種機械彈簧技巧，不是太慢，就是難以瞄準目標。最後他放棄了，他練習「袖中刀」。打造一把鋒利的小刀，又輕又鋒利，取人首級，一發即中。

他試過各種刻苦練習，用石縛著手，依然準確而快速擊中目標。後來他又發現凶宅一個密室，密室內竟然有大量蝙蝠。晚上，他縛上雙眼，單憑聽覺，敏銳地擊中目標。

無所用心地殺人，不再是動作，不用目測，讓一切變成一種意念，一種感覺，殺人於無形。

十年來，每天只有一個意念。

殺！

……血，好像雨一樣。

整個頭顱都有濕的感覺，變成紅色的世界。

紅光中，見到那少女的尖叫表情，見到那酥乳半露的肌膚，見到眾人的訝異。

突然，黎復又聽到自己的心跳聲。眾人的叫聲。

有一個沒有首級的紳士向天開了一槍。

紳士的頭好像球一樣，在地上滾動。無論滾到哪一個角度，雙眼卻一直盯著黎復。

牆上有一把鋒利的小刀，黎復的「袖中刀」。

十步殺一人，千里不留行。

原來是真的。多少年刻苦的練習，黎復從沒有以真人作實驗。他從不知道威力去到哪裡。想不到「袖中刀」的速度，比火槍還快，比火槍還狠，比火槍還準。十年的功力，想不到還未遇到仇人，已經用了，不過總算救了自己一命。

相士阮一指之言，又再一次應驗了：

「天生異相，陰陽並生。一生幸運，逢凶化吉，轉危為機，遇險不驚。」

蕭步鰲聞槍聲而至，見有幫會兄弟被殺，異常憤怒。他下了一個很可怕的命令：

「男左女右，全部脫光！違者格殺不論！」

富者皆聽命，不一刻，全都脫光。男的都手掩下體，女的羞恥地雙手不知遮掩上胸還是下體。

蕭步鰲這一招很辣，亦很聰明。因為眾人衣服脫光光，再無法收藏任何武器，一目了然。

「光頭勇，」蕭步鰲吩咐：「你們小隊一人招呼一個男人。」

光頭勇領命，帶著幫眾，每人拿一把小刀，放在赤裸男的頸部。

蕭步鰲向眾富男說：「今天，你們逼我看著兄弟死去。我要你們每一個都好好張開眼睛，看清楚這一幕，哪一個閉上眼睛，哈哈哈，就立即送你歸西。別眨眼啊！」

蕭步鰲走向眾裸女，裸女們都尖叫。蕭步鰲看了一圈，選了剛才那個肌膚雪白的少女，把她拉過來。少女沒有尖叫，只是怒瞪著他。

一眾海盜凝望眾少婦豐乳肥臀，肌膚滑溜，早已按捺不著。海盜在海上生活枯燥多時，難得見到這麼多少女婦人，她們都是富家閨秀，生活良好，不用工作，保養得法，肥肥白白，身材健康。

蕭步鰲一揚手，眾海盜如餓狼出山，構成一幅群獸圖。眾婦女拚命掙扎呻吟，在一片虎嘯狼吼之中。裸男一閉上眼睛，立即有人招呼結果生命。這些不是他們的妻子，就是他們的女兒。有些裸男強瞪著眼睛，雙眼通紅，有淚水湧出，亦不敢眨眼。亦有一些裸男一邊觀看，一邊嘔吐。

這麼多赤裸的男女交織，以及一件一件先後倒下的裸男屍骸，空氣中散發著人體的獸氣，男體的氣味，血的味道，嘔吐的味道。是黎復做夢也未出現過的世界。如果那間充滿怨咒的凶宅是地獄，那麼這艘船就是十八層地獄了。

「鄭一，我一定要手刃這魔頭。」黎復心道。

蕭步鰲拉著那肌膚雪白少女，走到黎復面前，把那裸露的胴體推向他。「你用命換回來的，她以後是你的女人！」

那肌膚雪白的女人掙扎，黎復拚命把她按倒地上。少女瘋了一樣，不斷咬黎復肩膊。為了復仇，他要變成一頭狼，脫了褲子，往那少女的胴體擠去，雖然他的內心有十萬個不願意。在蕭步鰲的目光下，他不敢流露個人想法。

另一艘船又傳出打鬥聲，蕭步鰲隨即走去。

黎復半掙扎半拖拉，把那少女逼向一個小房間，然後用力把那少女推向牆邊。

黎復猶穿著上衣，從袖中取出剛才那把鋒利的小刀。原來黎復在混亂中早已拔回「袖中刀」收藏，以免這把殺人兇器，引人注目。

那少女猶在嬌喘，雙眼盯著黎復，充滿怨恨。

「你我本來無怨無仇，我殺你父親，是因為他要殺我。如果我放你走，你下場更不堪。」黎復手一拋，「袖中刀」擲向那少女面前，說：「你自行解決吧！」

那少女雙眼流淚，似不敢相信，把小刀從地上拔起。雙手在刀柄上撫摸，不知腦袋裡想什麼。

黎復心裡緊張，探頭一望，外面仍是胴體屍體雜混一地。不遠處有個肥胖的少婦掙扎，竟然向這邊走近，後面有兩個裸體的海盜追過來。

黎復回頭，那少女猶癡癡的呆看小刀。「快點！」黎復低聲喝道。

那少女彷彿回過神來，雙眼轉向黎復，說不及的迅猛，竟提刀疾撲過來。黎復身一側，臂膊中了一刀。那少女似乎想不到一下得手，手腳遲緩一下。

黎復忍耐痛楚，把刀拔出來，血如泉湧。黎復騎在那赤裸少女身上，一刀接一刀，那個赤裸的胴體，轉間眼，剁成肉醬……

* * *

晚上，黎復做了一連串的噩夢。

傷口發炎，發燒。身體的疼痛告訴他，船艙上殺害兩父女，是真實，不是夢。

不知是好事，還是壞事。紅旗幫會上多了一個傳言：「臭四」很變態，不單好女色，更喜歡姦屍；卻沒有人提及他的「袖中刀」。

黎復本來覺得海盜都是壞蛋，想不到自己做他們一樣的行徑。「我跟他們不同，我是被迫的。」黎復心道。

他一時覺得自己無辜，沒有真正的姦污那少女。兩父女被殺，都是因為自衛。所有人都可以誤會自己，自己卻不應該自我責怪。一時又怪責自己婦人之仁，十年的苦練，是為了報安南港的血海深仇，如今竟然病榻床上。那個少女雖然可憐，把她推向大海便罷了，生生死死，都隨天意。何必自作聰明，偏要給她鋒利的小刀呢？自己亦太聰明了，沒有想到她會反撲，拚死一擊。幸好自己側身閃避，否則那一刀，中了要害，如今已經不在人世了。

「人性，真的難料。江湖險惡，善惡難分。善的不一定不惡，惡的不一定不善。」黎復心道。

只覺天旋地轉，黎復初時還疑心自己發燒嚴重，後來聽到波濤洶湧之聲。隱約聽到……刮颶風了……連環船……颶風愈來愈大……幫主的船隊都連繫上來吧……

「幫主？」發燒，彷彿霎時退卻，黎復腦部清醒過來。「鄭一來了！」他爬起身，右臂仍隱隱作痛，原來幫會兄弟已包紮傷口。「袖中刀」就隨便放在身邊，他連忙收藏袖中。其時已深夜，很多兄弟都睡了。黎復放輕腳步，離開睡房。

船艙隨浪起伏，外面都是雷雨。黎復只見船隻互相連環起來，恍如一片大地，可以緩和船身拋盪。「鄭一在哪？」黎復心焦如焚。

船連環緊扣，依然在大海中心，慢慢航行。既然是一幫之首，應該亦在航行之首。只要隨著航行方向，應該找到鄭一，黎復心想。

黎復小心翼翼地從一艘船走到另一艘船，風急雨大，又要避開耳目，感覺上好似走了大半天。海盜船上沒有很嚴密的保安，每隔一個時辰，會有巡邏經過。最主要小心的是，站在最高瞭望塔的監視員，他從高空望下來，很難避開耳目。黎復要找不同的遮蔽點，由一個點小心翼翼地蹓到另一個點，在監視員轉身之際。如此這般的走過一艘船，然後又走過另一艘船，也不知走過有沒有一百艘船，黎復終於發現一艘巨型艦船，足有六層樓高，每邊裝有三十六門大礮，好不威風。黎復直覺相信，鄭一就在這艘巨艦上了。

這樣巨大的超級艦船，至少可載二千人。在芸芸二千人中，如何找到鄭一呢？就憑一點直覺吧！黎復連日觀察蕭步鰲，他在船上有三個房間，每晚隨自己心意而定。三間房分佈在不同位置，儘管樓層有不同，不過都是頭艙或尾艙第一間。相信鄭一情況大致相同。

晚上的風浪愈來愈大，黎復感到體力逐漸減弱。畢竟流過很多血，又蹓過很多艘船。苦練了十個年頭，千辛萬苦才找到行刺鄭一的良機，卻在自己這麼差的狀態。黎復自我勉勵，抖擻精神，逐漸走到頭艙第一個房間。

房門沒有上鎖，黎復耳貼在門良久，需要確定內裡是否有聲響。但是雷雨與海浪的聲音巨大，其實也不確定。聽出來的聲音，好像在夢中。與其說是「聽」聲音，不如說是「感覺」

聲音更準確。黎復鼓起勇氣，輕輕推門，蹓了進去。

房間點了燈，很寬敞。黎復伏地爬行，見到牆壁都是到頂的大櫃，裡面有各地收集回來的精品。真金佛像、貝殼形的琉璃、水晶觀音、鑽石花等，價值連城。象牙做的櫈子，雲石大桌，香木做的大床，床腳床頭都有細緻的人工雕花。黎復爬行到牆角，見到一頭白玉大象，認得這是原屬安南王的寶物，當年由乾隆使人贈送給安南國，安南人民無不知道這件盛事，想不到在這裡發現。想起鄭氏兄弟曾參與安南王位的內戰，眼前這個白玉大象顯然是當時的戰利品。黎復感到呼吸有點緊張，可以確定這是鄭一的房間。踏破天涯無覓處，得來全不費功夫。

黎復爬行一圈，確定房間沒有人。「鄭一，素聞他有收集癖，看來所言非虛。他喜歡收集世界各地精品。任何美麗的東西，他都想佔有。」黎復心道。查看四周，床邊有個很大的衣櫃，是唯一可以匿藏的好地方。只聽房門外有濃重腳步聲，黎復立即躲入衣櫃。

從衣櫃隙縫中往外看，一個人走入來。身長八尺，恍如巨人。馬臉，兩撇鬚，雙目細長。是鄭一！

多年來在稻草人頭貼上的畫像，陡然顯露面前。黎復感受到心跳難平。他用手按著胸口，生怕鄭一會聽到自己的心跳。無奈心跳愈來愈快。

多少年了？

黎復心情激動，眼淚竟流了出來。

……「我的父親是誰？」困擾黎復多年的問題。安南港口，黎復自小由老邁的公公、婆婆撫養，過著懶洋洋的生活。每年隨公公、婆婆拜祭母親，知道母親生育自己時太辛苦，結果產子後離世。但是父親呢？公公、婆婆總是支吾以對，他的姓氏是隨母親，姓黎。

……十歲生日，公公、婆婆覺得黎復已經成長了，才告訴他身世。他自小長得秀氣，其實是似母親。母親是安南港第一美人，清麗脫俗若仙子，初開花苞般青春。據說整個安南最有名望的男人，最有前途的年青人，都要追求母親。母親肌膚賽雪，不似安南人，恍如白種人。身材高挑而均勻，舉止談吐大方温柔。

……不幸海盜侵擾，有個漢人海盜王鄭一，擅長收集美麗的東西，他把安南所有美玉、香料、香木，一切美好的東西，他都要收集。那年，黎復媽媽剛好十七歲，亭亭玉立，秀氣超脫人間，偏偏卻遇到鄭一。鄭一驚為天人，派海盜攻海南港，主要是要將母親據為己有。母親，一如美麗的玉石一樣，遭鄭一強擄到海盜船去了。一年後，幾個投靠鄭一的安南人，劫了一條小船帶母親偷走回來。那時母親已有孕，可能沿途折騰厲害。一個孕婦乘船千里奔波，太辛苦了。孩子早產，母親過勞，氣絕身亡。父親是誰？黎復沒有見過，只是收集一些街上貼的鄭一畫布，憑空想像。一個窮兇極惡的海盜王。

……為了母親，為了公公、婆婆，他一定要手刃鄭一！

……他一定要親手手刃自己的親生父親——鄭一！

如今，鄭一就在面前。

鄭一精神好像有點渙散，他很匆忙，不知想找什麼似的。在雲石桌上抓起一個水壺，也不用杯，直接往口裡灌去。看來他極為飢渴。

水不是很多，他一口喝乾了，憤怒地摔掉水壺。奇怪的是，滿地都是水。

黎復這時才發覺，自己實在太大意了！

地上都是水痕。剛才雷雨交加，自己一心只想找鄭一的房間，沒有留意自己全身濕透。他伏在地上爬行的痕跡，走路的腳印，都清晰可見。身體、頭髮猶在滴水，實在太聰明了。這麼一個處心積累、部署十年的復仇計劃，竟然連番錯誤。未碰見目標前，在眾海盜面前展露了殺人絕技「袖中刀」；自作聰明，讓無名的少女用刀傷了右手手臂；行動前沒有足夠的糧食飲料，在風雨中又虛耗不少精力；如今又露出馬腳，只要細心一看地上水跡，便會發現自己的藏匿之處。

咕嚕……咕嚕……咕嚕……

偏偏這時肚餓，餓腸竟然發出聲音。黎復手心出汗，幸好鄭一沒有發現。看來鄭一心情暴躁，身體有異樣，否則以他一個久慣風雨的海盜王，斷不可能沒有發現房間有人。只見他的臉漲紅，雙手撫摸喉嚨，好像呼吸困難。

鄭一走近衣櫃，這是好時機！

雙方這麼接近，只要踢開櫃門，「袖中刀」一出，即可取其首級。黎復很緊張。「我只有一次機會。如果踢開櫃門，他有所防備，再發『袖中刀』不中，怎麼辦呢？我一定要小心，只有一次機會。他的腰間皮帶上掛著一把小刀，上面有鑽石鑲嵌，手工很優美，不似東亞地區所有，可能是歐洲的產物，相當名貴，亦是無堅不摧的利器。他現在轉身了，側面對著我，是不是要行動呢？等等！他的腰際間有鬼火槍，鬼火槍很快。上次那個紳士拔槍，然後開槍，速度很快。我能活命，只因為第一槍不是打向我。這種鬼火槍第一槍很快，但是它的弊病就在一槍和一槍之間，需要換檔。換檔需要一些時間，不能連續開槍。我上次僥倖脫險，是因為換檔的時間。幸好剛才鄭一面對衣櫃時，我沒有踢開衣櫃。他一拔槍，未必比我的『袖中刀』慢。還是小心一點好！但是我的水跡遲早會被發現，拖延時間對我沒有好處。萬一他發現我在衣櫃內，只要對衣櫃開一槍，我就完了。」

只見鄭一走去窗邊，打開了窗。外面雷雨交加，響雷咆哮。

鄭一背對黎復，正是萬無一失的好時機！

再來一個響雷，黎復踢開衣櫃門，雷聲剛好掩去。黎復身如脫兔，躍出衣櫃，敏捷地。落地是水，竟然有點滑腳。

千鈞一髮之間。

黎復不等站定，乘著滑動速度，就要擲出「袖中刀」。

恍如多年來無數次的練習，讓意念帶動刀，比身體、目力，更準確，更快捷，更狠勁。

十步殺一人，千里不留行。

船遇巨浪，陡然向上狂拋。這度力太大，船上幾乎所有東西都拋上半空。

「誰？」鄭一迅即轉身。

「袖中刀」脫手飛出。

燈光一暗，霎時漆黑，外面雖有微弱星光，目力所不能立即適應過來，眼前什麼也不見。

只感到一陣濃烈的氣味襲來，夾著一陣勁風。黎復矯捷的閃避開來。不枉凶宅密室內，多年來在黑暗中與蝙蝠搏鬥。但是，黎復亦清楚肯定，剛才一擊不中。

鄭一碰翻了什麼，黎復立即走向窗邊。

噗哧！

鄭一開了一槍，槍火中，二人目光相接。

鄭一雙眼雖細長，卻閃爍光芒，猶如虎豹兇狠，充滿殺氣。看到黎復，一怔，說：「竟是你？」

黎復生平首次與鄭一見面，鄭一怎麼會認識我？

槍火一退，黎復只感到有硬物一陣風般撞過來。鄭一身手實在太快，來不及看清楚，已撞個正著。黎復在窗口，無法閃避，只能借勢把鄭一向上一送，把他推出窗外。

鄭一失勢飛出窗外，但是他的一隻巨手，抓到黎復胸口。船遇巨浪，往上一拋，鄭一飛出船艙，順手把黎復拉扯到海中。

颶風下的海面異常兇猛，黎復本身不熟水性，又被鄭一巨手壓著胸口。水直灌入喉嚨，幾乎喘不了氣。黎復雙手鎖著鄭一喉嚨，二人急速向下沉。

黎復從沒有想過會在這種環境下，跟鄭一身體這麼貼近。鄭一雙目充滿疑惑，緊盯著黎復。他的眼睛充滿感情，彷彿看到最深愛的人，卻不相信對方要殺害自己。「難道他知道我是誰？絕不可能！我跟他從未碰面。我們連一句對話也沒有。他沒有可能知道我。」黎復心想，只覺氣力愈來愈小，又飲了很多海水，視野都開始模糊。「想不到最後，竟然要跟鄭一這魔頭同歸於盡！」黎復心道。

鄭一的巨手慢慢鬆了，但是黎復雙手仍緊扣鄭一喉嚨。鄭一已失去理智，彷彿嗅到死亡的味道。模糊中，水中彷彿有幾隻手把他和鄭一一起拉扯，是什麼巨型八爪魚？還是什麼水怪？模模糊糊間，不知要拖他倆送往哪裏。莫非水底裡真有水族宮？水底有龍王、蝦兵蟹將、水中仙女……

黎復躺下來，胸口被擠擠拍拍，吐了幾口海水出來，慢慢聽到聲音，不似是龍宮，只是返回紅旗幫船艙。張開雙目，赫然見到一個五官極度細緻的人，臉滑如畫布，五官恍如精雕玉砌，淺淺地描於畫布，端的不多不少，嘴角的斜度，鼻樑的線條，眼睛的弧度，眉毛的線條，無一不恰到好處，美中之極，人中龍鳳。一時之間，美得男女莫辨。既似男生女相，亦似女生男相，陰陽互濟，不敢逼視。

最奇之處是，這人臉相竟與黎復十分相像。但見這人穿著西裝，氣宇軒昂，氣質卻是天差地遠。

難道我已命不在人世？離魂魄飛，眼前的是我的三魂七魄麼？若我已命喪，何以眼前世界又如此熟悉？何以此刻，我感到肚子空空的？我感到飢餓？我感到寒冷？我感到疼痛？是活著？是死去？黎復神智不清。

「你是誰？」那美男子問。

「我……」黎復語塞，說不出話來。他聽到自己的聲音，知道尚在人間。眼前的，是人，不是鬼。此刻才想起自己殺了鄭一，殺了紅旗幫幫主。眼前人看來是紅旗幫的重要人物。我殺了他們的幫主，如今被抓到了。一時之間，未弄清楚自己的身份，究竟用真正身份承認殺人，還是沿用幫會會員的身份？

「少主，我們已經盡力了。幫……幫……幫主他老人家……對不起！」幫會的莫大夫說。

「義父！想不到你英年早逝，遇溺而斃。孩兒痛心疾首。」美男子抱著鄭一，臉上卻沒有眼淚。莫大夫勸說：「少主保重，節哀順變。」

「多年仇恨，想不到胡裡胡塗的報了。」黎復心道，但感茫然若失，如今自己死裡逃生，知道眼前這人正是名聞天下的紅旗幫少主張保仔了。以一己之力，殺死了幫會首領，想來自己亦難逃一劫了。

只見張保仔站立起來，充滿威嚴，吩咐道：「通知各營營主，到紅樓廳開會。派白頭巾予會眾，嗚笛致哀，靜默一刻。」

「你！」張保仔指著黎復，說道：「義父雖然過身。但你奮力護主，捨命英勇的行為，值得嘉許。你是哪一營？」

黎復想不到他們竟將自己殺主變立功，終於知道用哪個身份了，道：「在下『臭四』，隸屬於西營蕭步鰲。」

「你以後隸屬於我，從今以後，你的名字叫『無名』。」張保仔說。

張保仔與黎復對望，好像照鏡一樣。若果黎復在這個世上有另一個孖生兄弟，那人一定是張保仔了。張保仔雙目，充滿自信。眼睛好似一個深不見底的泉，泉水洋溢，把人的靈魂亦能懾走勾去。「嗯！」黎復似回應不回應的。

張保仔轉身走了，跟身旁一個二十來歲的清秀少年心齋耳語，又指一指黎復，背影消失在甲板上。

黎復向天望，只覺天意莫測，人生莫名。

「相，一生吉凶，俱在其中。」安南第一相士阮一指的話，又浮現腦海：「……你……你相格稱奇，就差那麼一丁點兒氣質，本可富甲一方。怎麼說呢？就好似……好似一件未開鋒的神兵利器，若果終身不能開鋒，只能飲恨。要看將來際遇，是否能轉變命運。命運上有天安排，中有人選擇，下有時勢易。福兮禍所伏，禍兮福所倚。就看你個人造化了。」

當時黎復似懂非懂，見到張保仔後，明白自己臉相所差的氣質是什麼了。黎復雖然生有跟張保仔幾乎一樣的臉相，但是氣質不同，天差地遠。

卻說黎復加入紅旗幫後，又有一番風雲際遇，此為後話。張保仔的相貌，是注定做人中龍鳳，而張保仔亦因為黎復的行刺，誤打誤撞的造成「鄭一溺斃」的結果，接過龍頭棍，當上紅旗幫幫主之位，日後成為海上霸主，統領一方。

二、大開眼界的南方世界

夜，京城，林家設宴。

滿朝高官雲集，衣香鬢影，賀翰林院庶吉士林則徐生辰。

林則徐官場人緣極廣，無法一一招呼，只招待好友高官，僅設宴九席。席間，六妹林蕙芳為兄長奏一曲《海清》，是民間《海青拿天鵝》編改的名曲。蕙芳俏臉含笑，温文抒情。手指修長，游於古琴弦線間。一片悠揚雅樂中，眾官斛籌交錯，樂也融融。曲止，賓客皆鼓掌稱好。蕙芳敬酒回禮，眾皆舉杯。

蕙芳回座，年僅十六歲的八妹林蕙妍，樣子活潑，向席上的林則徐說：「哥哥，我來表演舞劍！」林則徐眉頭一皺，這個妹子一向最頑皮，嗔道：「今日飲宴，都是文人雅士。女兒家舞刀弄劍，似不太合宜。」蕙妍扁扁嘴，說：「人家苦練了好多天，專程為哥哥生辰表演呢。」廣東虎門鎮總兵林國良，一表人才，尚未娶妻，一向心儀蕙妍，遂和應：「我是帶兵的粗人，最喜歡舞刀弄劍，若能欣賞蕙妍妹的表演，不虛此行。」林則徐拿她沒法，說道：「刀劍鋒利，小心別弄傷啊！」

蕙妍一笑，臉有酒窩。「啊！哥哥，你是答應了！」蕙妍與樂師團隊早有練習，樂師擊鼓弄弦，蕙妍隨樂舞劍。音樂徐緩而入，愈演愈快，只見她扭腰擺動，揮劍踢腿，亦不失功架。修長身形，展露無遺。隨著音樂漸頻，動作益快。蕙妍本來白若美玉的雙頰，亦因舞動厲害而暗泛紅霞，香汗淋漓。蕙妍的表演就在席間穿梭，劍光人影，舞動於賓客面前，更添幾分刺激。

林國良由衷讚道：「人美，劍美！」蕙妍向林國良做個鬼臉，吐舌，腳一伸，卻踢翻了一個杯子。

樂師停奏，表演輒止。生辰杯破，非好兆頭。大家素知林則徐為人嚴謹，一時面面相覷，不知如何應對，陡然靜寂，場面尷尬。

「花開富貴，落地榮華。好表演！好表演！」林國良站起來鼓掌，眾賓客亦隨之鼓掌，大家本想就這樣完結，詎料蕙妍興致不絕，竟說：「還未表演完呢！」回首又吩咐樂師團隊，說：「樂師，再來！」

樂師看看林則徐臉色一沉，不敢奏樂。蕙妍還在撒野，嗔問：「怎麼了？還不奏樂？」樂師還是不敢奏樂。

林蕙芳走過來拉著妹子坐下，勸說：「今日表演很好了！眾賓客要靜靜聊天。」蕙芳取出一方絲絹為蕙妍抹汗，說：「妹妹，你亦辛苦了，來！喝杯酒吧！」

林國良向蕙妍舉杯，說道：「蕙妍妹子，林某很喜歡你的表演。來！敬你一杯！」眾賓客亦舉杯，蕙妍只好扁扁嘴，仰首一飲，回敬眾人。

林國良說：「則徐兄，我今晚差不多了，明日天光還要遠門趕路。」林則徐雙眉一揚，問道：「廣州有事？何以匆匆告別。」

林國良歎說：「實不相瞞，廣州海盜肆虐，擾民多年。葡國商船屢受侵擾，影響航道，朝廷早有整治海患之心。林某今敞回廣州，誓出師靖海。軍隊連日訓練，備兵半年，必大勝而回。」

「南方海盜甚多，略有所聞。江湖盛傳『閩浙粵，三分海南，閩王蔡牽，浙王朱濆，粵王鄔石二。』，聽說他們都是反朝廷勢力所在，旗兵眾多，關係複雜，我聽聞藍旗幫有個鄔石二，海船眾多，肆虐粵東，一方惡霸。你今次是否討伐他？」林則徐說。

「江湖亦有『鳳尾、横小、旗幫』之說，鳳尾幫以閩王蔡牽為首，横小幫以浙王朱濆為首，旗幫比較複雜，由藍旗幫與五旗幫瓜分粵。今次林某的對象，是五旗幫。」林國良回應。

「聽說五旗幫頭目眾多，組織複雜，如何擊破？」

「五旗幫分五支，紅、黃、黑、白、青，各有頭目。紅旗幫屬鄭一、黃旗屬『東海伯』吳知青、黑旗屬郭婆帶、白旗屬『總兵寶』梁寶、青旗屬『蝦蟆青』李尚青。五旗幫雖為一幫，內裡卻組織渙散，各據一方。實不相瞞，朝廷欲阻海盜勢力發展，要打擊他們，卻苦無良策。

林某以為避其鋒芒，而且首次出兵，必要一擊即中，方能震懾海盜。今鄔石二勢力太大，不宜硬碰。先易後難，五旗幫組織較散漫，且可逐一擊破。」

「如何逐一擊破？願聞其詳。」林則徐問。

林國良喝一杯，說：「五旗幫中，以紅黑二旗勢力較大，適逢鄭一遇溺身亡，紅旗幫群龍無首，勢力基地在香港，主力在東營盤和西營盤，現時剛由他夫人石一嫂和義子張保仔接過龍頭棍，趁他們權力移交，勢力未成，趁早擊之，應可收殺一儆百之效。」

「林大哥，你去香港打海盜，打張保仔？真好玩啊！你帶我去！你帶我去！」林蕙妍在一旁聽得興高采烈，插口道。

「別胡鬧！你知道海盜有多兇惡？」林則徐道。

蕙芳說道：「我聽說過一個傳聞，海盜曾經綁架一個英國人上船，在限時前沒有收到贖金，竟然在船上殺了這個英國人呢。妹妹，你還敢去嗎？」

「有什麼不敢！我又不是英國人。」蕙妍說。

林國良身旁的一位中年漢子是林總兵副手，參將林發道：「這個傳聞我也聽說過，事實不止如此。那幫海盜把那個英國人吊在船中央，用刀子從胸口開膛，挖其心臟，烹煮而食。屍首懸吊船中，鮮血流滿一地，無人理會……」

蕙妍聽了這麼恐怖的描述，不單不為所動，還夾了一片牛肉放入口中，說道：「嘩！很刺激啊！」蕙妍向林國良做個鬼臉，繼道：「不過，有林總兵林大哥在，我怕什麼？」

林則徐正色道：「那些海盜都是窮兇極惡之徒，喪盡天良，無惡不作，一心與朝廷為敵。你一個女兒家，被他們捉了，比死更難受！你別再胡鬧了。」

蕙妍知道無法與兄長論辯，扁扁嘴，賭氣說：「我不舒服，回房休息。」林國良看著蕙妍蹓回房間去，但見她身形修長，走不了幾步，還回首向兄長做一個鬼臉。

林則徐輕輕歎息，道：「我們林家上下，都拿她沒辦法。蕙妍是最令我擔心的，她這種脾性，不知將來誰家會接受她。」說罷又自酌一杯。

林國良馬上為林則徐斟酒，靈機一動，說道：「我此行一去，若不帶張保仔首級回來，無顏面見江東父老。多年來得與則徐兄相交，此生無悔！我敬你一杯。」

二人碰杯而乾。

林則徐知道海盜兇險，林國良此一去，不成功，便成仁。此後不知有沒有機會再見，亦有所感觸，道：「國良兄，言重了。你一定要回來！」

林國良又為林則徐斟酒，道：「我未有家室，無所牽掛。只有一事，只有一事……」欲言又止，良久，未敢吐真言。

「國良兄，請你告訴我知，綿力所及，必會相助。」林則徐坦言道。

林國良知道林則徐一向言出必行，很少隨便允諾，低聲道：「實不相瞞！林某此行，吉凶未知。若能為朝廷立功，殲滅張保仔，請則徐兄答允，讓我與蕙妍成婚。」

林則徐一怔，有點意外，想不到總兵大人竟看中了林蕙妍這位刁蠻妹妹，立即舉杯，說道：「一言為定，但憑此杯！」

二人欣然碰杯，再乾。

林則徐為林國良斟酒，說：「預祝馬到功成，回來我們做一家人！」

「承兄貴言！」林國良回應。

二人再三乾杯，盡興而歸。

* * *

話說總兵林國良與參將林發連夜乘馬車，南下廣東備戰。車行途中，屢有雙馬遙遠跟蹤，車走則走，車停則停，欲回頭尋覓，又失去影蹤，好不可疑。

且說雙馬跟著馬車入東莞市，馬車走向虎門鎮軍部，雙馬忽然轉向沿海海岸走去。兩位青年各乘一馬，一黑一白，皆身形瘦削修長，頭頂帽子。白馬青年身穿白衣，黑馬青年身穿黑衣，皆絲質布疋，十分華麗。二人走過市集，欲在街市小檔食午飯，坐了良久，無人招待。

只見街市市民皆忙於提攜美食，魚貫送到泊於碼頭的大船，大船上掛有紅旗。

黑衣青年截停一送米大嬸，問：「大嬸，何以大家都要送食物到紅旗船上？」

大嬸不耐煩地說：「紅旗幫做買貨，我們做大生意，讓路！讓路！」

白衣青年陡然走來，揮一揮手，白扇翻開，擋於大嬸面前，嗔道：「紅旗幫乃朝廷通緝犯，海上大盜，殺人越貨，你們助紂為虐，是何道理？」

「呸！」大嬸啐了一口濃痰來，白衣青年身法很快，閃身避開。白嬸朗聲道：「依家乜時勢？滿清走狗，官逼民反。你地無睇清楚咩？呢個係紅旗幫，係張保仔呀，唔係其他海盜！」

「難道張保仔不是海盜嗎？」白衣青年依然苦纏。

身旁一個推著一籃子蔬菜的老伯走過，岔道：「聽你地口音，都唔似廣東人，乜都唔知！張保仔依家做咗紅旗幫首領，與民約法三章，周街都貼出來，你地睇唔到咩？」老伯手指牆上，只見牆頭貼滿大紅紙，上面都是毛筆字。

「伯爺公，睇佢地兩個日光日白著成咁，一個黑衫一個白衫，黑白無常，以為見鬼呀！睇佢地都似白癡，唔好睬佢地！走！」大嬸一邊走，一邊說。

黑白青年走去牆頭一看告示：

張保仔規條

一、任何幫會會員不得私自登岸，違者處重罰。

二、搶劫得來之財物，必先登記，按各船攤分，不得私匿，違者處死。

三、搶劫得來之現款，須送交各隊首領，其中兩成歸經手者，其餘留作公用。

四、幫會與民購買糧食軍火，必須公平付價，違者處死。

五、所擄婦女，美貌者留充部眾妻妾，願贖者任其贖回，有家室者一律送回。

六、擄得婦女上船，任何人不得姦淫，必先詳詢彼等身世，予以監禁。凡膽敢暗中或公然接近彼等者均一律處死。

黑衣青年說：「小姐，看來張保仔與別不同，非一般海盜啊！」

白衣青年手一甩，揮動扇骨，拍打黑衣青年帽子，嗔道：「說了多少遍，人前人後，叫我言少爺！」

黑衣青年撫摸著頭，說：「嗯……對不起！小……小……少爺。」

原來二人皆女易男裝，白衣青年是林蕙妍，黑衣青年是蕙妍貼身近侍明兒。林蕙妍當日賭氣返回房間，遭兄長拒絕，不能南下看林國良打海盜，整夜不眠。輾轉房間，忽然心生一計，改易男裝，帶著明兒，晨早跟隨林國良馬車而行，入廣東東莞市。因為林蕙妍飢腸轆轆，遂走入街市填塞餓腹，想不到卻遇到市民忙於接濟張保仔的情景。

林蕙妍與明兒邊行邊說：「看來張保仔不是個普通海盜，他能與民為友，不搶人民東西，反而真金白銀與市民交易。」

「更難得的是，他竟能關心婦女，海盜竟能頒下姦淫婦女者死的文明規條，看來他是有教養的人。」

「如果有教養又怎會做海盜呢？」

「誰說海盜不可以是個有修養的海盜呢？或許張保仔就是呢！」林蕙妍道。

忽然市民逃跑四散，只見遠處有隊人走過來。

「小……小……少爺，可能海盜來了！」明兒顫聲道。

「什麼海盜大爺？我倒想會一會。」林蕙妍揮一揮扇。

那隊人走近，約有七、八人，一個老伯的整籃水果遭其中一個胖漢子奪去，還把老伯推倒地上。

「停手！」林蕙妍衝前，架在老伯和那胖漢子之間，道：「來者何人？怎麼光天化日之下，強搶他人財物？」

「哼！你這小子終於出現了，究竟是何方神聖？千里迢迢，竟然一路跟著我們主公？吃了豹子膽麼？」那隊人中走出一個臉上刀疤的中年大漢，反問道。

林蕙妍一怔，問道：「誰是你家主公？」

「你心知肚明，從京城跟蹤到東莞，你們是何許人？快報上名來！」刀疤問道。

一個身穿軍服的漢子，帶著十來個軍人走來。刀疤等一隊人向他行禮，眾軍人已把林蕙妍和明兒圍在中間。

那個穿軍服的漢子道：「沒有弄錯，就是他倆！」

林蕙妍一看，那個漢子很熟，想了一會兒，終於記起此人來，衝口叫道：「林發哥哥！」

那位穿軍服的赫然是參將林發。林發一呆，看看明兒，看看林蕙妍，覺得很熟，一時又想不起來，問道：「你們究竟是誰？為何跟蹤我們？」

林蕙妍狡黠一笑，向林發勾一勾手指，示意他走近，問道：「你看清楚，真的認不出我？」

林發走上前，仔細一看，道：「兄台有點眼熟，就是想不起來。快道上名來！」

林蕙妍哈哈一笑，把帽子脫下，長髮披散下來，回復女兒模樣，端的一個美人兒。

林發呆了一會兒，想不到她竟喬裝男相。林發先是大笑，道：「啊！是林家八妹子蕙妍小姐，真意想不到啊！」林蕙妍仰天大笑，臉有酒窩，道：「哈哈！猜不到了吧！」

林發繼而大力拍了一下頭顱，仰天大叫：「糟糕！林庶吉士（即林則徐）不是阻止你來？你們竟偷偷的跟著我們，千里從京城走到廣東？這下不知會怪罪誰了！」

「反正都來了，我要跟你和總兵大哥打海盜，活捉張保仔！」林蕙妍一臉天真地說。

林發只好搖頭歎息，帶著眾人回府。

* * *

大戰前夕，鎮守廣東東莞虎門鎮總兵林國良盡挑廣東精銳之師，誓師出發，時為嘉慶十三年（公元一八〇八年）七月，當日天朗氣清，出海的好日子。

林蕙妍伴隨林國良作戰，林國良心裡莫大欣喜。林蕙妍是他心目中的未來妻子，並且已跟其兄長林則徐定了婚約，今敞接朝廷欽點出師討張保仔，若然一舉成功，必定名流青史，加官進爵，更可抱得美人歸。如今有美相伴作戰，更是喜出望外，倍感精神。

號角一吹，戰鼓齊打，聲威震天地，萬眾一心，百帆並舉，戰艦出發，一列大清國旗飄揚海面。

林蕙妍問道：「國良大哥，你們有什麼秘密武器對付張保仔？」

林國良指著旁邊戰艦，只見都是銃礟，道：「看！這些主戰艦每邊有十六尊『佛朗機』，所向無敵。左邊用的是『神威無敵大將軍』，右邊用的是『武功永固大將軍』，都是本朝可敵千軍之勇的『神器』。」

林蕙妍問：「佛朗機（即今葡萄牙）不是外國國名麼？怎麼用來做大礮的名字？」

林國良笑道：「明嘉靖年間，當時朝廷為要對付佛朗機人，苦無武器。全賴我們廣東人楊三、戴明帶來鑄造銃礮的方法，所鑄造的銃礮火力驚人，用火藥發射火礮，把佛朗機人打個落花流水，此後銃礮就命名為『佛朗機』了。」

林蕙妍道：「我看這些『佛朗機』很快要易名了。」

「為什麼？」林國良一怔。

林蕙妍笑道：「林總兵這敞把張保仔打個落花流水，以後銃礮很快要改名為『張保仔』了。」

林國良亦被她逗得發笑，在嚴肅軍旅中，能跟十六歲嬌嫩的少女一起，心情十分暢快。

船行轉彎，天色驟暗，風勢轉向，呼呼襲來。

「報告將軍，是逆向風。是否繼續前行？」一個小兵問道。

「兵貴神速，逆風照行。」林國良堅毅地宣告。

小兵領命而去。

只見風勢漸大，帆吃力，吹得鼓起來。

明兒低聲問林蕙妍：「會不會是有神靈作怪呢？」

「何來神靈？」

「剛才一些士兵告訴我，張保仔有神靈護體，三婆庇佑左右，每能呼風喚雨，遇險化吉。」

「果有其事？」林蕙妍只覺得這個張保仔愈說愈神奇，很想一會這位威振粵東的海盜之王，究竟是否有三個頭，六條臂。

只聽戰船響號，士兵緊張地走來走去。但見林發走過，林蕙妍拉著他，問道：「林發哥哥，什麼事情？」

「危險！張保仔在前方。你們快閃避一旁。」

話猶未完，林蕙妍已跟明兒衝上船頭，任憑林發如何叫喚也不理會。

她們走到船頭，只見林國良手拿望遠鏡，神色凝重。極目遠處，有二十艘戰艦一字兒排開，紅旗飄揚。船雖不多，但每艘船都比滿清戰艦高兩三層樓，每邊銃礮竟有二十多尊。

林發問：「將軍，是否前行？」

林國良放下望遠鏡，指著中間那艘最大的戰艦，說道：「張保仔就在這艘船上！藍、白、赤兵衝鋒，黑、黃兵掩護。」清水師行軍，擅用五色旗指揮軍隊作戰。鼓手擊戰鼓，船隊聞聲知作戰暗號，只見中間兩隊船向前衝，左右兩隊船橫排，礮口對準海盜。

「很悶啊！快！放礮。打個落花流水！」蕙妍嚷道。

林國良臉上冒汗，甚為緊張，揮一揮手，戰鼓隨之擊動。左右兩邊大放礮火掩護，整個海面都是紅色。蕙妍聞礮火聲好不興奮，拍手叫好。

衝鋒隊逼近紅旗幫船艦，主戰艦隨著衝鋒隊壓前。

只見紅旗幫船艦絲毫不動，亦不還擊礮火。這時天色更陰暗，風力更大。逆風下前進倍感困難。

紅旗幫船艦中間，有一戰艦特別高，有一人昂立船首，全身絲質素色衣裳，雙眼炯炯，十分懾人，相貌清秀，亦陰亦陽，人中龍鳳，不吃人間煙火，一若仙天下凡，不染俗氣。其時清人入關，頒布「留髮不留頭」，從此全國漢人皆留辮。張保仔是海盜，不依清令。長髮披散，髮自由舞於風中，仿若神明。八位身穿袈裟的高僧，分坐蒲團上，守護素色人的八個方向，皆垂眉低首，口中念念有詞，低聲誦經。

「啊！」蕙妍芳心一動，道：「莫非這人是張保仔？」本來腦海中各種形形式式的惡貫滿盈海盜王形象，通通一掃而空。

林蕙妍性格爽朗好動，並非深閨姑娘，見過官場富家上下不少男兒，問幾時有此神采？眼前人，氣度能讓天下人傾心，甘願俯首稱臣；氣質纖柔能化人戾氣，一一棄甲投降。

清師見聞名已久的張保仔，氣定神閒，神為之折服。

「將軍風力很大，是否進攻？」林發隨即貼近林國良耳語，道：「對方不動，小心有詐！」

林國良不假思索，道：「攻！」

衝鋒隊不再逼前，帆艦轉側，一字排開向紅旗幫帆艦。

林國良手一揮，鼓手擊鼓，旗手揮旗，五十多艘戰艦齊向紅旗幫戰艦開礮。說也奇怪，風力奇大，礮彈射到張保仔身前落下，通通沉入海底。

紅旗幫船艦依然既不移動，亦不發礮。張保仔好像昂立船首，彷如神明，毫無懼色。

那船身極高，張保仔和眾高僧坐於高樓上，高樓下面裝有個巨形佛鐘。有和尚在高樓下敲鐘，下面一眾和尚齊聲唱佛樂。整個海面一片禪院鐘聲，佛經唱頌，眼前彷佛不是戰場，而是宗教盛會。

「張保仔不是凡人！」清師軍隊膽怯，有士兵低議。

林國良看看天，天翳陰晦，雷聲震天，閃電直劈向海。閃光下，恍似天神怒向清師劈雷。清師一陣混亂，有士兵竟抱頭爬在船甲板上，十分狼狽。

「逆風作戰，非好時機。將軍三思。」林發進言。

林國良搖頭歎息，不敢冒進，只得鳴金收兵。

紅旗幫趁亂追來，清戰艦遭礮火擊中。林國良一想，己眾敵寡，沒有理由退卻，又令戰艦回頭還擊。一時退，一時進，戰鼓有點亂，軍心更亂。

斜刺裡，一大片紅色從後高速衝過來，赫然是紅旗幫伏兵，其戰鼓隆隆，恍如天雷擊來。眼力所及，至少有百多艘戰艦，有如天兵天將，其船首昂立一人，全身絲質素色衣裳，雙眼炯炯，十分懾人，相貌清秀，亦陰亦陽，人中龍鳳，不吃人間煙火，一若仙天下凡，不染俗氣。氣宇軒昂，教人心折。八位身穿袈裟的高僧，分別坐於蒲團上，守護張保仔八個方向，皆垂眉低首，口中念念有詞，低聲誦經。

蕙妍指著後面來的軍隊，大叫：「這人不是張保仔麼？」再向前看，剛才船頭上的張保仔已退下，怎麼這麼快蹓到了後面來？有清士兵朗聲道：「張保仔是神仙，會分身術。」清師人心惶惶，軍心大亂。

噗哧一響。

「妖言惑眾！」

林國良竟向該清兵開鬼火槍，那清兵在船頭中槍，失足掉入海中。

清兵嘩然。

林國良朗聲道：「大家集中精神抗敵。胡言亂語者，當場處死。」

兩邊夾擊，礮火連天來，又有十多艘清戰艦被礮火擊中。

林國良大叫：「撤！急撤！」

清師急退，紅旗兵追了一截，在不遠處停下對峙。天色已暗，雙方各自休息。

清水師出兵，第一回合，已經折傷一半。

*　*　*

是夜，風平浪靜，海面上百多艘戰艦停泊。蕙妍做了一個夢。

夢中有一個少年與她擁吻，他的上身赤裸，身體很暖，皮膚滑溜。那少年抱得很緊，幾乎喘不了氣，而且不斷搖晃，蕙妍只覺十分陶醉。不知何處傳來水聲，隱約聽到魚兒躍出水面的聲音，只覺一切都很不真實。那少年伸手撫摸蕙妍的臉，只見那少年眉目清秀，身體芳香，赫然竟是個女兒。那少年大力搖晃蕙妍，又拍打她的肩膊……

不斷拍打蕙妍肩膊的，原來是明兒，不過南柯一夢。蕙妍想起剛才夢中的少年有點似張保仔，自己怎麼會夢見這個海盜王呢？怎麼還會跟他親熱呢？但覺臉上一熱。

只聽明兒道：「小姐，林總兵想跟你商量事情。」

蕙妍更換衣服後，到大廳，只見林國良與一眾頭目徹夜開會。林國良道：「蕙妍妹，戰事兇險。本來不應該讓你上船。如今，我們受賊人圍困，必須在晨曦中突圍。」

「如何突圍？好玩啊！」蕙妍興奮拍手叫好，但見眾清兵軍將臉如土灰，氣氛肅穆。

「你們待會隨林參將上另一條船，不用跟著大隊。我們會派精銳衝鋒突圍，護送你們出去。林參將會送你們上岸，派軍人護送，直抵京師，以後保重了！」

「那麼你們會上岸嗎？」

林國良苦笑，不答，向林發道：「林參將，時間無多，你快領蕙妍妹到安全位置吧！」

「領命！」林發引蕙妍與明兒前行，林國良繼續開會。走不了數步，蕙妍又回首，朗聲道：「總兵哥哥！」

「嗯！」林國良回應。

「你要活著回來啊！」

林國良內心一陣激動，不過立即壓抑下來，道：「珍重！感激你來！」回首又繼續開會。

許多年後，蕙妍沒有忘記這一幕。林國良的嘴唇很厚，平日常帶微笑，天大的問題，林國良都能坦然接受，讓寬厚的肩膊扛上，笑而化之。這個人就是有一種穩重感，穩如泰山。但是那一次，是蕙妍罕有見到林國良有憂愁，厚厚的嘴唇上，不見那份坦然的微笑，只有緊張，嘴角向下。是一張陌生的臉，相貌的輪廓沒有變化，林國良的眼睛依然是林國良的眼睛，林國良的鼻子依然是林國良的鼻子，林國良的嘴唇依然是林國良的嘴唇；但是一切變化了，那種神采不一樣了，好像變成了另一個人。

* * *

林蕙妍和明兒隨參將林發登上一艘較小型號的船。破曉時分，日光初露，船長等待鼓聲，準備開動。不料遠處火光衝天，紅旗幫船隊那邊發出激烈礮火還擊。

林國良還未弄清什麼事情，乘對方大亂，馬上衝鋒。先頭部隊高速衝向紅旗幫陣營，林蕙妍等所乘的中小型號船隻，在戰艦掩護下前進，漸近紅旗幫營，只見有一隊戰艦與紅旗幫互相攻擊，勢均力敵。

只聽鼓聲變化，清衝鋒部隊左右轉為魚雁陣式排列。清師指揮旗舞動，衝鋒隊一邊開礮，一邊向紅旗幫衝去。紅旗幫頓受左右夾擊，有好幾艘戰艦中礮焚燒。其中一個礮彈擊中紅旗幫戰艦主桅，懸掛其上的紅旗倒下，在海面載浮載沉。清師取得優勢，紅旗幫陣營給衝散，開了一條路出來。

林發指揮船長急行，別小覷這麼一艘型號嬌小的船艦，由於船身輕薄，速度奇快。船長鬍子很長，臂力粗壯，指導水兵轉動風帆後，帆艦乘風而行，走得更快，連船長的鬍子都豎起來，轉眼間已越過雙方激戰的地方。

小船過處，只見那隊船隊與紅旗幫交戰，戰艦規模亦不弱，足有四十多艘戰艦，前面有五艘商船在護航下，且戰且退。林發一看旗號，說道：「是商船，是英國的東印度公司，中間有幾艘疑是本地人的船。」

「快駛過去！快駛過去！」林蕙妍拍打船長肩膊，手指向打著「包」字旗的商船隊。「很不容易才避開了戰火。那邊開火，很危險啊！」船長嚷道。

「為什麼要過去？」林發問。

「我的朋友在船上，我要到那艘船去，快！」林蕙妍大叫大嚷。

船長依然沒有理會，小船艦停泊在海中心，兩艘較大型的護航戰艦保護兩翼。

只見商船剛好向這邊方向退過來，愈來愈近。紅旗幫受兩邊夾擊，暫退一旁。清師乘勝追擊，轉眼雙方又轉向馬洲洋。

「讓他們靠過來！讓他們靠過來！」林蕙妍手舞足蹈。

只見打著「包」字旗號的主船靠近，蕙妍向船揮手大叫：「包叔叔！包浩天叔叔！」商船船頭上一個西裝打扮的華人大叔探頭過來，打恭作揖，朗聲道：「何方大官？」

林蕙妍才想起自己男裝打扮，又在打著滿清黃龍旗號的官方船艦，引起誤會。此時兩船已近，林蕙妍一個箭步，竟然躍上商船。林蕙妍走到那大叔包浩天耳邊低聲說了幾句，包浩天滿臉訝異，向林蕙妍左看看，右看看，打量良久，才恍然大悟，道：「竟是你？」明兒與林發亦登上商船。

林發向四周打量一下，只見船上放有很多紙箱，顯然是貨物運送。林發向包浩天打揖，道：「大叔好，在下參將林發，未請教高姓大名。」

「我只是個普通商人，不談政治，不便款待。將軍大人，請回！」包浩天態度傲慢地說。

林蕙妍但見林發臉色一沉，連忙打圓場，道：「林參將是我朋友，他派官船本來是要護送我倆上岸，如今既然遇到包大叔，感謝林發哥哥相送，我們就此告別吧！」

「我希望這不是私運。後會有期！」林發一抱拳，一個斛斗，翻身躍回官船，揚長而去。原來當時海禁甚嚴，私運是非法，林發留一個話，意示警誡。話說林發領官船返回虎門兵營，徵求增兵，率水師爭援林國良，此處不表。

林蕙妍見送林發遠去，回首向包浩天問道：「怎麼你要親自出海送貨？是很貴重的貨品麼？」包浩天歎口氣，道：「一言難盡。來，先喝一杯！」

林家是大家族，官商大戶人家往來頻仍。林蕙妍自小認識包浩天，是多年朋友。包浩天一向在滬浙一帶做生意，想不到會在粵港海面相遇。

林蕙妍隨包浩天走入船艙廂房，那是一家裝修雅緻的小廳，恍如上海的西式小酒吧房。餐桌前有兩位英國商人，身穿西裝，手晃酒杯，喝威士忌。包浩天一一介紹：「這位是洛伯先生。」一位滿臉鬍子的英國人向她微笑，「這位是多林文先生。」另一位藍眼高鼻的英國中年人點首。「他們都是東印度公司的高層。」包浩天又看看林蕙妍，道：「這位是……這位是……」一時語塞，想起蕙妍女扮男裝，不知如何介紹。

林蕙妍用標準英語搶白道：「我名叫言慧林，做翻譯工作的。本來隨船看官方打海盜，想不到遇到好朋友。」「言慧林」，實是林蕙妍倒過來讀的化名。洛伯和多林文聞英語，而且甚為流利，喜出望外。其實林蕙妍自小在家中隨林則徐的老師讀書，她不會好像哥哥般用功讀書，女兒家亦不可能考科舉進士。不過她聰穎過人，過目不忘，而且個性活潑開朗，模仿力強。每見家中英語老師過門，都學一兩句英語會話，對答得多，遂能自然應對。

「你的英語真標準！我們來大清後，說英語的機會不多。我一直想找一位良好的翻譯人才，卻從未遇過。今天很高興遇見你！」洛伯興奮地以英語回答。

「我亦很高興遇見你！」林蕙妍以英語答和。

「等等！」包浩天按耐不著，道：「小弟才疏學淺，一介商人，大家還是說漢語，我實在聽不明白。」

多林文舉杯說：「我們很高興認識密斯特　言，為密斯特言飲杯！」眾人碰杯，林蕙妍一口直灌喉嚨便乾了，她很少喝這種西洋烈酒威士忌，一喝即咳，咳過不止，眾人大笑。

「密斯特言，你剛才乘官船而來，你跟清政府熟悉嗎？」洛伯問道。

林蕙妍一怔，忙撒個謊言，道：「不是很熟！不過他們跟外國使節談判，間或幫忙翻譯，因而認識一些官員。我可非官場中人啊！」

「我們東印度公司常常想與華通商，但是粵港一帶，海盜為患。尤其紅旗的亞保仔和黑旗的郭婆帶，經常堵塞航道，而且十分殘暴，劫掠我們的船隻，搶奪我們的貨物，殺害我們的水手。洛伯先生一直想跟清廷談判，解決這個問題。」多林文說。他們發音不準，總把張保仔讀成「亞保仔」。

「我的建議其實很簡單。」洛伯點了一支煙斗，吹了幾口，吐了個煙圈。多林文華語較好，替洛伯道：「密斯特洛伯的建議是，澳門現在由佛朗機（當時用語，即今日之葡萄牙）人看管，清廷喜歡與佛朗機人通商，但是他們同樣受到海盜侵襲。密斯特洛伯只希望清廷武裝兩艘戰艦，以澳門為基地，在香港、澳門、廣東一帶巡弋，接應商船，遇到海盜攔劫，可以支援。這樣可以確保航運安全，亦只是個很簡單而合理的要求。不過清廷傲慢，我們一直難以找到適當官員對話。」

「其實清廷傲慢，不止針對外商，我們本地商人亦沒有良好待遇。我一直亦搞不明白朝廷的想法，他們食古不化，行海禁。我們不能直接跟外商做生意，只能通過買辦，他們從中取利。」包浩天感慨地說，喝一口酒，續說：「如果我們私下跟外商做生意，就要冒雙重風險，一是刑部的懲罰，一是海盜的威脅。現在海上航道幾乎都受海盜管制，他們收取的保護費不少，如果不給，他們會殺人奪貨。海上生意難做！政府無法靖海，又不願廢除海禁，影響經濟發展。」

「若亞保仔可以減便宜一點保護費，我寧願與海盜合作。」洛伯說。

「你說真的？大英帝國的東印度公司，願與海盜合作？」包浩天幾乎不敢想像。其時大英帝國在國際舞台上崛起，軍事強勁，勢力龐大。東印度公司是英國政府對海外實踐資本主義，對外擴張貿易的重要機構。

「在商言商，我們來華貿易，派遣船艦增加不少行政費，如果海盜的保護費比我們的行政費低，是可以達成交易的。我們可以跟亞保仔談判，但是需要一位熟悉清人情況的翻譯。」洛伯說罷，又吸一口煙斗，雙眼凝視林蕙妍，吹了一個煙圈。

包浩天知道林蕙妍不是什麼真正的翻譯人員，亦怕她無辜闖禍，連忙說：「我看洛伯先生三思，言公子未必……」

「要見張保仔？好！我答應你。」林蕙妍搶白，一口答應。

洛伯和多林文喜形於色，二人向林蕙妍碰杯，又喝一口威士忌。今次林蕙妍學乖了，僅淺嚐一口。

包浩天拉扯林蕙妍到一旁，低聲問：「你見張保仔？你知道有多兇險麼？是認真的嗎？」

林蕙妍天真一笑，道：「我正想會一會這位海上大盜張保仔。」

三、戀愛莫問男女身

林蕙妍在船上度過了幾天，洛伯和多林文厚待蕙妍，待如上賓。經多林文安排，數天後，張保仔真的答允，雙方相約在香港鴨脷洲來一個船上晚宴。

林蕙妍想起能近距離一睹張保仔風範，十分興奮。明兒替林蕙妍裝扮，問：「小姐，我們要見的是殺人不眨眼的海盜之王，你真的不害怕？」

「怕！」

「我們現在還可以不赴約，要去麼？」

「去！」

邏輯上看似互相矛盾，其實林蕙妍自己亦搞不清楚。此刻心裡怦怦亂跳，既害怕，又興奮。明兒知道林蕙妍的行為一向莫名其妙，出人意表；幸好明兒都早已習慣，也不過問，專心幫忙林蕙妍裝扮男身。這個危機四伏的飯局，海盜都是殺人不眨眼的，千萬不可以露出破綻；否則，性命都不保。

*　　　　*　　　　*

月圓之夜，海面平靜。

東印度公司四艘戰艦駛向鴨脷洲，遠處見有一艘大戰艦停泊岸邊，燈光通明。戰艦上插了鮮明的一面紅旗，是張保仔的船艦。

東印度船艦準備向前行，陡然間，左右每邊各有四艘紅旗幫戰艦「出現」，好像兩堵牆，把東印度船艦夾在其中。說是「出現」而不是航行，因為八艘戰艦沒有航行過，其實一直埋伏其中，只是黑夜掩護下看不見，它們陡然間點燈，發現的時候已被圍在其中了。勢色不對，東印度公司船艦停下來，船上水手緊張備戰，多林文和包浩天忙走上船頭甲板。

只見一艘中型號的船隻「出現」面前，慢慢駛過來。船上為首一人黑衣黑褲，體型奇高，身長八尺，皮膚黝黑如炭，雙眼如炬，活生生的鍾馗相貌，頭髮很長，紮一條馬尾。向眾人抱拳，聲如銅鐘，朗聲道：「哪一位是洛伯先生？」

「我是！」洛伯頭戴高帽，一身棕色西裝，紳士姿態走出來。林蕙妍和明兒尾隨其後，二人亦穿上黑色西裝。

那鍾馗相的人道：「在下蕭稽蘭，專程迎接洛伯先生覲見幫主。大家以誠相待，以禮相見，船艦止步，貴賓單身赴會，不招待隨從，軍械不准帶來。請上船！」

「此人江湖人稱蕭雞爛，外號『香山二』，是紅旗幫第二把交椅，東營營主，無惡不作，膽大包天，以心狠手辣聞名。單獨赴會，只怕危險，洛伯先生小心！」包浩天在洛伯右邊耳語。

「洛伯先生，海盜無耻，說話亦不守信用，此行可能有詐，還是不要去了！」多林文在洛伯左邊耳語。

洛伯看看前方，除了鴨脷洲海岸停泊一船艦，燈光通明，不見異狀。但是四處漆黑，看似四面平靜，又彷彿有多艘船艦隱伏，根本看不清楚。事實上，昏暗夜色下只要不點燈，埋伏船艦是易如借火。

洛伯沉吟一會，無法下定決心。

蕭雞爛仰天大笑，道：「堂堂大英帝國的外商，竟然沒有膽量上我們這麼一條小船。還說談什麼生意？哈哈哈！」他的笑聲如山妖怪號，雄渾亮勁，兩旁船艦海盜齊聲大笑，好像整個海面都在大笑。

洛伯臉色一沉，道：「誰說我不敢赴會？」

多林文拉著洛伯的手，耳語道：「別一時衝動！」

「如果我不能回來，你幫我替英國政府請兵報仇！」洛伯向多林文低聲道，拍一拍胸口收藏的鬼火槍，心裡略定，臉帶微笑，登上蕭雞爛的船去。

「我陪你去！」包浩天尾隨洛伯上船。

林蕙妍和明兒又想上船，蕭雞爛伸手一攔，問道：「你們兩位是誰？」

「讓他們上來，他們是我的翻譯。」洛伯道。

蕭雞爛的手由攔擋轉為邀請，道：「兩位公子請！」

林蕙妍和明兒向蕭雞爛打個揖，亦登上船去。

多林文目送紅旗幫船愈走愈遠，不敢同行，兩旁紅旗幫船艦壓過來，命令他們離去。多林文愛莫能助，只能率船艦後撤二百里，遙相監視。

*　　*　　*

船行經所見，原來山上有礮台，一左一右，紅旗幫眾以望遠鏡監視，都是紅旗幫勢力據點。船漸近，張保仔的宴客樓足有七、八層樓，左邊一個赤衣人，右邊一個玄衣人侍兩側迎賓。

赤衣人身材短小，甚為肥胖，皮光肉滑，細目如鼠，鼻孔朝天，嘴巴很大，好像一頭豬。打恭作揖，道：「在下沙香城。」

玄衣人身長六尺，體型健碩，長髮披面，長鬍子及胸，雙目如炬，打揖道：「在下蕭步鰲。」

包浩天低聲向洛伯道：「沙香城，綽號『鯊嘴城』，是五當家，為人心思細密，精打細算；蕭步鰲是四當家，性格暴烈，做事勤快。」

洛伯亦向兩位抱拳，說了句英語。紅旗幫眾聽不明白，不禁一怔。林蕙妍道：「洛伯先生的意思是，他今天很高興碰見你們。紅旗幫人才濟濟，不同凡響。」

包浩天心道：「洛伯果然行走江湖多年，這些英國人擅用行政手腕，玩弄權術和心理。洛伯的華語其實挺好，偏要帶個翻譯來，其實是心理上壓倒對方。老手果然是老手！」

紅旗幫眾遂高興地邀請洛伯等人入內。宴客船很大，裝潢雅緻。兩旁掛滿紅燈籠，四條柱子都有雕花，龍、鳳、龜、麟，各柱不同。地上鋪紅地氈，色彩斑斕，非中土手工能及。洛伯忽然停下來，手指地氈，說了一句英語。眾紅旗幫眾都停下來，不知如何反應，都看著林蕙妍，等她傳譯。只聽林蕙妍道：「洛伯先生讚美這張地氈，他認得這是印度地氈，東印度公司亦有售賣這種貨物。」

蕭雞爛笑道：「這張地氈正是英國商船上取來的。我們是海盜，東西是不用買的！」眾海盜齊大笑。

洛伯向前走，一邊走，一邊又說了一句英語。林蕙妍傳譯：「世上有很多稀世奇寶，不一定搶劫可以得來的。如果你們願意廣結世界不同的朋友，通商可以大開眼界。更好的地氈，亦可以因為友誼，我們公司從印度親自送給紅旗幫呢。」其時大英帝國的勢力已伸入印度，東印度公司正是征服印度後，英國為了開拓遠東貿易市場而設，印度貨品又豈會缺少呢？

包浩天搶著道：「做生意，雙利！大家交朋友，是大吉大利！」

眾人高高興興地走入大廳。

廳堂中央供奉三婆，前面放滿香爐。左右兩邊各置兩幅畫，俱彩色，都以宮廷嬪妃為題，出於同一人手筆。但見色澤清麗，畫工細膩，人物在園庭殿宇之中各種活動，栩栩如生。門牆欄杆俱用直線，線條流暢。

洛伯與包浩天都被畫吸引目光，洛伯看得興奮，不小心碰到一個身材短小的老人，該老人被碰翻地上，身手矯捷，又爬起來。這兩幅畫好像有魔力，把大家的眼神都吸去了，也不知道這位老人什麼時候來。

洛伯太興奮，驚歎：「是珍品！是珍品！」包浩天說道：「價值連城，奇貨可居。」

「看這手筆很熟，好似在什麼地方看過？」林蕙妍來回踱步，細想一下，道：「明朝中葉曾經出現過『吳門畫派』四大家，畫風各具特色。當中畫家仇英的手跡，跟眼前這幅畫極為相似。莫非這是江湖上失傳多年的名畫《漢宮春曉》？前朝作品，高掛堂前，是反清復明的暗語。」

內房門扉打開，只聽幾下拍掌聲，一把聲韻清脆的聲音道：「果然是有才情的客人，慧眼識名畫，一語道破。」

林蕙妍回首，但見燈光下，一位玉樹臨風的少年，身穿白色西裝，眉目清秀，陰中有陽剛，陽中有陰柔，肌膚賽雪。眉宇間有一種深沉的憂鬱，教人生憐。雙目柔情似水，集天地之靈氣，能超脫言語，直掏人心。此人不是別人，正是獨霸一方的真命天子，紅旗幫幫主張保仔。

洛伯說了句英語。林蕙妍看著張保仔，靈為之一懾，不能言語。明兒連忙拍一拍林蕙妍肩膊，教她回復清醒。洛伯又多說一遍，林蕙妍傳譯：「聞名不如見面，閣下玉樹臨風，與眾不同，想必是紅旗幫幫主張保了。」

「哈哈！東印度公司的洛伯先生，有失遠迎。想不到連你的翻譯員亦儀表不凡，才貌雙全。」張保仔向林蕙妍打量。

「久仰紅旗幫幫主張保大名，在下言慧林，幸會。」林蕙妍與張保仔對視，彼此欣賞。

「在下是包浩天，是……」包浩天發現沒有人理會自己，遂自我介紹一番。

張保仔搶白，道：「閣下是什麼人，我們都非常清楚，不必介紹了。大家請來偏廳吧！」

偏廳陳設雅緻，亦不算小。左右各置桌子，鋪有氈子，席地而坐，主賓對坐，是傳統宮廷設計。桌子是檀香木，左右各雕一條龍。眾人入席，張保仔率眾紅旗幫營主迎賓，並逐一介紹，除了剛才見到的綽號「香山二」的「東營」蕭雞爛、四當家「西營」蕭步鰲、五當家「北營」鯊嘴城，還有兩位。一位是頭髮短小，身形瘦削，左眼帶了一個眼罩的獨眼龍三當家「南營」梁皮保，另一位是六當家「中營」蘇懷祖，他是個身穿灰衣的老頭子，老老實實的樣子，相貌平凡，看過不會記得。洛伯再定睛一看，才想起方才觀畫時碰跌的那位老人，還道是打掃的下人，想不到竟是一營之主。

酒過三巡，洛伯說了一番英語。林蕙妍傳譯道：「洛伯先生感謝你們的款待，今天特意帶上英國香檳來，供各位享用。」鯊嘴城大笑道：「我鯊嘴城一向食盡四方，亦未曾嚐過英國香檳。」明兒把香檳交到洛伯手上，洛伯搖一搖香檳瓶，用手一推，「波」一聲響。眾紅旗幫頭目未曾見過這種飲料，大為緊張，一個小木塞向張保仔飛來，旁邊的蕭雞爛身手極快，用筷子把木塞夾在半空。只見香檳噴射，張保仔氣定神閒，鼓掌讚好，眾人見不過虛驚一場，亦拍掌。

洛伯又說了幾句英語，林蕙妍傳譯道：「這是歐洲人喜歡的玩意兒，一般在喜宴場合會享用，大家請一試。」負責酒菜傳送的，俱年輕貌美的少女。大家嚐過一口，鯊嘴城道：「洋鬼子玩意真多，這個酒味道很香，很不錯！」洛伯用英語解釋，林蕙妍傳譯道：「是葡萄釀製而成，如果冷飲，效果更妙呢！如果大家喜歡，我從歐洲送一箱來給紅旗幫。」

蕭步鰲道：「為答謝洛伯先生的香檳美酒，我為洛伯先生表演舞劍。」一位美女走出來，坐在兩席中間，弄弦彈琴。蕭步鰲拔出一把長劍，隨著音樂舞動。林蕙妍心裡雀躍，心道：「他的步姿很重，揮劍很用力，不太美觀。我的舞劍比他更棒，可惜沒有機會，否則我的舞劍一定比他精彩！」

但見蕭步鰲慢慢舞動身影，踱步走向洛伯。但見他揮劍豪邁，銀光閃閃，劍影霍霍，每一劍如雷電凌厲，劍尖每到洛伯先生身前三寸輒止，兇險萬分。雖未聞劍鋒，劍風已刮臉而來。洛伯心裡怦怦亂跳，故作冷靜，不敢稍動，音樂止，眾鼓掌。洛伯心裡有點氣，沒有鼓掌，只是低頭喝酒。

包浩天是「老江湖」，觀眉察色，連忙道：「蕭四當家，劍法真猛。我們在海上走動，最需要這種好功夫保護了。」他連消帶打，既緩和氣氛，亦馬上帶入今晚主要正題。

張保仔卻沒有答和，笑道：「我們知道包兄來臨，今晚亦有一個特別節目，專為包兄而設。」張保仔擊掌，一位少女提著三個紅蘋果走入來，一邊走一邊拋蘋果。

一人僅有兩手，看那少女一手一個蘋果，然後總會有一個蘋果拋在空中，好像變魔術，手法奇快，但是一邊移步，一邊拋蘋果，依然能保持微笑，確非易事。看那少女身材高挑，腿極修長，步履自然，腰肢纖幼，一步一婀娜，不失美態。

林蕙妍看得賞心悅目，心道：「如果我多練習，應該可以做到，這個表演不錯，下次回京可以在哥哥面前表演一番。」

只見那少女移近包浩天，站定。將一個蘋果往上一拋，以頭頂著，再拋右手蘋果，腳向後一翻，以腳板接著。單腳而立，整個身形拉弓半彎，好不精彩，包浩天拍手叫好。

那少女忽然將左手和腳上蘋果往上一拋，手上蘋果向後飛，腳上蘋果往前衝。那少女一個「一字馬」，頭上蘋果不動，原來手上那蘋果已經落在腿上，另一個原來在腳上的蘋果，卻不偏不移，落在包浩天頭頂。

包浩天感到很有趣，一邊讚好，一邊準備用手提走蘋果。蕭雞爛大喝：「別碰蘋果！」包浩天一怔，本來伸到一半的手，凝止半空。

只聽噗哧一響。

「獨眼龍」梁皮保不知何時，拔槍，向包浩天開槍，手法快如疾風，來去無影。包浩天大叫一聲，蘋果墜地，中間穿了個大洞，猶有白煙冒出。只見包浩天臉無血色，酒氣盡散，嚇得氣喘。

事出突然，卒不及防。林蕙妍亦嚇得花容失色，一杯酒跌在桌上，酒杯摔破。洛伯異常憤怒，手碰胸口，準備拔槍，卻碰了個空。

蘇懷祖陰森森一笑，聲音又尖又高，笑道：「嘻嘻嘻……洛伯先生，你掉了東西麼？是不是掉了這個東西？嘻嘻嘻……」只見他手裡多了一支鬼火槍，正是洛伯事先收藏胸口的武器。

洛伯心裡一涼，想起剛才大廳賞畫，無意間碰倒蘇懷祖。他的手法極快，施以空空妙手，神不知，鬼不覺，竟然將鬼火槍挪走。洛伯按捺不住，拍案站起來，以華語叱責道：「你們是什麼待客之道？」

林蕙妍心裡對張保仔大失所望，莫名其妙要戲弄大家，實在過份。

張保仔依然保持微笑，道：「包浩天，你是上海商人，本來已經賺很多錢，偏要跟外國鬼子做生意。你賣的是什麼？」

「普通……日常用品……」包浩天聲音顫抖，卻又語焉不詳。

「你老實一點好，我的槍很喜歡走火的。」梁皮保手槍瞄準包浩天腦門。

包浩天吸一口氣，道：「是福壽膏。」福壽膏，是當時鴉片在民間的俗稱。

「包大哥，你竟賣鴉片？」林蕙妍大為震驚，想起哥哥林則徐經常告訴她，鴉片如何毒害華夏子孫的身體，消磨心靈鬥志，將一個勇士變為病夫。為了鴉片傾家蕩產，做各種喪盡天良的事情，最後弄得過人不似人，鬼不似鬼。鴉片令國民積弱，蠶蝕國力，是最毒害的事情。她從未想過包浩天竟然販賣這種禍國殃民的毒物。

「言兄，他連你也騙了麼？」張保仔看見林蕙妍反應，亦感意外，續道：「包浩天的鴉片，你又知道從哪裡來？」

林蕙妍想一想，看看洛伯，似乎不敢相信，自己竟然傻裡傻氣地幫這伙人做賣國的生意。

洛伯直接用華語，語氣冷淡地道：「不過是生意。我們可以談一個好一點的價錢，如果你保證我們可以在航道上出入平安。」

「錢，我們需要的。」張保仔依然冷靜地坐在原位，緩緩喝一口酒，道：「蠶蝕國民的錢，一個銅板亦嫌太多！」

張保仔站起來，道：「洛伯，你們的生意，從今日起要絕跡中華。這是我給你們的警告！今天放你生路，下次再見，別說我們沒有情義了。」

洛伯道：「有錢亦不賺，你們怎麼做海盜？」

「盜亦有道！我們紅旗幫有所為，有所不為。」張保仔站起來，道：「從前我們什麼都幹，今日我做主，我追求的，不是錢。洛伯，你請回！送客！」

門打開，蕭雞爛走到門口送別。洛伯搖頭感歎，以華語道：「我們東印度公司做的是全球生意，拒絕我們，就是拒絕世界，你會後悔的！」

張保仔竟用標準英語道：「你不認識我，我張保仔就偏要挑戰世界！」

林蕙妍大表震驚，想不到張保仔英語如此流利。張保仔果然有別其他海盜，心為之傾動。

洛伯冷笑，以華語道：「原來你亦懂英語。」

張保仔冷笑，以英語道：「其實你亦懂華語。」

包浩天欲尾隨洛伯離去，雖然梁保皮的槍口從未離開過他。

「你不能走！」張保仔決絕地伸手攔阻包浩天。

「不要……不要殺我！」包浩天哀求。

「賣國賊，人人得而誅之！」張保仔斬釘截鐵地道。

「張幫主，我請你放他一馬。」林蕙妍道。

「言兄，我看你不會跟他們同流合污，我很欣賞你的翻譯能力和才情。要我答應不殺他，除非……」張保仔凝視林蕙妍道：「……你留下來加入紅旗幫。」

林蕙妍想不到張保仔有此要求，想亦不想，道：「好！我答應你！」

「絕不食言？」

「絕不食言！」

「感謝你！感謝！」包浩天激動地捉緊林蕙妍雙肩。

「死罪可免，」張保仔把包浩天的手捉緊，迅即從腰間拔了一把小刀出來，道：「活罪難饒！」手起刀落，一根中指墜地。

包浩天臉容扭曲，倒地呻吟。手裡鮮血直噴，他沒有立即按著傷處止血，倒伸手想拿回斷指，希望回去接駁。

張保仔一腳把斷指踐踏個稀巴爛，冷冷道：「滾！」

包浩天看著碎成一堆爛肉的斷指感慨，好像喪家犬一樣，跟著洛伯垂頭走了，走到遠處，包浩天回首，與林蕙妍對望，蕭雞爛把他拉走。

「言公子和他的從人，以後歸屬何營？」蘇懷祖陰森森的聲音道。

張保仔略一沉吟，道：「他不屬任何營，直接隸屬於我吧。」

「你真的這樣決定？」蘇懷祖眼神疑惑，向林蕙妍上下打量，問道。

「君中無戲言。有不妥當麼？」張保仔決絕地道，沒有目視蘇懷祖。

「幫主，你要不要徵詢石一嫂意見？」蘇懷祖陰聲細氣道。

「我已決定了，不需要！」張保仔怒瞪著蘇懷祖。

「那我就紀錄在案了。」蘇懷祖在胸口取出一本簿，記下。

「你們安排房間給言公子。」張保仔一邊走一邊說。

「遵命。」蘇懷祖聲音拖得很長，凝望林蕙妍，道：「請你跟我來！」

* * *

且說當日林發返回虎門鎮兵營求援兵，但是林國良已率精銳盡出，餘下船艦需作防守，不敢調配，要調配需向兩廣總督吳熊光借調兵力。林發連夜發急件，快馬傳驛。可惜吳熊光批文未到，另一個消息已到。

一小隊敗北餘將折回虎門鎮，垂頭喪氣，是役死傷慘重。四十多艘戰艦被俘，部份軍將投降，反添加了張保仔羽翼。

「林總兵呢？」林發問。

斷了一臂的副將道：「林總兵……林總兵說要鬥至一兵一卒為止，鼓勵志氣。但是敵方的船堅礮利，裝備都在我們之上。副將劉志堅主撤，反對死戰，與林總兵意見不合。劉副將竟……竟帶同部下投誠，林總兵英勇大戰，主船遭礮擊起火。兵士四散，林總兵堅拒投降，亦不願撤。紅旗幫眾攻上船，圍攻林總兵。林總兵英勇浴血大戰，殺死五個海盜，自……刎……犧……牲……」

「林總兵屍首安在？」

「賊人心狠手辣，竟將林總兵首……首級掛在船頭，臣等率餘將僥倖逃回。其他俱……壯烈犧牲。」

林發眼下所見，部隊僅餘十分之一，且傷殘者眾，不禁滿腔悲懷，仰天大嘯。誓言要為林國良報仇。

過了數天，林發又收到另一快馬傳驛，以為是兩廣總督回信。收到的卻是林則徐親筆書函：

林總兵國良兄鈞鑒：

敝妹蕙妍私自南下廣東，訪友包浩天，偕同遊船出海，詎料遇上紅旗幫船艦。友浩天逃得活命卻斷一指，至今猶有餘悸，可知賊性之兇惡。小妹不幸遭張賊保仔押留船上，聞林兄將出兵討張賊，懇請迎救愚妹，兵貴神速。謹頌

馬到功成

則徐　恭頌

林則徐發送的對象是總兵林國良，顯然他仍未知道收信人已戰死馬洲洋。林發喝了一碗白酒，憤怒地摔掉酒碗，粉碎一地。回想當日林國良把蕙妍交給自己，命護送她回京城，當時實在太聰明，竟然讓她隨包浩天去，想不到如今輾轉竟落在張保仔手中，生死未卜。林國良把自己未婚妻交託，今成為了最後遺言，自己竟然一再誤事，甚感慚愧。

林發站起來，向天道：「我林發若然不能救回林家小姐，為國良總兵討伐張保仔，絕不活命而回，以天地為鑒！」

*　*　*

話分兩頭，且說林蕙妍與明兒住在紅旗幫船上，每天過著自由生活。船上總不缺美食，大廚師肥澤體重二百磅，擅烹調各種海鮮美食及製作西餅。因為張保仔喜歡華夏美食，亦愛西方食品，因此中西混合，都難不倒肥澤。

民間物資從不短缺，沿海居民都喜歡與紅旗幫通商，因為信用有嘉；或有居民接濟物資，捐款支持。由於清政府海禁，市民都非法進行交易，大家都有反清之心，視海盜為反政府勢力。

開始一兩天，林蕙妍不太習慣風浪，偶有嘔吐。過了數天，漸慣海上這種自由自在，無拘無束的生活。林蕙妍發覺船上不是只有男海盜，其實有不少婦女在船上。她們或是與船上海盜結為夫妻，或是隨父母投幫會的孩子。不過幫會有嚴格幫規，婦女在船上不可姦淫，而且各有家室分配安排，不會有淫亂之事。管刑法的「獨眼龍」梁皮保，綽號「鐵面判官」，但有紛爭，都由他處理，鐵面無私，幫眾都信服。所以林蕙妍和明兒雖然是女兒家在海盜船上，心裡都不太害怕，何況女扮男裝，船上沒有人發現。

午日温暖，一個二十歲清秀少年進來，林蕙妍認得是張保仔隨身侍從心齋。「言公子，張公子在書房等你午敍。」心齋是個書僮，温文有禮，談吐彬彬，不稱張保仔為幫主，而以公子相稱，他已侍候張保仔讀書多年，當時張保仔仍不是幫主，因此是舊日稱呼。久慣了，張保仔亦不想他擅改。

林蕙妍和應，更換了一套衣服，隨心齋到書房走去。

每天下午，張保仔都抽一兩個時辰與林蕙妍會面，一邊喝英式下午茶，一邊學習英語，順道談天說地。林蕙妍在船上，最享受這一段時光。

其實張保仔有一定英語訓練水平，只是想集中温習一些開會常用詞彙。

桌面上有三層的下午茶銀器盤，上面都是肥澤精心做的英式甜品。甜品前有整套骨瓷茶具，茶壺、茶碟、茶杯，都是同一花紋，手工精巧，色澤光亮。林蕙妍認得這種茶具是英國特產。

她看見張保仔嚴肅地用銀匙羹攪動紅茶，忍不住問道：「這些茶葉都是正宗英國紅茶？」

張保仔點首，反問：「我們直接到英國商船上取的，全是made in England，難道有假的？」

只見張保仔喝紅茶，就只是乾巴巴的喝。

林蕙妍搖頭道：「你的飲法，不夠正宗！」

張保仔一怔，問道：「紅茶不是這樣飲？怎樣飲？」

林蕙妍道：「你等一等！」只見她走出去，過了一會兒，拿了一瓶熱牛奶入來。林蕙妍斟了八成紅茶，再加兩成牛奶，遞給張保仔，道：「你試一下吧！」

張保仔一喝，拍案大叫：「啊！果然不同凡響！」

林蕙妍陪笑道：「過獎！過獎！」

「可見我沒有錯找英語老師，你果然知道什麼是真正的English culture。」

林蕙妍縮縮肩膊，道：「雕蟲小技而已。」

張保仔忽然探頭向前，問道：「你沒有去過英國。為何這麼熟悉英國文化？你究竟是什麼人？」

「我？」林蕙妍心裡早已預備有一天，他會問這個問題，因此亦早有答案，瞭然於心，不徐不疾地道：「實不相瞞，我家原來是明朝遺臣之後，滿清入關，我祖先帶著財富逃入民間，轉為從商。想不到有一次出海交易，遭英國人劫貨殺人。我家族後人視英國人如仇人，要我們每一代人都要好好習英語，認識英國文化，一生人要殺九十九個英國人為目標。國內英國人不多，最多英國人的地方就是東印度公司，因此我要混入去，好像做細作一樣，暗中找機會刺殺一些英國人。」

「哈哈哈……」張保仔笑個不停，噴了一口奶茶出來。

「我是認真的！」

「那麼你至今殺了多少個英國人呢？」張保仔問道。

林蕙妍感歎，道：「很可惜！我至今仍未找到機會下手。」

「好！下次我們劫英國商船。讓你先來個大開殺戒。」

「你為什麼要劫英國商船？你祖先跟他們也是有仇麼？」

「哼！」張保仔大力把英國茶杯和茶碟奮力摔在桌上，道：「以前紅旗幫只懂打沿海漁民的主意，奪漁民的財物。我上任後，與民與法三章，不奪人民所需。但是紅旗幫上下萬多個兄弟要吃飯，我們劫，就劫外國的！要吃飯，吃大茶飯！最可恨的是英國商人，他們買賣鴉片，毒害國民。清廷無能，他們怕洋鬼子，我們不怕！我們殺洋鬼子的船，殺洋鬼子的頭，將洋貨轉售民間，讓沿海的人民富起來。這才不枉大家在海上出生入死！」

「好！你下次劫英國商船，要帶我一起去！」

「沒有問題。」張保仔道。

「一言為定？」

「一言為定。」

林蕙妍忽然捉著張保仔的手來，平伸一隻拇指，在張保仔手上大力劃一下。

張保仔一怔，問道：「做什麼？」

「畫押作實。」林蕙妍正經地，又伸出手背，道：「到你！」

張保仔一笑，依樣葫蘆，用拇指在林蕙妍手背拍一下。

「不行！畫押要很認真，你要大力在我手背上劃一道痕，這才算有誠意。」

「好！嘻嘻！是這樣子嗎？」張保仔依林蕙妍所說，用手指在她的手背上大力畫一道痕。

「嗯！這樣就不怕你說謊了！」林蕙妍得意地一笑。

「你這個人真有趣！」張保仔用手拍一拍林蕙妍肩膊，展露一個親切的笑容。林蕙妍不敢縮開肩膊，她雖然個性豪爽，經常好像男兒頭一樣，畢竟只有十六歲，男女之事，不曾認識。張保仔的手很大，很溫暖。這是頭一敞男女獨處一室，有這麼一種接觸。這個經驗，對林蕙妍來說很特別。張保仔完全不知道自己性別，他以一種男性之間的坦蕩相對，令林蕙妍覺得既新奇又有趣。

微風下，陽光隔著白色窗簾滲漏入來，在張保仔臉上游動。張保仔的笑容實在迷人，如果世上有一種完美的笑容，美麗得超脫性別的一張臉孔，就是此時此刻張保仔這張親切的笑容了。過了很多年後，林蕙妍都沒有忘記張保仔的這個笑容。

*　　*　　*

張保仔每有跟洋商貿易，都帶林蕙妍一起去，直接以英語向洋商解釋，海上江湖規矩。碼頭有商人代理買票，買票後可掛一小幅紅旗，海上幫會見小紅旗，知道他是受紅旗幫保護，都不會劫掠，得保人貨安全。

若不買票，後果嚴重，張保仔與黑旗幫郭婆帶合作劫掠這些不合作的洋商船。兩隊兵力合作，所向披靡，粵江流域以東，以張保仔、郭婆帶雄霸一方。劫後，他們會奪貨搶船，更會將船長作為人質，要求所屬國家付高價贖回，過期不付贖金，則撕票殺人。

所有對外談判，張保仔例必有林蕙妍在旁，郭婆帶不懂英語，不會參與。粵東一帶幫會上下都認識有個言慧林。兩個俊朗的青年，身穿西裝，能說流利英語，懂西方文化禮儀，江湖上傳說他們是海盜中有一對傳奇的美男子。

住在船上時間長了，林蕙妍與明兒需要衣服更替，遂趁紅旗幫泊岸購貨之便，下船買物資。船停泊廣東河內，林蕙妍與明兒連袂出遊，民間見紅旗便高興，喜興洋洋地搬運食物過來船艙。

林蕙妍與明兒商量過，需要多做幾件西裝。但是當時西裝只有在洋服店度身訂造，一來需時太長，做一套西裝，少說也要三至四周；二來度身不便，始終是女兒身，怎麼可能讓裁縫在身上摸來摸去呢？明兒想到一計，原來她自幼縫紉工夫好，二人遂結伴到洋服店。林蕙妍負責選布匹，明兒則偷看裁縫師工序，應該不會太難學。

二人找到碼頭附近一家老字號西服洋行，規模頗大。師傅姓徐，是個很會說話的商人。只聽徐師傅一口廣東腔，道：「兩位大人身上西裝，手工和布料都好不錯！」林蕙妍笑道：「是一位英國朋友送的，在英國訂造的。」二人身上的西裝，其實是洛伯和多林文借出的，二人身形高挑，只是略為瘦削，因此在原有西裝修改而成。

「不過我家西裝都不失禮！選到合適的布匹，我再好好介紹。」徐師傅笑道。

「這幅咖啡色，色澤很特別！」林蕙妍選了一幅西裝褸布。

「兩位大人真有眼光，怎麼稱呼？」徐師傅走近來，將布匹展示於長枱上。

「小生姓言。」林蕙妍手指明兒道：「他姓明。」

「言公子，明公子，好！」徐師傅蠻有禮貌，繼道：「言公子，你真識貨！你知道這是哪來的布匹？」

「我可以參觀你們工場麼？」明兒搶白問道。

「我們工場有好幾位裁縫師傅，手工都很好，當然歡迎參觀啦！」徐師傅往工場大叫：「盧仔！」

工場一位年青師傅應聲走出來。徐師傅命他帶明兒入內參觀。明兒向林蕙妍打個眼色，隨即跟年青師傅「盧仔」走入工場。

「這些布難道不是本土染的麼？」

「你看！布料多輕。色澤沉穩，陽光下卻能透光。放在手裡，滑不留手。」徐師傅展示布匹好處，一時舉高隔著陽光看，一時又用手在布上游動，續道：「中原本土哪有這麼好的貨色呢？你一定猜不到，這是意大利布料！」

「意大利布料在廣東買到？你們從上海訂回來麼？」林蕙妍不敢置信。

「我剛才見你從紅旗幫船上來，難道你不知道麼？」徐師傅自作聰明的樣子。

「你說……這些布匹是紅旗幫賣給你們的？」林蕙妍十分詫異。

「海外好貨，都靠海盜非法合作先能買到。聽說這批貨是劫西洋商船得來的，海盜威武，連鬼佬都怕三分。反而清廷積弱，澳門一直受佛朗機佔據，英國戰艦在廣東沿海自由出入，清廷卻視而不見。他們都是門口狗，欺內懼外。官方只知行海禁，民不聊生，我們都恨不得張保仔來當皇帝。西方來的好貨，必先經清廷皇族、貴族、高官等重重抽選。流到民間的，都不過二、三流貨色。而且中間仲有買辦抽佣，又要交重稅，得不償失。」徐師傅感慨一番，回首向林蕙妍打個眼色，道：「若果言大人相中一些貨色，我打八折給你，睇在紅旗幫份上。」

「看來紅旗幫甚得民心，哥常說海盜殘暴不仁，擾民甚深，看來不是這麼一回事。人民愛戴海盜，更甚於清廷。」林蕙妍心道。

「那就不客氣了！」林蕙妍很快選了五六種布匹，此時明兒已從工場回來，胸有成竹的樣子，看來已取得她要的資訊。正當徐老傅點打算盤之際，外面有隊官差出現，驅趕民眾。有些市民雞飛狗走。有些市民連人帶菜被官差抓去。有老年伯伯掙扎，遭官差用棍擊打，頭破血流。原來繁盛的海岸買賣景象，驟然大變。殺伐緊張，充斥碼頭。

「滿清走狗，又來打擊非法買賣了。」徐師傅憤怒地道：「只准官方買賣，不讓民間搵食。這樣的滿狗，官逼民反。」所謂「走狗」，所指是為滿清做差役的漢人，尤指為清廷執法，欺壓漢族同胞的人。

林蕙妍放下一個金元寶，道：「多出來的，留給你做打賞。」明兒把買來的布匹抱起，二人準備衝出去。

只聽噗哧一響。

赫然有鳴槍聲，一名官差倒地。泊岸碼頭的紅旗幫船沒有因為見官差而開走，反而有一隊紅旗幫眾持械反擊。整個碼頭亂成一遍。

一名部隊官差首領，臉上有鬍子，下令：「做反！格殺勿論！」眾官差好像失去常性，見人就打。有好幾個旁觀市民亦被打得血花四濺。

有個官差發現二人穿西裝，走上前。明兒手裡抱著布匹，林蕙妍低聲喝道：「退下。」雙手握拳，準備一拼。只見那官差走過來，臉帶笑容，道：「兩位貴人，你們站遠一點，官方清場，不想嚇怕你們。」原來這些官差見高俯拜，見低踐踏，發現二人身穿西裝，或出身貴族，或與外國有交往人仕，所以以禮相待。

林蕙妍有點訝異，只見不遠處有一位婦人被官差推倒，婦人為防孩子受襲，抱著孩子俯伏地上。官差竟騎在婦人背上，用手拍打婦人肥大的臀部，猶肆意狂笑。婦人不敢反抗，只是護著兩三歲孩子，孩子大聲哭叫。林蕙妍勃然大怒，心道：「官府差役之醜惡，更甚於海盜！」

林蕙妍雙拳打出，把身前相勸的官差震飛三尺，拳風勁力十足。原來林蕙妍性格好動，與佛有緣，自幼跟一位隱世尼姑習武。不過平日她只是跟草人練習，很少與真人搏鬥，林蕙妍亦想不到有如此威力。

林蕙妍大喝一聲：「住手！」也不知她是怎麼出手。只見她往腰間一探，陽光下但見銀光霍霍，那打婦人臀部的官差肩膊多了一柄小刀，小刀的刀頭縛上一條紅絲帶，倒地慘叫。林蕙妍一個箭步，把婦人和小孩拉到明兒身旁。

那打婦人臀部的官差在地上呻吟，看看肩膊小刀柄上的紅絲帶，手指林蕙妍大叫：「他們都是紅旗幫的！」

小刀刀柄上的紅絲帶，其實只是林蕙妍美觀裝飾用的，紅色只是主觀喜好，並無特別意思，沒有想到這個紅絲帶反而帶來誤會。幾個官差向林蕙妍圍過來，他們舞動手中武器，有大刀，有皮鞭，兇神惡煞。那邊廂，官差大隊齊向紅旗幫眾衝去，揮動刀棍。又一聲槍響，為首衝鋒的官差中槍伏地。

只見紅旗幫的武器先進，刀劍亦較官方武器佳，而且海盜久慣出入生死，兇悍異常，一個裸露上身的紅旗幫人，雙手各持一刀，一個翻身，跳向官差群中，手起刀落，兩個官差首級飛上半空，地上已見兩行鮮血，首級猶未墜地。左右是兩個沒了首級的官差，夾在中間的一個官差嚇得棄械跪地，褲子都濕掉了，舉起雙手，求饒：「我是打工的，打份工搵食而已。大爺，請放條生路！」那裸露上身的紅旗幫人刀光揮過，地上多了兩隻手掌。剛才那位尿濕褲子的官差，高舉兩隻沒有手掌的手臂，只見切口整齊，露出白骨，那官差痛得暈倒。

回說林蕙妍這邊，幾個官差受眼前景象，嚇了一跳。林蕙妍趁他們分神，手探入懷，兩個官差肩膊分別中了小刀。一個官差把皮鞭揮過來，林蕙妍閃身避開，西洋服店門外的玻璃穿了個洞。

「掉那媽！官逼民反！」徐師傅仰天大罵。

兩名官差提刀向林蕙妍劈去，林蕙妍施展空手奪白刃，身形快速的閃動，避開了幾下刀光，但是赤手空拳，埋身肉搏，甚為兇險。那使皮鞭的官差發現明兒和婦孺，竟向她們揮鞭。林蕙妍顧自身不下，眼見皮鞭將落明兒頭上。

一聲慘叫，使皮鞭的官差有銀光從胸口穿透出來，陽火下甚為眩目，銀光驟現驟去，那個使皮鞭的官差倒地，胸口多了一個洞。身後露出了一位手持長槍、年若二十歲的清秀少年。林蕙妍一看，認得來者是心齋，張保仔的貼身書僮。心齋身後有一小隊紅旗幫眾，約有五六人，為林蕙妍解圍。

「知道你們出外購物，專程命小人來保護公子。救護來遲，公子勿怪。」心齋抱拳道。

只見一個身穿青衣的「獨眼龍」，左眼帶了眼罩，右手持酒壺，左手持鬼火槍，騎馬在紅旗幫眾較後方。只聽噗哧一聲，那個臉有鬍子的官差指揮倒下，太陽穴穿了個洞。那「獨眼龍」右眼向林蕙妍打個眼色，她認得正是三當家「鐵面判官」梁皮保。

眾官差見失去指揮，紅旗幫眾英悍，膽顫心驚，抱頭鼠竄。那婦人帶著孩子向林蕙妍道謝，命孩子向林蕙妍跪拜。林蕙妍連忙扶起孩子，道：「不用行禮！路見不平，拔刀相助而已。滿清狗官，人人得而誅之。」那婦人點首，道：「對！滿清狗官，人人得而誅之。」林蕙妍一想，心道：「不對！我哥哥林則徐不是清官麼？這麼一來，我連哥哥都誅殺了。罪過！罪過！我哥哥是好人。應該是『除了我哥哥林則徐外，其餘滿清狗官，人人得而誅之。』」

總算虛驚一場，林蕙妍與明兒又返回船上了。紅旗幫船離岸，眾市民向紅旗幫眾道別，那婦人帶著孩子在岸上向林蕙妍揮手，船漸行漸遠，人堆亦逐步變小。

林蕙妍和明兒從房中窗口，看著窗外景色，遠離內河了。

明兒道：「滿清鷹犬真可怕啊！剛才那皮鞭揮過來，我腦中一片空白，心想：『如果打中了臉，以後臉上不知會不會有永不磨滅的傷痕呢？』」

「哈！」林蕙妍笑道：「那你就一世嫁不出，一世做海盜了。」

「哼！做海盜，也勝過做清兵。」

「怪不得這麼多人要反清復明了。」林蕙妍把一條絲巾，縛在左眼，道：「我們現在不是在海盜船上麼？海盜來了！」說罷向明兒撲過去，雙手往她腋下搔癢。

明兒縮成一團，道：「哈哈！走開，走開，醜八怪梁皮保，走開！」又反擊林蕙妍的腋下，二人大笑，抱成一團。

明兒忽然道：「我方才在甲板，聽到一個有關你的消息。」

林蕙妍笑道：「不是說我長得像梁皮保吧？」

明兒一本正經地道：「不是說笑的！方才甲板上的紅旗幫人說，平日官方派人來清場，他們一般都會開船避走，很少好像剛才一樣，與官差正面交鋒。」

林蕙妍見明兒鑾正經，亦收起笑容，認真點首：「是，我亦覺奇怪。為何呢？」

「因為你！」明兒手指著林蕙妍道。

「因為我？」林蕙妍不解。

「他們說……他們說……」

「你老實說吧！別吞吞吐吐。」

明兒鼓起勇氣，道：「他們說，你是張保仔眼下的紅人。張保仔為免你受傷，特意派心齋來救你，又命三當家『梁皮保』出手。」

林蕙妍心裡一蕩，自己登上紅旗幫船，不是很長的日子，怎麼這麼快就成為了張保仔的「紅人」？不知何解，林蕙妍為這個不知是真還是假的傳言，樂了數天。

* * *

下午茶時間，林蕙妍又到張保仔的書房。

「張幫主，我們今天練習哪一些詞彙？」

「談判的英語是什麼？」張保仔喝了一口西式奶茶問。

「名詞是 negotiation，動詞是 negotiate。現在式是 negotiate，過去式是 negotiated，過去進行式同樣是 negotiated。」林蕙妍一本正經地回答。

「未來式呢？」張保仔在精緻的下午茶銀器點盤上，選了一塊曲奇，放入口中。

「未發生的可以在前面加上 will。」

張保仔躺在私人的午睡小床，想一想，道：「為什麼西方人的動詞這麼複雜？又過去，又現在，又過去進行，又未來呢？」

「也許他們重視時態吧！」

張保仔坐起來，似有所悟道：「我明白了！漢人沒有這種文法，因為漢人不重視過去的歷史，沒有未來的想像，只有當下。解決了温飽，什麼都不會再想。」

「也不見得。你這麼年青，很多人跟著你，你就是他們的未來。」

「未來？海上都是顛沛流離的生活。朝不保夕，有何未來？」

林蕙妍道：「他們都是年青有勁，過慣了自由生活，不認同外族政權，不想在陸地工作，追求浪漫刺激。」

「我看你也很年青啊！你多大？」

「我今年二十。」林蕙妍撒了個謊，其實僅得十六歲。

「我比你大一年，以後只有我倆的地方，我叫你言仔，你叫我保仔就可以了！」

「張幫主可是說笑？」

「嚴格來說，你不是幫會中人。每天幫主前幫主後，夠煩人的！言仔，我命令你叫我保仔。」

「哈！保……保仔。」

「乖了！言仔，你喜歡武功麼？」

「何出此言呢？」

「我聽人說，你上次在內河，有投飛刀的絕技。你可以表演嗎？我想看看！」

林蕙妍心裡一驚，竟然有人向他打報告，匯報自己的行為，心想：「是誰呢？看來是心齋！」表面卻強裝笑容，故作振定道：「有什麼好看？」

張保仔從餐桌上取出一個青蘋果，說道：「我數三下，拋出蘋果，看你能否把蘋果釘在牆上了。一、……」

林蕙妍嘗試找理由推卻，道：「其實我不太會放飛刀，只是江湖上保命之道，那天只是太情急，才會這麼準，平日我都失準……」

「二、……」張保仔沒有理會，繼續數。

「……我現在很緊張，真的！保……保仔，我真的沒法做到，你就饒了我……」

「三、……」

說罷張保仔手中的蘋果向上一拋，林蕙妍被迫出手，借力站起，手往懷裡一探，銀光霍霍，一柄小刀直飛入牆，刀柄尾部的紅絲帶猶在振動。蘋果卻沒有被釘在牆上，而是墜落地上。

林蕙妍苦笑一下。

張保仔走近一看，青蘋果中間清晰斷裂為二，齊口分割，左右對稱，切割精準。原來小刀沒有把蘋果釘在牆上，是因為小刀的力量太快太勁，因此在半空已將蘋果切割，直飛入牆。速度比蘋果下墜還要快，蘋果沒有在空中開為兩半，而是直墜地面，因為分割速度極準極快，蘋果來不及察覺自身被分成兩半，已經墜地。

張保仔吐一吐舌頭，道：「好厲害！」

林蕙妍又再苦笑。

陡然間，張保仔以高速跑來，一個飛身撲去，把林蕙妍壓倒地上，幾乎不能呼吸。

張保仔的身體很重，兩人從未如此肉帛相貼，林蕙妍掙扎想推開他。張保仔反而壓得更用力，肌膚相親。

「怎麼了？你逃不了吧？」

「……」林蕙妍聽到兩種心跳聲，一種是張保仔的，一種是自己的。

「嘩！你的身體很香，你塗了胭脂水粉麼？好像女兒身一樣。」張保仔往林蕙妍的頭一嗅。

林蕙妍感受到張保仔呼吸的氣息，不禁低喘，嗔道：「別這樣！」

張保仔鬆開手腳，林蕙妍忙坐在一旁梳理頭髮，張保仔笑道：「怎麼樣？厲害吧？這是我新學的柔道術，一位東洋的柔道高手教的，我未試過，這種緊鎖方法聽說能把比自己高大強壯的人制服，看來效果很不錯。呵！你怎麼臉紅？你愈看愈似女人啊！哈哈！」

林蕙妍心裡怦怦亂跳，心道：「他的話是什麼意思？莫非他看出我是女兒身？他如果明知我是女兒身為什麼要這樣做？難道他是試探我？」嘴巴卻一點不軟，道：「你才像女人！」

「你竟然說我像女人？」張保仔站起來，狀甚憤怒。林蕙妍心裡一慌，莫非說錯了話？只見張保仔不怒反笑，道：「哈哈！你竟然說我像女人。你竟然夠膽說我像女人！」張保仔的絲質黃袍腰帶鬆了，站起身來，整理一下。林蕙妍看到他赤裸的胸膛，肌肉結實，皮膚卻光滑如初生嬰兒，心裡跳得更快。不覺撫著心口，怕心跳大聲得教對方聽見。一摸之下，大吃一驚。原來剛才張保仔玩柔道時，動作太大，掙扎時緊扎胸口的布帶鬆了，觸手感受到溫軟的乳房。

張保仔弄好衣服，坐下，凝視林蕙妍道：「這麼輕鬆的說話，我很久沒有試過了。」

林蕙妍淺笑，道：「我為人直腸直肚，說話都不經大腦，不懂轉彎抹角。」

張保仔輕歎，走到窗邊，望著海，徐徐道：「我鄉下在新會江門，爸爸是漁民，十五歲那年隨爸爸出海捕魚，遇上海盜。此後我的命運改變了！我離開了我的家，船就是我的家，鄭一從此成為了我的父親。他逼我學英語、練武、學習做生意、學習談判、學習幫會規則，學習什麼是江湖。不經不覺，我在船上生活了超過十年。這十年來，我很少有胡亂說話的機會……」

張保仔深情地看著林蕙妍，道：「看到你，我好像看到年青的自己。」

*　　　　*　　　　*

林蕙妍整晚失眠，隔鄰床的明兒呼呼入睡。她們被安排在同一房間。

林蕙妍沒有告訴明兒當日下午的事情，心情好像十五個吊桶打水，七上八下。外面的圓月很亮，水面搖晃，林蕙妍從來沒有遇過這種事情。「張保仔是一幫之主，洞察力強。會不會他一開始已看出我是女兒身？不會的！如果他知道，應該不會是這種反應的。」林蕙妍輾轉反側，心想：「就算他不確定我是男是女，下午無端來個柔道撲身，是否來測試我呢？應該不會！明兒為我們的打扮細心設計，絕不會一眼可以看穿的。就連認識多年的包浩天哥哥，上次船中碰面亦沒有把我的相貌認出來，更別說性別了！張保仔以前不認識我，更不可能看出我是女性。」林蕙妍又轉身往另一邊，心想：「就算張保仔一開始沒有懷疑，但是他玩這種柔道遊戲時，我們肉帛相貼。我胸巾都掉下來了，他沒有可能沒有察覺我是女兒身吧？下午我的胸口曾貼著他胸口，甚至可以聽到他的心跳聲。他也應該聽到我的心跳聲。他還要說：『你的身體很香，你塗了胭脂水粉麼？好像女兒身一樣。』還用鼻子在我頭髮磨，他為什麼要說這種俏皮說話呢？為什麼幫中人都說我是他眼中的紅人呢？他的說話是不是含有什麼特別意思呢？」

海水在月色下粼光晃蕩，晦明莫辨。一時彷彿看得分明，一時又好像混濁不清。愈看愈糊塗，冥思益甘苦。問海無言，問天無聲，載浮載沉，一切猶如夢幻泡影，不經不覺，又過了一天。

*　　*　　*

轟隆。轟隆。轟隆。礮火的聲音打破了夢。

林蕙妍醒來，猶未弄清楚什麼一回事，船隊進入作戰狀態。明兒從外面走回來，神色慌張，道：「我們受突擊，大隊清兵戰艦追逐我們。」

又一聲礮轟，聲音蓋天。林蕙妍張口說話，自己都聽不到自己的聲音。「伏下！」明兒大叫一聲，抱著林蕙妍伏在地上，戰艦往上一拋，由於船艦航行極快，多艘戰艦在海面追逐，造成巨大的浪濤。

林蕙妍大聲道：「清兵旗號有沒有掛大將姓氏？」

明兒道：「沒有留意。」

林蕙妍爬向大門，轟隆。又一聲礮火巨響。船再度被拋高。林蕙妍差點受傷。

「你去哪？外面很危險！」明兒大聲道。

「我想出外看看！」林蕙妍大聲回應。她一向我行我素，決定了的事情，玉皇大帝亦無法阻撓，一閃身就走出房了。

「我跟你去！」兵荒馬亂，槍械無眼，明兒擔心林蕙妍安危，隨她出房，順手拿起新縫制的藍色大斗篷，擲給林蕙妍。

外面風浪很大，林蕙妍接過斗篷，穿上，十分帥氣。二人走上甲板，一個青年衝過來，原來是心齋。

「言公子，你們怎麼走出來？這裡很危險！」心齋道。

「我想看看戰況！」林蕙妍道。

心齋想一想，道：「這邊不能走，跟我來！」

心齋帶路，往船艙內走，林蕙妍與明兒緊隨。只見心齋左穿右拐，中間原來是牆的地方，原來可以移開。一些原本沒有門的地方，原來又是一道門可以打開。地板揭開，下面又有道路，通往密室。向天花一敲，又有一道天梯，可以爬上一層。這麼一艘船艦，卻埋伏很多不同暗道秘巷。如果要林蕙妍和明兒再走一遍，她們亦不會記得怎樣走。她們只有跟著心齋，也不知走了多少路，心齋帶她倆左穿右插，走到了一個控制室。

控制室位處船隻較高的視點。船長親自掌舵，眾水手緊急報告不同數據。有多面不同鏡子，從不同角度反射戰艦外面的情況。只見海面兇險，到處都是清戰艦。張保仔一身真絲質的白衣白鞋，坐在中間一個蒲團上，八個方位各有一個僧人，身穿紅衣袈裟，兩人念經，兩人擊樂。

林蕙妍和明兒到來，張保仔回頭看了她倆一眼，沒有表情。張保仔身前有一位副舵手，跪在地上，一邊指著地圖問張保仔決定航線。張保仔雙目閉上，狀似打坐，忽然做一個轉動的手勢。副航手大叫：「左，九十度」，鼓手擊鼓，旗手揮旗，船長急速轉航，船軏止，停在海中。尾隨的清兵追上來。

張保仔拍一下掌，副航手大叫：「打！」戰鼓急擊，眾人掩耳。心齋向林、明大叫：「掩耳，伏下！」說時遲，那時快，轟隆隆……轟隆隆……轟隆隆……轟隆隆……連續幾聲礮火打擊，從鏡子見到為首一艘清艦中礮著火，上面清晰掛上寫著「林」字的旗熾。眾海盜歡呼。

林蕙妍一慌，心道：「莫非是林國良總兵的船艦？不知他是否在該船艦上？」

張保仔開目，回首，神情愉悅地看著林蕙妍一笑。林蕙妍向他報以點首回應。「若是國良哥哥與保仔大戰，我應該幫哪一邊呢？」如果未認識張保仔，這個問題很簡單。林蕙妍一直認為海盜都是擾民的壞蛋，到處劫掠，殺人如麻。海盜之王的張保仔更是惡貫滿盈，先殺之而後快；但是近日種種見聞，又教林蕙妍有一番全新的體會。人民喜歡的是海盜多於清政府，滿清官差才是擾民，海盜卻是反建制的英雄。張保仔是英雄中的大英雄，胸中懷著救國救民之志，不懼外國勢力，不單不是草寇粗人，反而是知書識禮，習外國文化的儒雅之士。「究竟海盜可怕，還是清廷可怕？究竟海盜可愛，還是清廷可愛？」問題在林蕙妍腦海轉過不停。

瞭望台上有的水手，吹了個口哨，意思是：「敵方有詐，左右有敵船夾擊。」

張保仔雙手平伸。副舵手得令：「全速前進！」戰鼓傳令，紅旗幫船艦全向前高速馳行。

張保仔又閉目，左右僧人齊聲誦經，聲音諧協。副舵手在張保仔耳邊低聲說：「幫主，再向前行，是阿娘鞋（即今威遠島對開海面，東莞虎門大橋附近），接近清兵虎門總營，小心有伏兵。」

其時速度極快，風刮面而來。林蕙妍和明兒只覺十分暈眩，若不是上船多天有所習慣，此刻早已嘔吐了。儘管如此，仍覺得很不舒服。

只見張保仔又閉目，一會兒，手指向前一指，然後打開手掌平伸。副舵手吹口哨，暗語：「全速駛向阿娘鞋。」張保仔兩手合什，八位僧人並立，向八方潑米。其時船速極快，後面不時有礮火聲響，甚為兇險。但是八位僧人赤腳而立，卻如履平地，穩如泰山。副舵手打開地下暗門開關，地下有條秘道。也看不清楚張保仔如何動作，亦有可能是他的八方位置站有僧人，感覺好像瞬間消失，八位僧人亦先後走入秘道。副舵手把暗門關上。

只聞戰鼓聲一陣急速擂動，船艦忽然減速，轉向，以礮頭對準來追清軍。五十艘紅旗幫船艦一字兒排開，迎接來追的百艘清兵精銳水師。只見紅旗幫船艦隊中間有一艘特別嬌小的戰艦。全船烏黑，中間建有高塔一樣，足有八層樓高，八個方位各有一護航艦。高塔頂部坐有一人，素衣素服素鞋，閉目打坐。八個袈裟僧人在他的八個方向圍坐，塔下有一眾和尚誦經，其聲不大不小，在海面上隱約聽見。有一個巨鐘在塔旁邊，六個僧人合力推巨木棍撞鐘，其聲響徹海面。

林蕙妍定睛一看，坐於塔頂的素衣人，赫然是張保仔。以剛才行駛之高速，要由一船過另一船已經極難，更何況要一口氣走至少十艘船的距離，難比登天。蕙妍遂問心齋：「剛才不過彈指之間，張幫主怎麼可能這麼快抵那烏船之上，高塔之巔？」

「這不是烏船，是神樓船，我們行船的海上寺廟，供奉三婆。張公子非凡人，有娘娘的姐姐庇祐，行事知天機，我等凡人不會理解。」心齋道。

林蕙妍遙望張保仔此刻垂眉打坐，覺得他有時如在人間，有時不吃煙火，時而親切可近，時而遙遠萬丈，難以捉摸，難以理解。

此刻紅旗幫船艦在阿娘鞋一字兒排開，迎戰百艘突擊的清師。阿娘鞋是一個聞名的地方，傳說中南海龍王迎救龍女阿娘與蓮花山神虎大戰之地，阿娘掉下的綉花鞋，稱為阿娘鞋島（即今之威遠島）。這個地方在後來的道光年間是鴉片戰爭的戰場，林則徐率虎門軍民築百丈鐵鏈橫鎖大江抵抗敵軍。此為後話。

鐘聲下，眾紅旗幫平靜如水，止行列陣。清師雖有一倍之多，亦不敢輕進，互相對峙。神樓船傳出來的和尚誦經敲鐘聲，和平寧靜，跟刻下劍拔弩張的形勢，大相逕庭。

林蕙妍站起來，遠看清師，距離太遠，無法判別是否林國良總兵的部隊。

陡然間，見一白鴿，從遠處而來，落在神樓船之巔，張保仔伸手，白鴿落其手。

清師慢慢壓上來，有清軍戰艦按捺不住，向神樓船開礮。礮彈到張保仔身前落下水中，不能射及，如有神在。紅旗幫依然平靜若水，佛經與鐘聲，響徹海面。

清軍欲改變陣式，兩翼船艦橫向，不斷開礮壓前，作為掩護。中間船艦急速向前，向神樓船突襲。

張保仔手向前平伸，八方袈裟高僧潑葉，八塊綠葉向八個方向飄下。戰鼓擂動，眾戰艦礮火齊發，清師先頭部隊兩艘船中礮焚燒。其餘船仍繼續向前，以死衝刺。兩邊礮火齊動，海面火光熊熊，林蕙妍在船上亦感到臉上熱熾，聲若打雷。

密集礮火下，清師衝鋒隊速度不夠礮彈快，約二十艘衝鋒隊頓成礮灰。很多清兵跳海，紅旗幫的弓弩發動，瞄準一一射殺，血染河水。

只見清水師一陣混亂，遠處有鼓聲，夾雜鈴鐺聲，心齋大喜，道：「援軍到！」林蕙妍問道：「你怎麼知道？」心齋道：「早前張公子放飛鴿傳書求兵，方才白鴿回信，應是附近援軍回覆，今緩軍到，前後夾擊，殺清兵片甲不留。」

只聽戰鼓擂動，號角聲響，眾紅旗幫船艦齊向前壓上，同時一邊航行，一邊放礮，清師夾在其中，只求突破，殺出重圍。然而愈急亂，死傷愈慘烈。有數艘清兵黃龍旗拿掉，林字旗拋入海，改掛白旗投降。

「清兵都是貪生怕死之徒，他們只是想討口飯吃，視同一份工作，不會拚命，哪裡及得上我們的英悍之師？」心齋笑道。

只見有紅旗幫船員改乘小船，在礮火中不顧生死，跳上清兵船上廝殺。林蕙妍說了句什麼，礮火聲下聽不分明。心齋大聲問：「你說什麼？」林蕙妍朗聲道：「你們都是亡命之徒！」心齋大笑，甚為得意。

船艦逼近，清兵受圍困，無法突破，投降者愈來愈多。主帥船艦無法控制，有紅旗幫亡命上了主帥船，把林字旗拆斷，清軍氣數已盡。只見主帥船艦上主帥猶英勇作戰，轉眼又殺死九位紅旗幫亡命。

「這不是林發大哥？」明兒驚叫。那位英勇主帥，赫然是林發。林國良其實已經戰死了，只是林蕙妍不知道。她更不知道的是，今仗清兵戰艦帶兵的是參將林發，他千辛萬苦求得懦弱無能的兩廣總督吳熊光借調兵力，只有兩個原因，一是為林國良總兵報仇；二是為了救林蕙妍返回京城。今林蕙妍就在眼前，大喊：「林發哥哥！」

林發轉身過來，尋覓林蕙妍芳蹤，然而林蕙妍易男裝又穿藍色斗篷，一時三刻，戰亂之際，不容易找。同時林發又被幾個亡命糾纏，轉眼間，他又殺掉三個亡命，十分英勇。林發再回首，終於看見林蕙妍向他揮手，千辛萬苦，總算在十萬軍中尋到林蕙妍，林發激動向她揮手，一根銀針正中左胸，直刺心臟。

林蕙妍掩口大哭。

幾個亡命衝前，只見林發仰天怒嘯，又殺二人。林發臉上呈黑色，那枝針顯然餵了毒，全身發麻，運氣無力。他的刀遭亡命用棍一架，隨即墜地。眾亡命衝前，林發失去武器，只能以手掩面。命絕，於眾亡命亂刀亂棍之下。

林蕙妍哭成個淚人兒，親眼目睹友好的大哥慘死。

* * *

紅旗幫眾為出師大捷慶功之際，只有林蕙妍和明兒在房內私下祭林發。林蕙妍茶飯不思，哭成淚人。但見明兒忙於收拾行裝，林蕙妍問道：「明兒，你在忙什麼？」

「小姐，這裡一眾海盜，兇險萬分。林發哥哥戰死，令人神傷。但是你剛才在船上大哭大叫的舉動，必會引人注目。我只怕引起懷疑，惹來殺身之禍，我看，還是趁早準備，找機會逃走了。」明兒擔憂地道。

畢竟明兒是個較理性的人，這些事情林蕙妍從沒有想過。「如果張保仔知道我的真正身份，他會怎麼樣呢？」林蕙妍心道。

心齋忽然走來，拍門說：「言公子，打擾你。」

林蕙妍與明兒對望，深更半夜來訪，暗覺不太對勁。明兒忙把收拾的行裝放到床裡，用棉被蓋好。林蕙妍忙把淚水抹乾，深吸口氣，笑臉迎向心齋，道：「怎麼樣？你想我赴慶宴嗎？」

「非也，有人想與你會面。」

林蕙妍一怔，問道：「你說張幫主？」

「非也，與你會面的是另有其人。」

「誰？」

「娘娘。」

「誰是娘娘？你說的娘娘是鄭一嫂？」

心齋笑而不答，笑容靦腆，道：「有請言公子。」

林蕙妍想一想，向心齋道：「我想穿件外衣，你等一等。」

林蕙妍返回房間，抱一抱明兒，道：「鄭一嫂深夜要見我，會不會她知道我的身份？」

「江湖上聞者喪膽的女海盜？你要小心！」

「你懂游泳麼？」林蕙妍忽發奇想。

「當然懂，做什麼？」

「若我兩個時辰不能回來，你跳海逃命吧！告訴則徐哥哥，我是任性愛生事，與人無尤。」

「小姐，別說這些……」

林蕙妍定睛凝視明兒，道：「我是認真的。」

「小姐！」明兒不捨地又抱一抱林蕙妍，此行相當兇險，令人十分擔憂。

*　　　　*　　　　*

心齋領著林蕙妍走，林蕙妍試問道：「以前都未聽過你們說起這位太太？怎麼住了這麼多天，亦未見過她？」

「娘娘不是住在這艘船上，今天剛巧來訪。」

「今天？」

「對！今天的援軍，就是娘娘率領的。」

「紅旗幫一共六位當家，原來娘娘也有軍隊？」

「娘娘驍勇善戰，雖是女性，但是巾幗不讓鬚眉，娘娘以前跟前幫主鄭一征戰多年，是女中豪傑。前幫主過身後，娘娘將原來的幫主的軍隊一分為二，一隊歸張公子，一隊歸娘娘。」

「你知道她為何深夜求訪呢？」

「哈哈！她可能想認識你吧！到了！」心齋領林蕙妍到了一個房間前，扣門。

「言公子，好！」女僕小恩開門，小恩年約二十中旬，雙眼很大，樣子和藹。「小人告退了，晚安。」心齋有禮地告別，林蕙妍從他眼中看不出異樣。房內一陣香氣，十分寬敞。小恩一邊走，一邊問：「公子喜歡喝茶？」

「嗯……嗯……」林蕙妍心裡緊張，眼睛四處打量，只見牆上掛著不同動物的首級標本，有鹿頭、有豹頭、有羊頭、有牛頭、有鱷魚頭、有熊人頭等，說不盡的古怪。小恩邊走邊問：「你喜歡什麼茶？有香片、茉莉、普洱、鐵觀音、菊花、水仙、碧螺春、烏龍、龍井……」

林蕙妍被這些獸首標本，弄得頭昏腦脹，心道：「這個娘娘究竟什麼樣的人呢？竟然會喜歡收集這麼多獸首標本。貴為海盜之母，看來殺氣不少，待會小心應對。」隨口敷衍道：「花茶吧！」

「花茶，就是香片了。公子是從北京來的嗎？北京人都愛飲花茶，聽你口音亦似京腔呢。」

小恩一雙眼睛骨碌碌地看著林蕙妍。

林蕙妍一驚，心道：「果然是厲害的腳色，我只不過說一句話，她便知我來龍去脈。奴婢尚且如此厲害，主人一定更厲害。我要小心一言一行，別露出馬腳，否則不知能否平安度過今晚。」

「哈哈！我經常周遊各地，老家亦很少回了。哈哈！」

「這邊請！」小恩走到一個房間，打開門。

只見居中一位女子，赤腳而立，地上放有一幅很大的虎皮，虎皮連著老虎頭，老虎牙齒清晰可見。她的皮膚黝黑得反光，雙眼奇大，發出光芒，充滿威嚴和智慧，令人不敢逼視。嘴唇很厚，略帶性感。雖然人到中年，她的體態極纖瘦，卻不是病態的瘦，相反是極其健康，就像一頭獵豹，精力充沛，看來不過三十歲。她的頭髮紮成馬尾，手指著旁邊一張羊毛皮櫈，道：「言公子吧，請坐！」她的聲音充滿權威，好像胸中有千萬軍，久慣指揮領導。

「小生言慧林，拜候娘娘。」林蕙妍禮教齊備，誠惶誠恐就坐。

那女子正是鄭一的遺孀石氏，她瞅了林蕙妍一眼後，專注地看著牆，問道：「上船多久？」只見牆上放有一幅大清地圖，石氏手一揮，一根銀針直飛入地圖，刺中廣州。銀針是最輕最小的東西，很難控制，在石氏手中卻變成利器，又準又勁。

銀針，觸動了林蕙妍的神經。林發慘死的場面浮現，胸口中了一根銀針，全身發黑，毒發身亡。「這些銀針看來有毒的！最毒婦人心，殺林發的人，莫非是她？」林蕙妍心裡閃過一個念頭，表面上仍表現克制，道：「多謝娘娘關心，快一個月了。」

小恩送上熱茶來，笑道：「言公子，你的北京花茶。」林蕙妍接過杯子，只見茶香撲鼻，茶葉泡在水中，慢慢隨水温降下。腦中又閃現林發臉上發黑的樣子，心道：「不知茶中會否有毒？」林蕙妍又不敢喝了，遂放在一邊。

「你是北京來的？」石氏問道，手中又一根銀針飛出，直刺入地圖上的北京。

「嗯！在北京長大，之後一直在上海生活多。」林蕙妍心裡想好了這個說法，以免令人猜到她的真正身份。

「你家裡有什麼人？」石氏又放一根銀針，這次飛向上海。

「爸爸、媽媽和一個妹妹。」

「不會太小家族吧？」石氏轉過頭來，盯著林蕙妍。當時大戶人家，多三代同堂，生育很多，一般十個孩子亦視作等閒。

林蕙妍乾脆把謊言說下去了，用針掉下地的聲音道：「我……我媽媽是小妾。」

「啊！腐敗的封建婚姻。」石氏坐在對面一張豹皮椅，道：「聽說你英語很好，是哪裡學的？」

「爸爸是商人，經常跟外國人接觸，他聘請了一位外籍老師，我學過幾年，所以略懂英語。」

小恩送上水果，有橙、蘋果、柚子、西瓜、蜜瓜等，切成一口份量，放一盤給石氏，另一盤給林蕙妍。

「你爸爸是上海商人？叫什麼名字？做什麼生意？」石氏把一片橙放入口中。

「我爸爸叫言山木，是上海洋服店老闆，都是小生意。不過，他的事我很少理會，爸爸亦不常來我家。」林蕙妍雖是編謊言，這個上海的言山木卻是真有其人，是林家的朋友。林蕙妍心想：「這個女人看來很能幹，她很可能會派人到上海打探，謊言不可以編過了頭。就算她找到言山木，亦不能知道他有多少妾妃，這個說法應是最安全了。」

「你喜歡張保仔嗎？」石氏的問題簡單直接。

林蕙妍一怔，不太明白她的問題，牽強附會道：「張……幫主，人很好，我幫他温習英語，大家相處得來。」

「你為什麼什麼水果也不吃？不是怕有毒吧？」石氏盯著林蕙妍，半開玩笑的語氣。

「不……我喜歡西瓜。」林蕙妍伸手取了一片西瓜。

「我聽說張保仔很喜歡你這位小朋友。」石氏呷一口酒，徐徐道：「他是我丈夫，我要知道他跟什麼人來往。」

林蕙妍嚇了一跳，將要放入口的西瓜掉在地上，衝口而出，問道：「你不是前任幫主的妻子麼？你是他義母，怎麼會是他妻子？」

只見石氏臉色一沉，林蕙妍心道：「糟糕了！不應該說的都說出來了。」

「從來沒有人膽敢這樣跟我說話！」石氏不怒反笑，道：「哈哈！我開始明白為何張保仔喜歡見你了。」

林蕙妍連忙道：「我這人直腸直肚，說話都不經腦袋。娘娘，有怪莫怪！」

石氏笑道：「我喜歡坦坦蕩蕩的人，我亦是我行我素的人。鄭一過身後，我就跟張保仔結為夫婦。誰說女人不可以再嫁？誰說義母不可以做太太？我定下規矩，船上的女人都不可姦淫。所有女人都要分配，留下來做幫會人的妻子，就不會出亂子。投靠前有妻室，有家庭的，亦可帶上船一起生活。船上不是男人的天下，應該是水上的家。彼此互相尊重，不要把關係弄得不清不楚。言公子，你有家室嗎？」

林蕙妍吁了一口氣，心想：「娘娘思想真前衛，亦是性情中人，真的險象環生。」遂回應道：「小生暫未有娶妻。」

「下次有好的女子，我讓你先選。」石氏笑道：「男兒壯年，需要有一個女人。」

林蕙妍心道：「我一個女兒身，還要娶一個女人，再加上明兒，三個女人住一起，實在太麻煩了吧？」口頭卻道：「多謝娘娘關心。」

石氏放柚子入口，道：「你需要接母親和妹妹上船嗎？」

「母親已過身，妹妹習慣陸上生活，不熟水性，我看不必了，謝謝娘娘關心。」林蕙妍心想：「若然她逼我找個妹妹來，我只好叫明兒變回女人真身出現了。不過。船上男人多，他們會否要娶明兒做老婆？那麼，明兒豈不變成海盜太太？」

「時候不早了，你先回去休息吧！」

「娘娘晚安，小生告辭了！」林蕙妍倒抽一口氣，恨不得背上生對翼，立即飛走。

返回房間的路上，林蕙妍腦海中有很多問題，縈繞不息：「張保仔這麼年青有為，英俊不羈，怎麼會娶這個婆娘？」「娶自己母親做妻子，算不算亂倫呢？」「這個婆娘召見我是什麼意思？她的說話酸溜溜的，好似不太喜歡我跟張保仔一起，是什麼意思？」「莫非她知道我是女兒身？不可能的！如果她知道我是女兒身，為什麼要我挑個女人做老婆？」「既然母親可以做妻子，女人為什麼不可以娶妻子呢？他們船上的規律跟陸上不一樣。」「不可能的！

她不可能知道我是女兒身的，不可能！」

回到房間，明兒給了一個更大膽的假設：「這個婆娘會不會擔心張保仔喜歡你呢？」

「我在他面前，不是女兒身，是男兒身。他怎麼能喜歡我呢？」

明兒踱步一圈，想一想，道：「張保仔思想前衛，他能夠娶自己母親做妻子，為什麼不可以供養一個小妃呢？」

「但是，我是男人啊！」林蕙妍叉著腰道。

「或許他就喜歡供養一個男人做小妃呢！」

「張保仔喜歡男人？」林蕙妍做夢也未想過。

「有什麼不可能？其實比娶母親做妻子更合理。」

「不對不對！如果張保仔喜歡男人，他就不會娶母親做妻子；如果他喜歡女人，就不會喜歡我這個男人。」

明兒又再踱步一圈，想一想，道：「沒有矛盾！」

林蕙妍大惑不解，道：「沒有矛盾？」

明兒鑾有智慧地道：「如果，張保仔又喜歡女人，又喜歡男人呢？」

* * *

翌日下午，林蕙妍不等心齋來，自行走到張保仔的書房。推開書房門，只見張保仔如常躺在午睡小床看書，今天沒有西式下午茶點，卻是一壺龍井，旁邊放了很多廣東茶點，有燒賣，有粉果。

「保仔！」林蕙妍走入房內。

「你……你是誰？」張保仔一見林蕙妍，神情慌張道。

「我是言仔，怎麼了？我是你的翻譯，每天下午我都會幫你練習英語，你今天沒有不妥當吧？」林蕙妍凝視張保仔，只見他的神色跟平日不對。身體捲作一團，雙眼缺乏自信，那種氣宇軒昂的氣度，那種懾人心靈的魅力，好像一下子蕩然無存，徒具空殼。

張保仔向林蕙妍左右打量，道：「我想起來了，你是每天來幫我練英語的言慧林，言公子。」張保仔語氣跟平日很不相像，他的眼神好像把林蕙妍當作陌生人一樣。

「保仔……你真的沒有不妥當吧？」

「我今天不舒服，言公子請回吧！」張保仔轉身繼續看書，以背對著林蕙妍。

林蕙妍只覺眼圈一紅。張保仔一時熱情，一時冷漠，喜歡的時候就來抱人家玩柔道，不喜歡的時候冷眼也不想一瞥。他怎麼可以這樣戲弄人呢？愈想愈憤怒，大力關門。

回到房間，林蕙妍把兩個花瓶摔倒地上。想堂堂林家閨秀，何曾受過如此屈辱？忽然又覺得船艙恍如監獄，不能隨時走上岸，這種所謂自由自在的海上生活，並不令人神往。

明兒回房間，見滿地花瓶碎片，嚇了一跳，連忙收拾。她素知林蕙妍的小姐脾氣，忙問其故。林蕙妍只簡略地說：「那個張保仔是個可惡的人，這艘船不能住人了，我們明天要偷走！」

「小姐，你以前不是說張保仔是人中龍鳳，有江湖道義，船上是天堂勝過官府麼？」

「假的！假的！這裡鈎心鬥角，人面獸心，人格變幻莫測，比地獄更可怕！」林蕙妍嗔道。

「會不會是娘娘施加壓力，令他改變呢？」明兒問。

「我今天心情不好，到甲板乘涼風！」林蕙妍說罷到甲板去。

林蕙妍在甲板上坐了半天，又走入廚房，問肥澤拿一些酒回房間，喝得死去活來，昏昏沉睡，不醒人事。

*　　　　*　　　　*

睡醒，已日上三竿，心齋造訪，道：「言公子，張公子請你到書房一敍。」

「哼！」林蕙妍氣沖沖地走入書房，大喊：「張——保——仔——」

張保仔轉過身來，大笑：「阿……阿言仔」只見他滿臉通紅，一室酒氣，桌面放滿十幾枝洋酒。

「你怎能喝這麼多酒？」林蕙妍只感奇怪。

「快來！快來！」張保仔把林蕙妍拉近，道：「這裡很多美酒。我要跟鬼佬談生意，需要牢記清楚每一種酒牌的名字和味道，來這個你試一試。」

林蕙妍喝了一口，味道濃烈，咳嗽不已。「這是什麼？」張保仔問道。

林蕙妍道：「Speyside Whisky。」

「Speyside Whisky。」張保仔重複一遍，道：「發音很奇怪。」

林蕙妍看看酒瓶招紙，道：「莫非是蘇格蘭威士忌？怎會有這等好貨色？」

「這個呢？這個呢？」張保仔又把一個小杯塞向林蕙妍嘴裡。

林蕙妍大叫：「味道很香，叫 REMY Martin。」

張保仔大笑，道：「我喜歡 REMY Martin。」

二人不經不覺嚐了很多美酒，林蕙妍本來不是酒量特別好，這樣混酒來喝，相對正經喝一種酒，更容易醉。

「很開心！今天試了很多酒，學了很多名字。」張保仔躺在沙發上，無意間瞥見窗口，好像發現什麼有趣東西，匆匆跑到窗邊。

「看！多美！」張保仔興奮地手指窗外。

「什麼？什麼都看不見呢？」林蕙妍道。

窗口不大，只一人位置。張保仔把林蕙妍推近窗口，從後探頭看窗外，道：「前面，你看！」但見幾隻海豚，從水中跳躍起來，跌入水中。隨即又再跳躍起來，跌入水中。「嘩！很多海豚啊！」林蕙妍興奮地大叫：「海，真美啊！」

張保仔從後抱著林蕙妍的腰，道：「你看！海上很多生物。海好像很美，很自由，無拘無束。這些都只是表面。」張保仔愈說愈激動，林蕙妍感受到他愈抱愈貼，不但可以嗅到張保仔的體味，還感覺到張保仔的體温和心跳。「其實海真正的意義，是求存。海豚吃小魚，鯊魚吃海豚。弱肉強食，適者生存，全都是動物原始本性。沒有道德，沒有對錯。生存是道理，強者就是道理。」

張保仔的手在林蕙妍身體摸索，林蕙妍在酒精帶動下，有過一陣快慰的感覺。這種感覺如夢如幻，不真實卻又很實在，這麼遙遠卻又那麼近，分不清是酒帶來的搖晃，是船帶來的搖晃，還是身體帶來的搖晃。張保仔好像一個火球，他的手碰到她胸口時，林蕙妍猛然一醒：

「他抱著我，是因為我是男人身體；若然他發現我是女兒身，怎麼辦？」

林蕙妍連忙推開他的手，並且掙扎開來。張保仔喝了很多酒，一推就倒在地上。

林蕙妍猶自喘息不已，喝了一口熱茶，道：「保仔，我今天喝了太多，要回去休息了。」

「言仔……言仔……」

林蕙妍沒有理會，頭也不回地走了。

張保仔躺在地上，口中喃喃自語，分不清是酒醒，是酒醉。

*　　　　*　　　　*

昏暗房間，只有窗口洩漏的月光，兩個女子並睡一床。

「他已經結婚了，你真的喜歡他嗎？」明兒問道。

「我不知道。」林蕙妍道。

「你跟他這麼親密，不是喜歡，是什麼？」

「但是，我不確定他怎麼想。」

「他，應該是喜歡你。」

「你怎麼知道？」

「直覺！」

「很爛！」林蕙妍拍她的頭，想一想，道：「我不知道他喜歡的是言慧林，還是林蕙妍。」

「有何分別？」

「如果他喜歡的是言慧林，他不可能接受變了女性的林蕙妍；如果他喜歡林蕙妍，我是男性抑或女性，他都應該喜歡。」

「你去問他吧！」

「怎麼問？難道回復女兒身出現嗎？」

「你去問他吧……」

「不知他心裡想什麼，他竟然把母親當做老婆。或許他會接受我是女兒身呢？你說呢？」

「……」船身晃動，只是傳來海浪聲和明兒的睡鼾聲。

林蕙妍想來想去，整晚輾轉反側。

一時全身發熱，一時又如墮夢中。

空氣中漂著淡淡的海水味，仿似鹽鹹的味道。不知做了多少個濕濡的夢，又仿似整夜未眠。半夢半醒的狀態下，好不容易熬到晨曦出來。林蕙妍已經下了決心，不管三七二十一，今天一定要把事情弄清楚。

*　　*　　*

中午，林蕙妍直闖書房。張保仔罕有地在午睡，乍醒起來。

「今天我……」二人不約而同地道。

「……今天我有點不舒服，不上課了。言公子，請回！」張保仔搶白。

林蕙妍被送出門口，張保仔把門關上，冷冷地。

忽冷忽熱的張保仔？

林蕙妍怒氣沖沖的在走廊走了幾步，不服氣，又折返回去，拍打書房門。

連續拍打幾次，張保仔才懶洋洋地開門，「啊！言公子，怎麼了？」

但是今敞林蕙妍不管，粗魯地推張保仔入房。然後走去櫃子，很努力尋找東西。

「你搞什麼呢？」張保仔懶洋洋地說。

只見桌上已放了幾瓶西洋酒和兩隻酒杯。林蕙妍很努力的用幾瓶酒胡亂的混進兩隻酒杯，直至酒杯都滿滿的。

張保仔不再問了，冷冷的盯著林蕙妍。

「乾了！」林蕙妍道。

「是否乾了你就走？」張保仔問。

林蕙妍沒有回答，做了個請的手勢，一口氣把整杯酒乾了。林蕙妍登時滿臉通紅，盯著張保仔和滿滿的酒杯。

張保仔歎一口氣，昂頭把酒乾了。張保仔不似平日那麼好酒量，喝了一杯不斷咳嗽，臉紅腳暈。

只見林蕙妍一股腦兒衝過來，不由分說，把張保仔壓倒地上。

是夢？一個太刺激的夢。

是醉？一切來得太真實了。

兩張嘴連在一起，只有船的晃動，酒的氣味。

那一刻，書房變成了世上最美的仙境。不知今夕是何年，忘卻日月與星梭。不管是男兒身，還是女胴體；分不清是兩個男兒，還是一對鴛鴦……

半醉半醒間，張保仔知道了。腥紅的不是紅酒，那是童女的溫柔。張保仔不想再醒過來了，他乾了一杯酒，又餵蕙妍一杯酒。哪管日落西沉？哪怕天昏地暗？只有酒是最甜，只有這一刻最樂。他倆共赴仙山，不知人間何處……

轟隆隆！轟隆隆！

不知過了多少回杯空酒滿，人間卻似是天翻地覆。

轟隆隆！轟隆隆！船身劇烈晃動，如雷響，如地震。

只見船外火光熊熊，戰火燎天。

戰鼓擂動，又一下船身劇烈晃動，如天旋地轉。

林蕙妍半醉道：「燒焦味濃……」

張保仔陡然一醒，道：「莫非船身被擊中？」

「幫主，我們受襲！幫主，我們受襲！」門外傳來心齋的聲音。

張保仔應和一聲，披上衣甲，提劍待去。

張保仔回首，見林蕙妍把女身藏好，穿回男服。蹤身向前，低聲道：「今天的事，別告訴旁人……」林蕙妍嬌柔地點首。

張保仔咬一咬嘴唇，道：「……對不起！」說罷隨心齋而去。

林蕙妍呆了一會兒，兩情相悅，盡情而為，為什麼要說「對不起」呢？只聽書房門響，原來明兒走來找她。

「危險，快撤！」

只見火舌四起，煙霧瀰漫。矇矓中見到海面已被滿清戰艦包圍，旗號掛著一面旌旗，寫著「孫」字。地面到處都是水，船底穿了。

忽然間，幾個黑影跳上來，赫然有清兵攻上來。林蕙妍手入懷裡一探，幾個清兵肩膊多了一把小刀，刀柄上有一條紅色絲帶晃動。

「呀！」明兒一聲尖叫。

背後又有幾名清兵襲來，一個青年水兵把刀劈向明兒。

「要活口！」其中一位禿頭的中年漢子喝止，那青年水兵改把刀架在明兒頸項。

「放開她！」林蕙妍手探入懷，準備發動，幾個清兵把她圍著。

「我們要找林蕙妍，你知道她被收藏何處？」那「禿頭」問道。

林蕙妍一怔，道：「你們不用找了！」她把頭髮解開，回復女兒臉貌，「我就是了，放了她。」

那「禿頭」示意放了明兒，抱拳道：「真是得來全不費功夫！在下副參將梁韜，向林小姐問安。救駕來遲，還請恕罪。孫全謀總督親自督師，命屬下迎救小姐。請跟我走！」

林蕙妍和明兒遂隨副參將梁韜等走到另一艘船上，轉向清師戰艦。其時海面礮火四起，但是大部份紅旗幫船艦已撤離，有三艘船艦被俘，清軍沒有追捕，今仗出師，小捷而回。

*　*　*

只見清戰艦上，左右押著一個身形瘦小的中年漢子跪地，頸上架著兩把大刀，一個小頭目陳尚勇道：「報告提督，張保仔逃脫，有人通風報信，現已拿下。」

「何許人？為何潛伏我軍做細作？」一個英姿勃發的大將，身長八尺，昂然站立船頭。

「呸！」那瘦小子啐一口痰，道：「滿清走狗，人人得而誅之。我是紅旗幫『中營』的影子七，已在清師三年了。」

「哼！嘴真硬！」那大將掌摑那瘦小子影子七，影子七吐出血來，地上多了一顆牙齒。

那大將喝道：「押他入天牢，請刑部好好侍候，逼他供出情報，看看還有多少同黨潛伏。」

「滿清必亡！」影子七仰天大叫。

「啊！」陳尚勇大叫一聲。

只見影子七頭猛向刀鋒撞去，頸掉了一半，血如泉湧。

陳尚勇走近，用手一探影子七鼻息，但是陳尚勇已被血水噴得半身轉紅，道：「報告提督，賊人細作影子七自殺身亡。」

那大將一揚手，示意退下。陳尚勇等把影子七屍體搬走。

那大將輕歎：「哼！今回有細作救了他一命，下次一定要生擒張保仔！」

「提督大人，末將梁韜在紅旗幫船上找到林家小姐。」梁韜行軍禮，一膝半跪。

那大將轉過身來，只見臉很巨大，獅子鼻，頭髮花白結成馬尾，年紀雖大卻甚具霸氣，這人正是廣東水師提督孫全謀了。

四、赤瀝角水戰的情義恩仇

話說兩廣總督吳熊光在位時，連敗兩仗。先有總兵林國良與張保仔大戰於馬洲洋，力戰而敗。後有參將林發兵敗於阿娘鞋。又曾有英戰艦駛航入境，吳熊光不聞不問，讓英戰艦自由出入。朝廷認為吳熊光庸碌無能，調任百齡擔當兩廣總督。

且說當日副將回報林發：「林總兵英勇浴血大戰，殺死五個海盜，自刎犧牲。」事實並非如此。

話說當日林國良被生擒，張保仔見他是個指揮人才，欲招攬他變節，改投紅旗幫。張保仔命大廚肥澤烹了一碗熱湯，由五當家鯊嘴城送熱湯給他。想不到林國良性格剛烈，不為所動，把熱湯打翻，還仰天大罵：「呸！流氓賊子，誰要你的假恩假惠。今日林某栽在你手，不想活命。加入賊窩，你休想！天子門下，你們不得好死！」

鯊嘴城勃然大怒，盡脫林國良衣服，五花大綁於柱子上。鯊嘴城用帶鈎皮鞭，瘋狂地鞭打林國良。皮鞭上的鈎，打中身體，一拖一拉，皮肉俱爛。一炷香時間後，鯊嘴城才感疲勞罷休，掉下皮鞭，飲了口烈酒。林國良身上每一寸肌膚都被掀開，模糊血肉，不成人形。

鯊嘴城把烈酒向林國良當頭淋下，林國良痛苦呻吟，身上每一寸肌膚都感到痛楚。林國良有氣無力，嘴裡想說什麼。鯊嘴城聽不見，把頭移近，問：「你想說什麼？」林國良用僅餘氣力，向鯊嘴城啐了一口痰，吐出標準的廣東俗話：「仆街！」

鯊嘴城把烹好的熱蜜糖，淋向林國良全身。這是一個很難熬的一日一晚，即使整條船的海盜都是心狠手辣之徒，亦無法忍受。蜜糖吸引了大量的蜜蜂和螞蟻，不斷啄食身體上的血和傷口，弄得林國良又癢又痛。林國良熬了這麼一整個晚上，笑聲不斷，海盜都無法入睡。翌日清晨，海盜發現林國良已亡，血流盡，氣斷絕。由於太臭和太骯髒，紅旗幫眾基於船上衛生理由，認為要清除屍首。鯊嘴城尤未息怒，把林國良首級留下，軀體拋入海中餵魚。林國良的首級，又掛了一個星期，才拋入大海。《番禺縣志》有載：

嘉慶十三年（公元一八〇八年）七月，總兵林國良與戰於馬洲洋，力戰而敗，被執，罵賊死。

* * *

兩廣總督百齡，姓張，名菊溪，清軍正黃旗人，雄才偉略，領旨接任兩廣總督主力打擊海盜。百齡接任時，年過六十，他是漢人，因此深知漢人的弱點。要打擊這批連外國軍艦都怕的海盜，必要用強大而具實力的水師兵團。

百齡與總參謀長曾智良相約遠足，一邊爬山，一邊談公務，既可以讓身體健康，腦袋清晰；又能將複雜的事務帶離工作環境，讓腦袋超脫常規，想到更靈活的方法。百齡身體健康，年過六旬，仍能處理政務，跟他的生活習慣不無關係。

「欲除南方海盜張保仔、郭婆帶、鄔石二，有何妙法？」

「用硬攻？用軟攻？」曾智良問道。

「硬攻易，還是軟攻易？」

曾智良身長五尺，卻是足智多謀的人，他熟悉粵江流域一帶人物，想了一會兒道：「軟攻很花時間，成功機會不弱；硬攻較容易，不過欠武將。」

「我國水師強大，各省各鎮皆有總兵，何患無將？」

曾智良又走了一程路，道：「張保仔、郭婆帶年青力壯，卻富有海鬥經驗，而且他們俘虜不少外國戰艦，自行研製火礮和戰艦技術，威力在清兵之上。要硬拼，廣東一帶將領，無人能及。」

百齡忽然問道：「我今年年過六旬，老嗎？」

「人生七十古來稀。常人而言，年過六旬，當然是老了。不過，好像大人這種是例外，老而彌堅，老經驗有助智取……」曾智良陡然站定，似有所悟，定睛注目百齡問道：「大人，莫非你想到他？」

「哈哈！知我者，莫若良。」百齡亦站定回答。

「孫全謀？」

「正是。你知道這個人多少背景？」百齡點首，又開始慢步前行。

曾智良開步跟上，道：「孫全謀，孫提督，字元臣，號澹亭，是前朝的水師常勝將軍。原籍山西，後來投廈門水師，入籍福建，熟悉南方水性。前朝乾隆皇主政時，福康安曾渡海平亂，孫提督參加平台灣林爽文戰事，他當時從總兵蔡攀龍，大立戰功，一夜成名，賞戴花翎，曾調任台灣水師協副將，現鎮守浙江黃巖鎮。屈指一算，孫提督已年過六旬。」

「哈哈！跟我一樣，是個經驗豐富的老不死！」

「孫提督確是猛將，從無敗績，只是擔心他的年紀而已。」

「你放心！我最近跟他碰過面，他的身體好像一頭熊，老虎都能打死。」

曾智良道：「為安全計。微臣認為軟硬兼施，方為周全。」

「如何軟硬兼施？」

「一方面調任孫提督來，硬拼張保仔等人；另一方面微臣施以軟功，收買耳目，以利行事。」

「哈哈！漢人最不缺少的是貪婪之徒，利之所至，金石為開。」

「大人明察，漢人貪婪，其中南方漢人尤為甚者。」

「我們馬上迎孫全謀來，生擒張保仔！」百齡胸有成竹。

*　　　*　　　*

話說兩廣總參謀長曾智良心思細密，擅攻人心。情報工作亦做得仔細，打探到張保仔行蹤，船隊闖入內河，而石氏領了一軍追擊佛朗機商船，兵力分散。趁夜不備，孫全謀不負所託，第一仗突襲成功，張保仔退至大漁山（即今大嶼山）。

林蕙妍落入孫全謀手裡。孫全謀頗有威儀，冷冰冰地表示，受林則徐所託完成差事。孫全謀一介大將軍，也不問林蕙妍想不想回京，便派小將梁韜護送林蕙妍往北京。

林蕙妍本想找個借口，待天明才出發。好利用一個晚上，找機會蹓走。但是未及一個時辰，梁韜已經領一小隊兵，馬車相迎。原來孫全謀有令，要日夜秉程，因此夜間馬上要出發，不得有誤。林蕙妍無奈，為方便行走，與明兒繼續用男生裝束，登車而去。

手捲起馬車旁的珠簾，窗外昏暗無光，星宿可見。遠處有燈光點點，是孫全謀的戰艦。燈火在海上慢慢移動，看來他們有軍事行動。林蕙妍的心，早已不在馬車內，而是在張保仔的船上。

馬車漸行漸遠，海上的燈光變得愈來愈小。一面孫字大旗下，前後都是軍人策騎護送。雖然十多匹馬，馬步齊穩，可見平日訓練有素，軍紀嚴厲。孫全謀看來十分勇猛，蕙妍有點擔心張保仔安危。

路走小徑，穿山而行。沿路都是漆黑林木，靜心還可隱約聽到蟬聲。馬車步行平穩，林蕙妍畢竟勞累了一整天，半夢半醒之間。忽然似聽到風吹樹搖，好似有人倒下。馬車輒止，聽到有人大叫：「有伏！」「來者何人？」是梁韜的聲音。又不似是夢，莫非有賊？但是等閒小賊，怎麼膽敢挑戰官家軍旅？

只聽一陣打鬥聲，外面似乎十分混亂。林蕙妍手捲窗簾，欲探頭一看。不知哪裡來了一隻粗大的手，把一塊布硬塞過來。林蕙妍緊張想大叫，張開了口，一陣濃烈怪味襲來，布條似浸過冒汗藥，愈是掙扎，反而吸得更多。但覺全身乏力，不知人事了。

梁韜被兩個蒙面人糾纏，打得不可開交。但見一個身形魁梧若熊的黑衣人把林蕙妍抱走，但是梁韜愛莫能助，一分神，手臂中了一刀。只得眼白白看著黑衣人抱著林蕙妍策馬而去。轉眼間，遁入漆黑林間，不知蹤影。

*　　　*　　　*

話分兩頭，且說大漁山赤瀝角主要分東西兩條水路進出。孫全謀屯兵西路，但是仍留空了東路，兵力不足以兩路皆守。但是又不敢挺進大漁山，那裡接近紅旗幫心臟，置有礮台和嚴密佈防，不宜硬闖。

「我有一個必勝之策，今仗打張保仔，易如借火。」曾智良道

船艙會議室內，曾智良與孫全謀幾位重要將領並坐長桌。

「願聞其詳。」孫全謀道。

「赤瀝角水路分東西兩路，西路會有一千香港鄉勇留守，皆驍勇善戰；東路由提督大人駐守，張保仔遂成瓮中捉鱉。」

「鄉勇何來？」

曾智良信心滿滿地道：「有金使得鬼推磨，新安縣（香港）知縣彭恕收了朝廷重金支持，可以召喚大量鄉勇相助。」

孫全謀略一沉吟，道：「東路河床深，水流急，而且向西流，駐守不易。」

「提督手頭有兩艘主艦，船身高大，若打沉，必可阻緩水流……」

「不行！」孫全謀反應奇大，怒道：「兩艘主艦是攻力最強的戰艦，自沉主艦，實屬不智。張保仔出兵，必捨難取易。西路順風，東路逆水。他取西路，我從後追上，前面有香港鄉勇截守，張保仔無路可走，我順勢追擊，必勝。」

「所謂鄉勇，大都來自爛鬼教頭龔國謙的徒弟，他們都是見錢開工，有姿勢，無實際。靠不著的！」曾智良續道：「再說，張保仔出兵，神出鬼沒，而且赤瀝角是他地頭所在，熟知

水性。萬一他走東路，你的軍隊難以在急流中駐守，順勢流過張保仔戰艦，他們便走出去了。」

「你敢懷疑我們水師的駕船能力？」孫全謀態度傲慢。

「提督請再三思量。我另有一策，可助你勝仗。」

「請說！」孫全謀雙眼向上，不看曾智良。

「用火攻！」

「用火箭，順風而發，可行。」

「非也！」曾智良決絕地道，孫全謀頭不移動，用眼尾盯著曾智良，只聽他繼道：「奇門妙計，方操取勝券。你準備用六艘戰艦，自行焚燒，以火船直撞張保仔的主艦，必教他意想不到。」

「要自毀船艦，是下策。」孫全謀道。

「這個計謀，我跟兩廣總督百齡大人親自談過，百齡大人亦認為奇兵可行。」

孫全謀拍案站起身，怒道：「將在外，不須聽令。」

「提督大人還望三思。你忘記了上次小勝張保仔，都是依微臣佈防而行？」

「呸！」孫全謀道：「上次大勝，是我軍部隊英勇。上策，不廢一兵一卒而屈人之兵；中策，力戰而勝；下策，自毀兵卒，與敵俱傷。你用的都是自殘之法，未打仗先折戰艦。施某行軍打仗多年，如何用兵，你不必擔心。」

「我有情報，張保仔明天出兵。今萬事俱備，若提督能依計而行，張保仔必手到擒來。」

「你的情報可準？」

曾智良胸有成竹，道：「我能掌握全局，百齡大人命依計而行。」從懷裏取出一柄金刀，拔出刀鞘，金刀刀身上刻著「百齡」兩個字。孫全謀認得是百齡隨身信物，不知何解落在他手裡，只聽曾智良繼道：「百齡大人說過，提督最好依計而行。否則，戰事有何失利，必依軍法處分。還望提督，好自為知。」曾智良說罷離去。

孫全謀憤怒地一拳擊落木桌，木桌登時出現一道裂縫，眾將領面面相覷。「你們退下！」眾將領退下，只剩下孫全謀一人，從酒罈斟了一碗黃酒出來，獨自喝酒。

*　　　*　　　*

且說張保仔兵困赤瀝角，東路有孫全謀屯兵；西路有龔國謙率領的鄉勇駐守，左右為難。

——不願同年同月同日生，但願同年同月同日死。紅日高昇，青月落下，天地為證，歃血為盟。

每一個加入紅旗幫的海盜，都曾經念過這句誓言；不過並不是每一個都能辦到。

昏暗的儲物室，只是在牆邊放置了一些木箱，空空如也，地上只有一盞油燈。中間有一隻龐大的蝙蝠，首尾倒轉，吊於橫樑。

門啓，一個全身素衣素褲的人，隨後有三個灰衣灰褲的人和一個書生裝束的書僮走入。只見為首一人是張保仔，那隨後的書僮是心齋。張保仔走近那大蝙蝠，原來那不是蝙蝠，是一個年青漢子，全身赤裸，倒吊半空，地上都是鮮血，仍在滴血。近看下，那年青漢子身上幾乎每個地方都剐了一塊肉，身上大大小小有幾十個洞。張保仔從懷中取了一方絲絹，掩著口鼻，阻隔血腥。

灰衣人道：「已經盤問了六炷香時間，他加入紅旗幫五年，承認是滿清鷹犬派來的，不肯透露其他同黨名字。」這人正是「中營」負責情報的六當家蘇懷祖。另外兩個灰衣人是他的左右，影子一和影子二。「中營」的幫眾都沒有姓名，只有編號。

「你是漢人，卻為滿清賣命。一直以來，我待你不薄，為何要出賣我？」張保仔問。

那年青漢子道：「我真正的身分是捕頭。」

「呸！」張保仔啐了一口，道：「滿清氣數已盡，遲早由我們漢人當家作主。你是非不分，為虎作倀。」

「兵是兵，賊是賊。今日栽在你手，我無話可說。」

張保仔看著那青年的眼，道：「如果你供出同黨，我立即賜你死，免受折磨，就當看在咱們的情義份上。」

「……」那年青漢子沉默，雙眼卻向蘇懷祖、心齋、影子一、影子二逐一掃視。

心齋按耐不著，大喝：「快供出來！」一腳踢向那年青漢子的頭，那顆頭顱竟然十分清脆，折斷了，在地上滾動。

張保仔一怔。

「陳文已倒吊半天，無水無糧，流盡血液，好像枯朽的樹木，一碰即斷。這個人要供的資料都已經供出，再沒有利用價值了。」蘇懷祖解釋，臉無表情。

張保仔的臉色變得很難看。

「不過，在我們逼供下，他提供了清廷最新形勢。」蘇懷祖向影子一、二示意。影子一從袖中取出一地圖，與影子二左右拉開。心齋把油燈拿過來。

張保仔做了個手勢，示意蘇懷祖解釋。

「我們在中間，只有赤瀝角東西兩條水路可走。」蘇懷祖一邊用手指點出地圖的位置，一邊解釋：「根據陳文透露，東西兩條水路已經埋下水師，他們屯重兵在西路。」

「是否孫全謀的追兵？」

「不確定，不過機會不小。」蘇懷祖道。

張保仔似心有所慮，道：「梁皮保還未有到，附近有沒有增緩？」

「未有收到消息。時間不多，陳文這頭負責通報的鷹犬被殺，他們很快會發現。趁他們未有其他情報，明天立即撤走，突圍而出。」

張保仔一踱步，道：「唯今之計，唯有請郭婆帶丑時從西路夾擊夜襲，助我突圍。」

「你肯定他會出兵？」蘇懷祖陰森森地道。

「江湖上，五旗同宗，同心反清復明。」張保仔道：「我們多次合作，張某從來沒有求過他，今首次請他支援，諒他不會忘記『道義』這個字吧？」

蘇懷祖發出一下尖銳的叫聲，似笑非笑，道：「但願如此。」

*　　　*　　　*

白鴿橫空而來。

郭婆帶屯兵官塘（即今之官塘），兩軍只是隔著一個海。

黑旗飄揚，船頭上懸掛兩副錦幔：「道不行，乘槎浮於海；人之患，束帶立於朝。」

一個中年漢子坐在船艦甲板上喝酒，這人膚色極黑，鼻扁嘴厚，身形不高，肩膊很橫，甚具霸氣，正是黑旗首領郭婆帶。他看著張保仔的飛鴿傳書，猶豫不已，心道：「救，還是不救呢？」

郭婆帶隨手把書信卷於書中，吹風乘涼，把酒作樂，旁邊有兩個衣著性感的少女伴隨。幾個頭目與一群美女互相追逐嬉戲，不時傳出笑聲和叫聲。四當家郭就喜，細長鼠目，滿臉疙瘩，嘴唇厚而有瘡，貌甚寢，飽歷風霜，心思細密。他瞥見幫主郭婆帶臉有難色，遂把左右女伴驅走，圍坐在郭婆帶側。

「大哥，可有心事？」

郭婆帶飲了一碗黃酒，把信塞給郭就喜看。郭就喜一向足智多謀，黑旗幫重要事項，每問他意見，形同軍師。

郭婆帶問道：「張保仔，值得救嗎？」

郭就喜來回踱步，遠處幾位黑旗幫頭目卻在嘻哈大叫，三當家張日高身體半裸，要把一個少女的衣服脫掉，那少女掙扎，二當家馮用發抱著那少女雙腿協助，張日高順利把那少女上衣脫掉，興奮地大笑大叫。

「大家背上海盜罪名，逼上大海，所為何事？」郭就喜不直接回答，反而向郭婆帶發問。

「自由！」

「不錯！」郭就喜站定道：「各人走上大海，各有前因。有殺人者，有盜竊者，有被官屈，有被官逼，總之無不反對政權，追求自由。張保仔同樣標榜自由，他那一套，始終與我們不同！」

「分別很大麼？」

「張保仔嚴定規律，約民約法三章，只打洋商，不劫平民，不姦婦女……」

「大哥，」僅穿內褲的張日高走近來，搶白。只見他光頭，身形健碩，全身烏黑。張日高繼道：「兄弟們今日『做』咗東莞，捉到十隻大閘蟹，想嚐嚐鮮。大哥，你先挑吧！」

「我今日無興致，選隻最肥的給我，腳疲累，墊一墊腳好了！」

「係！最肥大的！」張日高摸摸胸口，笑道。

「弟兄們最高興的，莫過於金錢、美酒和美女！」郭日喜道。

張日高和馮用發一個抱頭，一個抱腳，把一個全身赤裸，肥肥白白的少女放在郭婆帶身前。那個少女手腳被粗麻繩綑綁，儼如「大閘蟹」。

「真肥美！」郭婆帶是水上人，一向赤腳，平日工作最操勞的就是雙腳。他的腳放在那少女酥白的乳房上，腳上骯髒的泥都落在那肥少女的乳房上，那少女尖聲大叫，不斷哭泣。「真舒服！」郭婆帶閉上雙眼。

「大哥，你不挑。其餘的，我們不客氣了！」張日高和馮用發交換一個眼神。

「你們分好了！」郭婆帶和應，張、馮一聲歡呼而去，只見二人與眾頭目，將九個少女胴體平排甲板上，俱赤裸，受綑紮。

「大家都是英雄男兒，愛好自由！偏那個張保仔卻破壞這個秩序，堂堂大幫，聽石氏一個女人的話，建立什麼家庭制，什麼道德規律。現在村民見紅旗都歡迎，見黑旗都抗拒。張保仔在位幾年，紅旗幫增長太快，現在江湖……我不便說了！」

「你說！江湖上怎麼說？」郭婆帶用雙腳大力踏在那肥女的乳房，十分激動，那肥女大聲叱喝。不遠處又有眾頭目與「大閘蟹」的呻吟玩樂聲，吵咶不已。

「江湖向有『閩浙粵三分海南』之說，大家都知是指『鳳尾、橫小、旗幫』，舊說『閩王蔡牽，浙王朱濆，粵王鄔石二。』，現今的說法是『閩王蔡牽，浙王朱濆，粵王張保仔』。五旗幫不單以張保仔最有魅力，連獨當一面的鄔石二亦望塵莫及，我們黑旗幫只是五旗幫之一，更不如也。張保仔現在是人民認為可以託付推翻滿清的新希望。」

「外面的人竟然這樣說？」郭婆帶用力跺腳，那肥女殺雞劏豬的大叫。「真煩！」郭婆帶從腰間取了一條骯布，堵塞那肥女的口，使她無法吵鬧。

郭婆帶拿起一個酒罈，酒水淋雙腳，在肥女的乳房上洗腳，回想昔日……五旗幫並立，紅、黃、黑、白、青五旗並舉。紅旗幫首領是鄭氏兄弟，黃旗首領是「東海伯」吳知青，黑旗首領是郭婆帶，白旗首領是「總兵寶」梁寶，青旗首領是「蝦蟆青」李尚青，皆獨當一面的好漢。鄭家是鄭成功之後，流的是反清復明的血。大家都尊崇紅旗，推許鄭氏兄弟為首，劫掠搶奪，殺人越貨，同宗同心，何其痛快。

張保仔不過一個藉藉無聞的蜑戶之後，年紀輕輕，乳臭未乾，生得像個娃娃，一點男兒氣概也沒有。郭婆帶從不把他放在眼內，想不到現在江湖反而覺得這個娃娃才是粵東領袖。

「當年大家五旗聯盟，海上富貴，共同反清。今日他有難求救，我竟袖手旁觀，只怕將來很難面對江湖？」郭婆帶在江湖素以義氣聞名，酷愛面子，總覺得難以忍心不顧。

郭就喜一邊剝花生，一邊道：「時移世易，誰有權勢，誰就是道理！是張保仔首先破壞海上原則，破壞我們的自由。你不會忘記了吧？」

郭就喜喝了一口酒，又繼續剝花生，道：「去年大家聯手劫英商船，張保仔帶一個翻譯去談判，回來分帳不是五五，而是七三。他說我們不懂英語，劫商船又是他們出力較多。你不會忘記了吧？」

郭婆帶沒有發言，只是喝酒。

郭就喜瞥見郭婆帶沒有反應，繼續剝花生，道：「你看看兄弟們多享受自由，你就知道我們黑旗幫應該怎樣走了。」

此時那九位少女身上繩索已解，眾頭目都赤裸身體，化為野獸，咆哮與呻吟，恍如進入原始自然的野生世界。其中一個少女掙扎出來，亂了方向，四處逃跑，赤裸的張日高從後追逐，那少女竟向郭婆帶方向走來，張日高的身體恍如頭黑豹，又烏亮又結實，沒有一點多餘的脂肪，一撲，把那少女推落地上，隨手把她整個人舉起，那少女雙腿又幼又長，不斷踢動。張日高大罵：「掉那媽，看你逃到哪？」眾頭目興奮地叫道：「掉她！掉她！掉她！」

張日高竟走到船頭，那少女心知不妙，大叫：「不要！我不懂游泳！」張日高一手摔她落水，那船身也有兩三層樓高，水花四濺。眾頭目大笑，夾雜那少女尖叫呻吟。

「自己爬上來，看你還敢逃？」張日高向下拋了一個水泡，喝道：「賤骨頭，掉那媽！」

郭婆帶把酒碗重重地放在桌上，道：「他很少求我。今次來求，應是最後一步，若果我不救，張保仔會不會死？」

「死了就好！」郭就喜嘻嘻一笑。

「張保仔一死，我們乘機收編他的餘部。屆時，整個香港都是我們的，粵東最大的黨派，是我們黑旗幫了。」郭就喜道。

那邊廂，馮用發抱起一個赤裸少女，手舉過頂，道：「我又要掉，掉那媽！」那少女尖叫：「救命！不要，求求你！」

「最怕他不死！」郭婆帶咬牙切齒道。

一聲慘叫，劃破長空。

「哎喲！」馮用發大叫一聲。眾人都靜寂，紛紛從船頭往下望。只見一具裸體少女，頭插了一半入船頭，身體掙扎了幾下沒有再動。赫然是剛才馮用發所掉下的女子。

血隨水流，已經斷了氣。

* * *

張保仔率眾人準備，等待丑時郭婆帶的奇兵。眾海盜輪流小睡，保持實力。張保仔派心齋打聽言慧林下落，俱沒有消息。張保仔心急如焚，難以入眠。不知不覺間，丑時至，期待的奇兵當然落空。

什麼江湖領袖，什麼義薄雲天，在危急關頭，通通變得空洞。張保仔感到很多事情都不由自主的，連他的好朋友言慧林亦下落不明，世事莫測。

蘇懷祖陰聲細氣，跟張保仔耳語：「不如依我的計劃吧！」張保仔無奈，只得依從。

天猶未光，張保仔率眾出航，靜悄悄地。眾船艦向西路出發，蘇懷祖沉了三艘船堵塞海面，另安排了三艘戰艦二十多人留守殿後。

船靜靜航行，開始時慢，後來愈開愈快，天亦漸光，只見西路一處彎位，赫然打沉多艘船堵塞海面，船上黑壓壓的站滿了人。他們遠遠見到艦隊，瘋狂擊戰鼓，只見這些人都不穿軍服，顯然是鄉勇民兵。

張保仔心中早有蘇懷祖所提的戰略，在神樓船上指揮，船隊一字兒排開，向天鳴礮。轟隆隆，轟隆隆，響徹赤瀝角。

張保仔向民兵朗聲道：「滿清走狗視民如狗，有骨氣的漢人都不甘為奴。我張保仔今日借道出行，若是漢人請讓路；否則大開殺戒！」

只見民兵一陣混亂，有二十人左右離隊，逃上岸來。民兵中走出一個老翁，朗聲回應：「妖言惑眾，我清朝大軍從後殺來。明年今日是你死忌，赤瀝角是你葬身之所。凡殺張保仔者重賞！」其聲若磬鐘，餘音猶自兩岸迴環。

張保仔回頭問：「此老翁何許人？」

蘇懷祖用心細看一會兒，喃喃自語：「這個人牙尖嘴利，聲巨如鐘，莫非是傳說中的『大聲公』周翁？」

張保仔一怔，問道：「『大聲公』是誰？」

「每逢農閒，榕樹頭下，年青男女，爭相許願。大樹成靈，名許願樹。寫下心願，紅繩紮緊，拋掛許願。周翁就在樹下說書，聲音洪亮，百人圍聽，依然清晰，『大聲公』之名，因此而來。」心齋解釋。

張保仔低聲問：「他來這裡做什麼？」

蘇懷祖陰聲細氣，道：「看來他被朝廷收買了。」

周翁說話動聽，民兵受其鼓舞，本來心亂想走的，又留守在船頭。

張保仔平日與民約法三章，不劫鄉民，今日竟然受香港民眾死守包圍，心裡有點氣。張保仔朗聲道：「我張保仔，跟大家一樣，本來是蜑戶。清人治下，生活難熬，漢人難道天生要受壓，沒有出頭天嗎？」

一個黑黑實實的矮個子，甚有同感，道：「張保仔說的對！漢人要出頭。」有兩三個青年點點頭。

周翁朗聲道：「國強清盛，漢人要的是温飽，不是要打仗！大清之下，凡愛國者，必打海賊！」

「時間不多了！快攻！」蘇懷祖低聲道。張保仔滿腹怒氣，反唇相稽，道：「愛國？漢人流的血是哪國的血？漢人的，還是清人的？」

矮個子高叫和應，大叫：「漢人的！漢人的！」有六七個青年跟著矮個子，矮個子把船搖向張保仔。

「我一向只劫外商，接濟漢人……」張保仔道。

周翁大笑，聲音蓋過張保仔，朗聲道：「張保仔一向勾結外國勢力，居心叵測。我們不信當朝天子，難道要相信一個海賊嗎？」

「小心！」蘇懷祖勸道。張保仔一心要拉攏群眾，繼續站在船首，道：「各位香港父老，聽我一言！漢人不打漢人，張某不想傷害老百姓，請大家讓我一條路，他朝我們一起推翻滿清走狗！」

矮個子的船靠近，旁邊又有兩艘小船跟隨，每船各有香港青年鄉勇十多個。矮個子向張保仔走過去，大叫：「漢人不打漢人！漢人不打漢人！」兩旁小船青年鄉勇和應。

張保仔見勢頭不錯，回首向心齋一笑。忽然手臂一麻，一把小刀已插在臂上。那矮個子手法很快，張保仔向後一滾。紅旗幫船上幾枝槍向青年鄉勇射去，幾個青年中槍倒下。

一陣混亂之下，那矮個子身手極快，跳回小船，在槍聲中急速回航。又有幾個青年鄉勇中槍倒下。那矮個子正是受朝廷收買的教頭龔國謙。

蘇懷祖命心齋咀嚼草藥，問張保仔：「礙事嗎？」張保仔咬一咬牙，說：「沒事……」

蘇懷祖趁張保仔答話分神，立即拔出小刀。

只見張保仔臉色一白，手臂噴出血來，哼了一聲，強忍痛楚。心齋用口噴山草藥到傷口，登時一痲。張保仔只覺全身冒汗，心齋隨即撕開衣袖包紮傷口。

「酒！」張保仔乾巴巴的嘴唇吐出一個字。一個兄弟從腰間解開酒瓶，張保仔舉頭乾了。

蘇懷祖用一張紙刷一刷小刀，細心在陽光下檢驗，吐一口氣，道：「幸好沒有毒！」

張保仔擦一擦嘴，酒氣帶動全身經脈走一遍，精神煥起過來。

「漢人需要的是温飽，不需要領袖。想做漢人領袖，屙篤尿照下自己個賊樣啦！」周翁聲音洪亮，隔船相傳。周翁卻混入人群中，看不見身影。

「想做漢人領袖，屙篤尿照下自己個賊樣啦！」這句說話好像一枝箭，略過耳邊，卻直鑽入心坎處，久久不散。

張保仔勃然大怒，大喝一聲：「殺！」

張保仔返回神樓座位，盤坐蒲團。朗聲道：「今日張某大開殺戒，你們先動手，阻我者亡！開路！」

張保仔雙手合什，閉目養神。八大高僧齊誦經，神樓下有僧人敲鐘三下。張保仔開目，左手一揚。戰鼓擊打。左邊一支戰艦先行，到射程區轉為橫排，雙方互相鳴礮。民兵礮門一共不過十六門，張保仔的船隊，一艘船每邊已經有二十八門，而且火力猛勁，射程既遠，所攜火藥亦較大。幾個回合，打中民兵船隊起火。有些民兵中彈墜海，打得落花流水。

只聽身後遠處亦有礮火轟天之聲，一切都在蘇懷祖的算計中，看來孫全謀已跟留守兵交鋒。事不宜遲，張保仔右手一揚，右邊一隊衝鋒隊全速駛前，只見船頭尖削，都用鐵皮包裹。船隊衝向民兵團隊的船陣，全速撞擊下，有五艘撞完後，深陷沉船堆中，不能前進，不能後退。有些幫眾順勢跳上民兵陣中，埋身廝殺。民兵鄉勇皆烏合之眾，紛紛抱頭四竄。只有其中一艘戰艦撞破一個缺口，駛出民兵障礙。其餘五艘花了點時間，可以後撤，左邊船艦集中向剛才那五艘船撞擊處開礮，把那沉船打個稀爛。五艘船再全速向前衝撞，其中三艘並肩撞破，其餘兩艘深陷入沉船廢堆，中間露出了一個破洞來。張保仔立即站起，左手向前平伸。在礮火掩護下，神樓船成功穿過障礙，其餘船艦跟隨。穿過障礙後，戰艦轉為橫排，開礮掩護其他船艦通過。

張保仔終能突破封鎖，全賴蘇懷祖的精心佈防。原來蘇懷祖在半夜，自沉三船艦堵塞海道，獨留三艘戰艦守備，六艘船艦的礮門齊集瞄準防備。同時大量的紅旗以竹篙插在海面。孫全謀聞礮火聲追來，守備開礮，孫全謀遠看眾多紅旗飄揚，疑有大軍團守，不敢輕進，拖延時間。

孫全謀一直猶豫，不敢冒進。左右問道：「提督，船頭有穿素衣者，指揮若定，看來是張保仔了。」

孫全謀道：「你有所不知了！張保仔兵詐，常借假象掩人耳目，然後以伏兵攻擊。真偽莫辨，還是等一等。」

又等了一會，雙方礮火相擊，紅旗幫的戰艦不是對手，紛紛起火，部份大礮被毀。那穿素衣的張保仔亦失蹤，只有零星幾礮還擊。而遠處礮轟不斷，礮火衝天。

孫全謀見勢色不對，命先鋒部隊衝過去，一衝即散，殺去守備，障礙船艦撞破，背後竟然沒有船艦，俱掩眼法。

孫全謀老貓燒鬚，中了空城計，張保仔全身而退。

參謀曾智良向聖上稟報，孫全謀不依軍令，剛愎自用，又錯失良機，責無旁貸。孫全謀臨老受貶，降其官職處分。

* * * *

兩廣總督百齡召見曾智良，問戰況：「此役我們豈不是全敗？」

曾智良道：「雖然未能直接擒殺張賊，不過我們亦非一敗塗地。」

「有何得著呢？」

「我報下了民心這一棋子。」

「鄉勇受打敗了，民心豈不失望？」百齡不解，隨即道：「既然老將孫全謀都不是張保仔對手，我們唯有借助外國兵力，運用外國先進的船堅礮利，發動全面戰。」

曾智良踱步，道：「單憑外國勢力制衡，以硬碰硬，未必奏效。看來還要有時勢配合。」

百齡問：「智良兄，你有何高見？」

曾智良道：「英雄造時勢，我們可以用計！做一個時勢出來，改變遊戲。」

「有何妙策？」

「三只奇兵！」曾智良胸有成竹地豎起三根手指。

「哪三只？」

曾智良神秘一笑，笑而不答。

其實曾智良思慮深遠，以兵力圍剿張保仔時，已想到後著。他故意邀請香港鄉勇守備，死傷不少，其實早在預料之中。張保仔無論勝敗，都必會向西路退，鄉勇不擅戰，死傷是必然的。若張保仔被殺，英勇鄉勇受朝廷賞賜，死傷家屬者與海盜結怨，壯大鬥爭海盜的士氣和勢力。即使張保仔逃走，香港第一名嘴「大聲公」周翁的口術，可以大派用場，張保仔窮兇極惡，擾民之罪成為活事實。

曾智良借得朝廷資金支持，首先，由周翁負責散播流言，收買當地流氓、無業游民、地痞惡棍，組織反海盜的各種民間活動，設法醜化張保仔形象，宣揚反對迷信的思想，下令嚴禁陸上市民接濟物資給海盜。同時，加強香港官差兵力和武器提升，甚至讓作戰軍人混入官差，鼓勵民間舉報機制，組織海盜友好居民黑名單。軍人依名單將這些接濟海盜的頭目逐一揪出，有罪證者收牢重判，無法搜羅罪證，則由周翁派當地惡棍地痞，以毆打、肢體殘傷，或各種形形式式的地下活動，恐嚇香港市民不敢接觸海盜。

另一方面，又以懷柔手段，周翁尋找香港知名人士，無不是政商文化宗教各界別的官方友好，勸民支持香港政府，合力剿賊。讓龔國謙領導並組織反海盜義勇軍，以金錢利誘群眾，要在短時間內吸引多人數為目的，以示反海盜的決心。不表態支持官府者，周翁向他們施加壓力，若不從者，加入黑名單內。

一時之間，香港人人自危，互相監督，處於恐慌緊張狀態。短期內收到成效，香港以至廣東一帶，人民提起接濟海盜色變。此為曾智良的第一奇兵。

* * *

此役驚險，張保仔部下有死有傷。張保仔手臂受創傷，心齋替他細心洗傷口，包紮妥當後，胡裡胡塗地睡去，好像死過翻生。

海上生活逼人，壓迫得沒有好好靜思的空間。又好似一個急速成長的地方，教人變得心老。

清人心腸狠毒，漢人人心叵測。出賣漢人的，往往是漢人。亂世之中，有什麼價值還值得相信嗎？張保仔只覺一切如在噩夢中，夢中有夢中的凶，現實有現實的惡。

翌日，張保仔醒來，收到一個消息。

只見長龍船駛來，是妻子石氏的求救，她在澳門海峽劫商船，遇到佛朗機水師圍殲。

張保仔令五當家蘇懷祖整頓戰爭裝備，合四當家蕭步鰲的兵力，一同赴澳門海峽，馬無法停蹄。

五、長洲九日的生死大戰

時近中午，本應陽光普照，可是陰雲密佈，天色昏暗。張保仔等百艘船艦並行海上，紅旗飄揚，甚為壯觀。漸近澳門水域，轟隆隆，聞礮火聲，雲厚霧濃，能見度低，隱約間可見遠處似有兩隊船艦互相攻擊。

張保仔坐神樓船，居高指揮，只見他雙手左右分開，旁邊一位旗手揮旗指示，示意兩軍分左右夾擊。蕭步鰲領軍向右走，張保仔領軍向左走，各自向戰區邁進。

佛朗機軍與清軍合為一伙，聯手向石氏發礮，敵眾我寡。石氏以六十艘船，迎戰敵方百多艘戰艦圍攻，一字兒排開海面，雖有部份船艦起火，處於下風，依然奮勇抗敵，毫不慌張。

張保仔一揚手，左右全速衝向敵方兩翼，連石氏合成一個三角夾擊形勢。紅旗幫戰艦非常英悍，蕭步鰲的部隊能一邊高速馳近，一邊發礮。左右同時擊鼓，聲如震天，恍如天兵天將殺出，教清兵嚇一大跳。

只見一艘清水師欲掉頭抗擊，已先中了礮彈。蕭步鰲先頭部隊一點不留情，直衝向該船艦，竟撞穿入水，擊沉一艦。

清、佛聯合部隊見勢頭不對，欲掉頭撤退，兩軍沒有默契，轉換方向時互相碰撞，又有幾艘船艦撞穿入水。紅旗幫艦隊十分兇暴，竟貼近撞過來。幫眾持槍提刀，跳上船來，大開殺戒。清、佛聯軍雖撤退，卻損失船艦二十艘。

張保仔沒有乘勝追擊，領眾軍回營。紅旗幫眾放鞭礮，打戰鼓，猶如嘉年華會，慶祝大捷。

張保仔從神樓船走下，登上石氏船艦，二人相擁於甲板上，幫眾拍手叫好，開酒大飲，引吭高歌，熱鬧忘形。

張保仔和石氏倚在甲板上的欄杆，二人手裡各有一杯洋酒。

「為何你會引來滿清與佛朗機合兵？」張保仔問。

石氏道：「我搶劫了一艘英國商船『艾萊侯爵』號，以船長和兩個副手的命，向英國要求贖金十萬両。他們沒有給贖金，反而求滿清出水師，滿清的水師提督都敗在你手，手中無將，竟連同澳門的佛朗機戰艦來，逼我交人。」

「那就打起來了？」

「還沒有，我拖延時間，先在他們面前殺了一個副手，要他們一個時辰後交贖金，否則再殺一人。結果等了一個時辰，他們不敢行動，又沒有贖金，我又殺了一個副手。」石氏飲了一口威士忌，續道：「有個佛朗機人，鼻子很大的，叫阿科佛拉多，名字真難記，是佛朗機總司令。他很決絕地說，我不是英國人，其實你殺不殺他，我不在乎。你要不立刻放人，要不我們就開礮。」

「哼！你一定立刻殺了那個英國船長吧？」張保仔飲了一口干邑。

「哈哈！」石氏很開心，張保仔最了解她的性格，道：「我跟他說，阿科佛拉多先生，你快人快語，我就把他還給你吧！你猜到我如何做嗎？」

張保仔想一想，道：「在他們面前把那英國船長殺了，掉屍體落海。」

「哈哈！這樣太温文了！」石氏又飲一口威士忌，道：「我向佛朗機的主艦開礮，裏面沒有礮彈，射了一個……哈哈……」

張保仔意想不到，大叫：「……將英國船長的首級斬下來，再用礮彈射出去。天啊！你真是個天才！」

「哈哈！他們嚇得目瞪口呆，戰事就爆發開來了。」石氏得意地說，兩人肩膊相倚，彼此頭髮在風中共舞。

只見張保仔只有廿多歲，一副娃娃相；石氏年已三十二，但是身形健美瘦削，烏亮肌膚下，自然散發一種女人味。兩人走在一起，一個是女生男相的人中龍鳳，一個是充滿英氣的女首領，別有一種相襯。

* * *

時近黃昏，戰艦駛近香港。遠處一隊戰艦駛出，俱掛上黑旗，赫然是出賣同盟、見死不救的黑旗幫郭婆帶。

「打！」張保仔未趕及返回神樓船，立即下令。

蘇懷祖遠見郭婆帶率戰艦約七十多艘，提議分兵夾擊。先由石氏領兵在前方堵截，張保仔主隊發礮掩護，蕭步鰲領兵作先鋒衝散郭婆帶軍。眾人依計行事。

石氏往前方停頓，一字兒排開，不斷開礮。

張保仔返回神樓船，居高臨下，指揮軍隊分左右，皆一字兒排開，一邊發礮，一邊推前。郭婆帶亦身經百戰，他與郭就喜合做一隊，向張保仔逼近，另一隊由二當家馮用發與三當家張日高領軍，向石氏逼近。

蕭步鰲見雙方船隻靠近，陡然快速衝向郭婆帶艦隊衝撞。蕭步鰲艦隊的船頭經過特別改裝，船首都用鋼鐵打造，磨削如刀，鋒利無比，利於撞擊。這種亡命式攻擊，加上張保仔軍的礮火，教郭婆帶措手不及，黑旗幫有幾艘船艦被近距離擊沉。那邊廂，石氏亦與馮用發艦隊交手，互相發礮攻擊。

張保仔朗聲道：「郭婆帶，你失信於同盟，我跟你誓不兩立！從今以後，粵洋一方，有我無你！」

郭婆帶立於船首，朗聲回應：「張保仔，是你分贓不公在先，破壞同盟友誼。鄭幫主以前不會這樣的！你不講道義，不顧廉恥，連鄭一老婆也上了！」

石氏也憤怒了，朗聲道：「掉那媽！我和張保仔沒有血緣關係，戀愛自由，關你屁事？你這爛書生，失信於盟，還含血噴人。我石氏當日有眼無珠，郭婆帶你反骨無情，旗幫從今日起，與你劃清界線！」

大家多年積怨，一觸即爆。

原來郭婆帶本是番禺蜑家人，嘉慶初年郭婆帶全家為鄭一所掠，遂收編為海盜，加入旗幫。因此鄭一嫂輩份亦在郭婆帶之上，本來同氣連枝，郭婆帶對鄭一嫂亦甚為尊敬。郭婆帶具領導能力，部眾有不少喜歡跟從他，而幫會勢力日大，郭婆帶屢立大功。在石氏推薦下，郭婆帶得以自立門戶，以黑旗為號，是為黑旗兵。

張保仔義憤填膺，再也按捺不住，不顧戰陣，大叫：「衝刺！」船艦隊竟衝向郭婆帶船艦。

黑旗幫並非省油的燈，郭就喜早有火弩隊，部隊用機械改裝的連弩，射程遠超人力，可以準確射十至十五里範圍，有利海戰近攻。每部連弩可同時放二十火箭，十人一團，向一戰艦齊發，威力亦不弱。蕭步鰲船艦雖然便於近攻，卻被郭就喜領導的連弩團點燃火種。

張保仔瘋狂地指揮軍隊全速前進，神樓船的構造，本來較其他船身輕快，行速特快，今全速而行，越過護航艦，一船獨前。郭就喜指揮十團連弩，瞄準張保仔，準備待發。

蘇懷祖心裡暗叫不妙，當年他參與神樓船的設計，清楚知道，神樓船外形巨大，每邊僅裝三門火礮，本來就是為了宗教象徵意義居多，用以居高臨下指揮，因此利便行動快速，卻不適埋身軍事戰鬥。而且船上多僧侶，他們都不擅戰。雖然他已立即指揮手頭船隻全速護駕，無奈沒有船比神樓船行速更快。

只見張保仔神樓船進入射程範圍，郭就喜手一揚，連弩團二百火箭齊發。

「中！」郭就喜大呼。

兩位高僧以身護張保仔，身上袈裟著火，狼狽地把衣服掉下，身體半裸，十分尷尬。但是象徵戰無不勝，具聖神庇祐的神樓船竟著火了。

「再備箭！」郭就喜命令。

張保仔沒有減速，船艦繼續向郭婆帶衝來，似想跟他拼過死活。

忽然一聲巨雷，天下大雨，竟將神樓船和紅旗幫船火種淋滅。

紅旗幫眾擊戰鼓，齊聲吶喊。張保仔立於神樓船上，背後一個閃雷，頭髮隨風披散，臉如聖像，不落俗套，超脫男女，恍如玉觀音降臨，又好像大家此刻不在戰場，此情此景，只有在神話圖冊中才看到。眾高僧誦經，和尚敲鐘。紅旗幫士氣如虹，如有神助。

黑旗幫眾早已聽聞張保仔的種種傳奇，他是傳說中三婆欽點的「海上之子」。今日親眼目睹，海盜本來迷信，眾皆膽怯。有些竟棄械跪倒，如朝拜神聖。

郭婆帶一直想保持那種儒生的優雅，文人的氣度；卻因為擔當海盜首領，不得不從俗。那些幫眾無不是販夫走卒，屠豬殺狗之輩，他雖然經常吟詩作對，手執書卷，無奈天生貌醜，鼻扁唇厚，五短身材，混在一群海盜之中，沒有什麼說服力令他走上文人雅士之途。即使強裝儒雅，反又恐怕遭受排擠，不倫不類。今天親眼目睹張保仔那種懾人心神的魅力，千萬軍中卻能保持文質彬彬，令人由衷折服，不禁自形慚穢。郭婆帶暗暗歎息，深諳大勢已去，鳴鼓收兵，揮軍急撤。

張保仔領幫眾追了一段，風浪太大，讓郭婆帶逃遁而去。但是經此一役，雙方埋身大戰，相對清兵一戰，損失慘重，大量船隻受破壞仍有待修理，大風浪中，只見遠處隱約有大軍追來。

蕭步鰲部下明俊手腳敏捷，登上瞭望台，用望遠鏡望去，發現原來是清人與佛朗機人的聯軍。他們在附近集結兵力，重振旗鼓，二百多艘精銳大軍追來。張保仔等急撤回長洲本營，再一決雌雄。

*　　　　*　　　　*

滿清船艦上，有兩廣總參謀長曾智良。

原來石氏所劫的英國商船「艾萊侯爵號」，正是大不列顛帝國的東印度公司商船。東印度公司經理洛伯請滿清政府協助救贖人質，百齡正想借外國兵力剿滅海盜，遂請東印度公司令英國派遣海軍來。但是洛伯表示，公司並無兵權，無法指揮大英帝國軍隊的調配，不過可以安排他們會面。

英國人早已對大清香港、廣州一帶充滿野心，竟然提出一個要求：「大英帝國海軍以後可以自由進出虎門。」百齡大為憤怒，認為大英帝國侵犯主權，不可接納。

曾智良穿針引線下，澳門長官阿利阿加願意與清廷合作，當時佛朗機商船經常遭張保仔劫掠，有時連運抵澳門的糧食補給亦遭搶劫，因此他早對張保仔恨之入骨。

阿利阿加說：「我們有先進的火礮和戰艦，只要清廷派出二百艘水師支援，摧毀張保仔不難。但是費用要由清政府負擔。不論戰事結果如何，我們每月只是象徵式收取一點費用，包括租船費一萬八千両，行商每月報效三十萬両。」

曾智良覺得費用有點昂貴，但是百齡求外國兵力心切，一口答應。

阿利阿加又說：「為表誠意，戰事開始前，要先給三十萬両。」

百齡說：「只要能除張保仔，清廷絕對會答允你所求。」

遂有今次滿清與佛朗機的合作，所謂佛朗機艦隊，其實不過是六艘戰艦。「大鼻子」總司令阿科佛拉多，領導「英孔克斯塔費號」，重四百噸，礮二十六門，兵士一百六十名，其餘五艘戰艦分別為「巴拉號」，礮十八門，兵士一百三十名，指揮官是鬍子長長的米郎達；「印度號」，礮二十四門，兵士一百二十人，指揮官是「矮腳虎」施露華；「卡洛達號」，礮十六門，兵士一百人，指揮官十分俊朗，是擁有一對藍眼睛的嘉洛查；「聖米谷號」，礮十六門，兵士一百人，指揮官是「光頭怒漢」米狄亞斯；「比利薩里奧號」，礮十八門，兵士一百二十人，指揮官較成熟，是滿口金牙的阿爾費斯。船員很混雜，一百名是佛朗機人，其餘有不少是來自蘭芳共和國（即今柬埔寨）。此行由佛朗機人阿科佛拉多總司令領軍，由於清廷無將，曾智良遂作為督軍隨行。

長洲，當時英人叫啞鈴島（Dumbbell Island），只見張保仔專走小路，時已天黑，聯軍戰艦不敢跟隨，返澳門屯兵。

曾智良研究航海地圖，指張保仔所走路線，危機重重，先後經過多個小島，包括交椅洲、小交椅洲、銀洲、平洲（即今坪洲）、日光島（又名晨曦島，即今周公島）、尼姑洲（即今喜靈洲）等，沿途有多個據點，設有礮台、瞭望塔，而且水道狹窄，易於埋伏，聯軍大隊有二百多戰艦，只恐未及長洲，已遭夾擊，全軍覆亡。

因此，曾智良建議繞道而行，改從博寮洲（即今南丫島）橫渡攻長洲，但是海面風力會很大，時間上長了幾個時辰。「大鼻子」總司令阿科佛拉認同行軍最重要是安全，翌日清晨，聯軍遂繞道而行，經博寮洲挺進。

漸近長洲，曾智良又叮囑大家格外小心，「大鼻子」總司令阿科佛拉多命艦隊分三批慢駛，先頭部隊由船身較輕的「卡洛達號」與「聖米谷號」領軍先行，以「光頭怒漢」米狄亞斯為先鋒，中隊大軍由阿科佛拉多的「英孔克斯塔費號」為旗艦，「大鬍子」米朗達和「金牙」阿爾費斯左右輔翼，後軍以「矮腳虎」施露華殿後。大家嚴陣以待，緩慢前進，小心翼翼。

將近長洲，此乃張保仔紅旗幫的總部。長洲島嶼說大不大，說小亦非小，上面住有不少居民，皆紅旗幫眾。只見海面上只有十七艘掛有紅旗戰艦，一字排開。附近風平浪靜，極目無人，靜悄悄的，不似有埋伏。

先鋒「光頭怒漢」米狄亞斯說了句英語，指手劃腳，說話又急又快。曾智良不太明白，

「大鼻子」阿科佛拉多以漢語翻譯，道：「他的意思是張保仔太輕敵，我們不如衝過去，一舉擊沉，搶灘上岸。」

曾知良道：「張保仔用兵多詐，可能是誘敵策略，不宜輕進。」

阿科佛拉多道：「那麼我們分頭進攻吧！」只見他用英語向「光頭怒漢」米狄亞斯和「藍眼睛」嘉洛查發號施令。米狄亞斯性格暴燥，大眼一翻，手大力摸摸光頭，好像不太同意，他跟阿科佛拉多議論一番，最後受阿科佛拉多勸勉，米狄亞斯和嘉洛查各自領命而去。

米狄亞斯和嘉洛查各領十五艘滿清水師，分左右壓上「卡洛達號」從左翼推進，「聖米谷號」從右路前進。

在四當家蕭步鰲領導下，只見紅旗幫眾輪流發礮，發礮後上礮，又繼續發礮，轟隆隆，轟隆隆。密集的礮火令聯軍不能前進。紅旗幫眾礮彈充足，竟然連續發射兩個時辰。

烈日當空，雙方疲憊，攻者無法寸進，聯軍無功而還。大軍後撤，稍為休息。

午飯後，「光頭怒漢」米狄亞斯拍案大喝，說了幾句英語。曾智良雖然不精於英語，不過亦略懂簡單英語，知道他大概批評戰術太保守，堅持要冒險衝鋒。阿科佛拉多跟他理論，似乎無法令他平息怒火。「藍眼睛」嘉洛查有一個新提議，具體聽不明白，但是曾智良見他指手劃腳，多次提及「火」字。

曾智良道：「總司令，此刻順風，可以用『火攻』。我軍備有大量火箭，亦有專業投擲手和機械弩弓。」

阿科佛拉多擦一擦大鼻子，道：「謝謝你的意見。嘉洛查跟你的想法一樣。我們先嘗試用火攻，若成功則衝鋒。」

午休後，雙方避過最惡毒的陽光，又各自派兵出迎。

海面上，只見紅旗幫依然以剛才十七艘戰艦應戰，一字排開，蕭步鰲立於船頭。「卡洛達號」從左翼推進，「聖米谷號」從右路前進，聯軍增加兵力，每邊各有二十五艘戰艦。

只見蕭步鰲故技重施，仍是有系統地輪流發礮，發礮後隨即上礮，然後又繼續發礮，轟隆隆，轟隆隆。米狄亞斯和惠洛查依然無法壓前，清兵開始用弩弓發射火箭；但是射程太遠，雖然在順風順勢下，威力加強，仍無法射中目標，在接近紅旗幫船艦前掉入海中。

米狄亞斯按捺不住，決心冒險一闖。他細心觀察下，紅旗幫眾由六隻一組，分左右發射，三次為一周。其中一組只有五隻同時發射，米狄亞斯留意那一組的礮火最弱，剛巧有兩艘戰艦向左射，有三艘戰艦向右射。因此米狄亞斯每個循環會有一次面對只有兩艘戰艦發射的機會，米狄亞斯傳令大家準備，在下一個循環中尋找機會。就在礮火交替的空隙中，米狄亞斯冒險挺進，領二十五艘戰艦，突破僵局，兩艘滿清船艦中了礮彈，但是火箭集中齊發，順風之下，威力強勁，蕭步鰲居中的戰艦著火焚燒。紅旗幫戰艦由於連環並排，很容易在大風下火燒鄰船。一陣混亂間，紅旗兵急向後撤。

米狄亞斯領導的「聖米谷號」與嘉洛查領導的「卡洛達號」，共五十多艘船艦同時壓上。只見左右有埋伏，各有十艘紅旗幫船艦駛來，一邊前進，一邊發礮，好幾艘滿清船艦中彈。米狄亞斯還想衝鋒，清兵膽怯，竟向後撤。嘉洛查見軍心亂，亦不敢妄進，遂往後退。米狄亞斯仰天怒嘯，罵了句英語髒話，令軍隊後撤。

紅旗幫重整陣容，原來退了的十六艘船艦，合起來，一共三十六艘船艦，分成三層，一字兒排開，輪流發礮，一隊發射完，退下；第二隊前進，發射，又退下；第三隊前進，發射，又退下；原來第一隊已裝上礮彈，前進，發射，又退下，餘此類推，循環不息。只見石氏領軍，十分有系統，組織力和戰鬥力比蕭步鰲更強大。

步步進逼下，聯軍後撤二千米。

石氏領導的密集式發射，沒有停頓，連續一日一夜。夜天恍如白晝，整個長洲灣，籠罩在戰爭的硝煙氣味之中。

紅旗幫眾頭目一邊看礮彈發射如放煙花，一邊談話。

「清狗真無能，打不過我們，竟然勾結外國勢力。自己國家的事情管不了，政府竟然找外國軍隊打本國的人，真正荒謬！」蕭步鰲憤怒地道。

蘇懷祖道：「清狗花了很多錢銀，才能聘請佛朗機人協助，無非是民脂民膏。」

「這樣的政權不倒，人民將來不會有好日子過。」張保仔道。

鯊嘴城聽到張保仔的這番說話，心裡就踏實。戰事再辛苦，也是很有意義的。

鯊嘴城拿了兩瓶酒，跟張保仔一人一瓶，碰碰酒瓶，各自倒頭大喝。鯊嘴城有名愛飲愛食，張保仔但覺酒香不已，後勁凌厲。鯊嘴城一口氣把整瓶乾了，甩一甩手，酒瓶摔在地上，崩一聲，轟轟裂裂的碎成花片一樣，酒香四溢。

鯊嘴城得意一笑，道：「幫主仔，若果你真的能帶領我們推翻清狗政府，我鯊嘴城真心追隨你。」不知哪裡又弄了一瓶酒來，鯊嘴城仰頭喝了一大半，有一半濺在胸口，又摔在地上，轟轟裂裂。

「我本名叫沙香城。反清復明，一直是我志願。」鯊嘴城道。

「想當年我加入紅旗幫，鄭幫主就跟我說，海上建立自由國家的神話，抗衡滿清。」鯊嘴城道。

「我本來是天地會的成員，因為鄭幫主的一番話，我決定加入紅旗幫。」鯊嘴城道。

「只有推翻清狗政權，人民才會有好日子過。因為這句說話，我鯊嘴城真心擁戴你！」鯊嘴城道。

只見蘇懷祖眉頭一鎖，似乎不喜歡鯊嘴城的酒後胡語，似乎更不喜歡這個話題，嘴裡卻說：「戰事才剛剛開始，拚命的時候不少。大家別喝太多，輪流休息吧！」

紅旗幫的礮火如煙花璀璨，看得眾頭目熱血澎湃。

*　　　　*　　　　*

第一天，滿清、佛朗機聯軍損失八艘戰艦，紅旗幫折損一艘戰艦。

翌日，米狄亞斯領導的「聖米谷號」與嘉洛查領導的「卡洛達號」繼續出迎先鋒，今次各領三十艘戰艦，加強兵力。紅旗幫陣容不變，依然是石氏領導的三十六艘船艦，依然分三隊排列，齊整的行軍，輪流發礮。聯軍亦發礮還擊，彼此隔海發礮，轟轟隆隆，轟轟隆隆，礮火響徹整個香港南部。

曾智良知道張保仔向來喜歡親征，這個海盜頭子具有魅力，富有宗師神秘力量，行軍詭詐。一連兩天，張保仔都沒有露面，相當罕見，未知他用心何在。

足智多謀的曾智良意想不到的是，原來張保仔的百多艘戰艦大軍，在連日戰爭中，遭受嚴重損壞，尤其與郭婆帶埋身戰一役，損失慘重，更有三百兄弟陣亡。紅旗幫需要爭取時間維修，蘇懷祖想到這個緩兵之計，先以十七艘船艦平排，由蕭步鰲領軍，故弄玄虛，令敵人覺得有詐，不敢直闖。另外二十艘戰艦佈防左右，由石氏埋伏，以備不測。實際上，紅旗幫能作戰的部隊，只有這麼三十多艘戰艦，卻要迎戰對方二百多艘水師艦隊，是險中之險。因此不會吝嗇彈藥，以換取時間為目的。

蕭雞爛領了一軍到東莞一帶貿易，張保仔發飛鴿傳書，又向天放求救煙花，皆無法取得聯繫。其餘首領都各盡本能。鯊嘴城負責後方物資供應，海陸兩路運輸長洲補給，確保食水及彈藥源源不絕，可以面對持久戰。長洲有修船廠，大部份幫眾都在協力修船，由梁皮保監督修船進度。張保仔領導一隊幫眾，拿著鏟子、繩梯、火藥等工具，進行神秘任務，十分忙碌。

攻守雙方隔海互相發礮，過了一日一夜，互無損傷。

第四日清晨，長洲海域上，赫然有大英帝國戰艦游弋，是大不列顛帝國皇家艦隊的護航海軍「聖亞爾邦斯號」。護航艦駛近滿清、佛朗機聯軍，曾智良認得船上有東印度公司的洛伯和多林文。

洛伯用華語，熱情揮手道：「密斯特曾，你好！」

曾智良走上甲板，道：「洛伯先生，好！戰場危險，我勸你們還是速離此地。」

多林文用華語笑道：「聽說你們聯軍打張保仔，久攻不下，我們想來看看是否事實。」

曾智良臉露不悅。

「密斯特曾，讓我介紹一位朋友。」只見洛伯身旁有位身形健碩的英國人，身長八尺，穿著大英帝國水師軍服，一雙綠色的眼睛，臉上似笑非笑的表情。「他是奧斯登艦長！如果你需要我國皇家海軍協防，可以直接跟奧斯登艦長談，我保證不會高於上次談判的條件。密斯特曾，要不要上船來？我們有美酒呢。」

曾智良感到後面有一雙目光，猶如鋒利的刀，毋須回首，已感受到是來自「大鼻子」總司令阿科佛拉多。船上熟悉華語的佛朗機人，除了曾智良，就只有阿科佛拉多。此時戰事在前，軍心重要，曾智良心想，大概是英國人妒忌清廷與佛朗機合作，他們亦想來分一杯羹，但是大英帝國的胃口太大，不容易應付。權衡輕重下，只得婉拒：「謝謝你的美意，我們行軍打仗，未有空飲酒。我們有事忙，再見了！」

阿科佛拉多用華語搶白道：「你們只得一艘小船，只怕自保都不如。礮火無眼，誤傷莫怪。」

「海盜兇悍，將軍小心性命了！哈哈！」隨著洛伯的笑聲，「聖亞爾邦斯號」駛離海域。

阿科佛拉多目睹「聖亞爾邦斯號」變得愈來愈小，愈走愈遠，心裡的怒火猶未息。「我看，今天來個了斷！」

「阿科佛拉多總司令，有何高見？」

「我們擴大戰線包圍，全兵出動，埋身一戰！」阿科佛拉多的鼻孔張得很大，蠻有信心的樣子。

曾智良知道他被英軍激怒了，不敢妨礙，還是苦口婆心地道：「進攻可以，不過司令冷靜，張賊陰險，小心有詐！不如先加強先鋒部隊。至於是否全軍盡出？還是看看形勢，再作定奪。」

阿科佛拉多擺出四先鋒陣形，在原來兩個先鋒部隊米狄亞斯的「聖米谷號」和嘉洛查的「卡洛達號」，再加上「金牙」阿爾費斯領導的「比利薩里奧號」和「大鬍子」米朗達領導的「巴拉號」，各部隊率領滿清戰艦三十五艘。中軍和後軍僅留餘下五十艘戰艦。四隊部隊並排前進，甚具氣勢。

紅旗幫的瞭望員明俊報告敵方轉了新陣式，蘇懷祖深謀遠慮，另有對策。

滿清、佛朗機聯軍四先鋒主動出擊，一百四十多艘戰艦齊襲長洲。石氏沉著應戰，依然只有三十六艘戰艦，分成四隊，每隊只有九艘戰艦，一字兒排開。聯軍部隊以多敵寡，信心充沛，衝鋒上前，互相礮擊。

聯軍部隊漸近，陡然間戰鼓聲改變，石氏發號司令，紅旗幫吹號角。每艘戰艦拋出五艘小船，每艘小船都有紅旗幫眾十多人，各攜兵器，準備埋身戰。一時之間，紅旗幫由原來只有三十六艘船，一艘大船生五艘小艇，大大小小合共二百多艘船，再加上聯軍的二百多艘戰艦，把長洲灣都幾乎填滿。聯軍眼花繚亂，二百艘船亡命衝前，礮門不知瞄向何方。有六艘滿清戰艦被紅旗幫眾跳上船，紅旗幫眾異常兇悍，見人即殺，拋屍入海，手法極快。

聯軍部隊多滿清官船，大家素來懼怕海盜，紛紛掉頭，亂作一團。

「聖米谷號」駛得較前，竟有三艘小船貼近船頭，有紅旗幫眾嘗試冒險爬上大船。「光頭怒漢」米狄亞斯立即指揮佛朗機軍隊作戰。

只聽噗哧！噗哧！噗哧！

多名紅旗幫眾倒下，原來佛朗機船上都是一排一排的毛瑟槍隊，配備先進的槍械，把爬上來的紅旗幫眾打個落花流水。

此時天來怪風，把船隊陣形吹亂了。小船無法航行，只好後撤。風浪太大，雙方各自撤退。米朗達報告，竟有八艘滿清官船、二百四十門礮遭劫走。

是夜，雙方停戰，聯軍不時聽到長洲島上有爆破之聲，十分古怪。

紅旗幫眾成功劫擄滿清官船，十分興奮。現在可作戰船艦增加至四十二艘，實力更強。

石氏道：「我幫作戰英勇，方獲小勝。神風忽至，中斷了戰爭。佛朗機戰艦雖小，他們的作戰力很強，有先進的毛瑟槍，武備在我們之上。」

張保仔道：「對方武備厲害，埋身肉搏，大家小心。最好每個小船有一人負責掩護，其他人迅速爬上敵船殺敵。」

石氏道：「用長鞭吧！由一位兄弟舞鞭，揮打槍手，其他兄弟趁勢埋身用刀劍。」

石氏與蕭步鰲連夜加緊訓練，幫眾學習如何分工，埋身肉搏攻上敵船。

張保仔又令施放求救煙花，期望蕭雞爛看到，能派救兵來。如果在天空見到煙花，會以煙花答和，無奈收不到任何回音。

* * *

第五日，聯軍依然用四先鋒陣向前挺進。紅旗幫眾沿用二百艘大小艇肉搏戰術。

雙方互相以礮火發射，聯軍已有經驗，不敢挺進太近，以免讓小艇埋身，向後撤退。

石氏指揮大家向前壓上，只見四先鋒向左右後撤，中軍總司令阿科佛拉多的龐大主艦「英孔克斯塔費號」向前駛來，船上裝備先進的四門旋轉礮，可以靈活轉動不同方向，針對小艇發射，轉眼間有多隻小艇遭打沉。

「光頭怒漢」米狄亞斯和「藍眼睛」嘉洛查運用毛瑟槍隊，紅旗小艇的幫眾未駛近身，已中槍身亡。

蕭步鰲跳上小艇，帶領群眾奮勇戰鬥，又成功搶了三艘滿清官船。但是「大鼻子」總司令阿科佛拉多領導的「英孔克斯塔費號」實在太厲害了，那些旋轉礮幾乎百發百中，轉眼間已擊沉了幾十艘小艇，死傷無數。

紅旗軍心有點亂，再戰下去，恐難以防守。

蕭步鰲打旗號，請石氏艦隊掩護。他用搶來的滿清官船，領導眾小艇向左衝鋒，憑藉一股拚死精神，以官船直撞向先鋒「光頭怒漢」米狄亞斯的「聖米谷號」。蕭步鰲兩大手下「光頭勇」和「金剛炳」俱富有豐富作戰經驗，「光頭勇」勇猛善戰，「金剛炳」急智靈活，二人跟隨蕭步鰲多年，大家都有默契。三人各控制一艘盜來的滿清官船，蕭步鰲居中，「光頭勇」和「金剛炳」左右夾擊。

只見蕭步鰲全速衝向「聖米谷號」，打亂了原來戰陣。

「光頭怒漢」米狄亞斯命毛瑟槍隊開槍，但是敵方從三個方向而來，槍隊有點混亂，不知先瞄準哪一艘船，而且官船船身較大，蕭步鰲等用亡命方法襲來，能一邊高速開船，一邊開礮。

「光頭怒漢」米狄亞斯見勢頭不對，想後撤，已經太晚，「聖米谷號」中礮起火。

米狄亞斯沉著應戰，指揮毛瑟槍隊向正面來的艨步鰲船艦開槍，殺了甲板上十多個紅旗幫眾，左邊「光頭勇」的船已直衝過來，「光頭勇」瘋了一樣跳上「聖米谷號」甲板，不顧生死，揮動手中大鞭，把前線毛瑟槍隊手頭的槍打倒下來，紅旗幫眾拚命撲前，埋身用刀割喉嚨，見血封喉。米狄亞斯指揮另一隊毛瑟槍隊，把闖來的十多名紅旗幫眾又射殺掉。

右邊「金剛炳」的船又撞過來，「金剛炳」手舞雙刀，一個燕子落水跳上甲板，著地一滾，竟以地堂刀法，把眾毛瑟槍隊的腿斬斷。其餘紅旗幫眾跳上船來，拔刀把倒地的毛瑟槍隊刺死，手法兇悍。

米狄亞斯拔出手槍，把甲板上多名紅旗幫眾打死。幾艘小艇的紅旗幫眾爬上船來，眾佛朗機水兵跟群眾混戰。

米狄亞斯槍彈用盡，拔出西洋劍出來，他的劍法兇暴，一邊揮劍，一邊咆哮，幾個回合，殺了十多個紅旗幫眾。但是小艇不斷往「聖米谷號」爬上來，紅旗幫眾愈來愈多，殺之不盡。米狄亞斯領導佛朗機人發動劍陣，四人一隊成一圈，各攻四個方向，背脊相靠，以少敵眾，殺了幾十紅旗幫眾。

陡然間，只見一人身長六尺，體型健碩，長髮披面，長鬍子及胸，雙目如炬。手裡揮動一把沉重大刀，力大無窮，佛朗機人的劍無法抵擋，刀過處，兩三個佛朗機人齊腰劈斷，異常殘暴。此人正是紅旗幫四當家蕭步鰲。

蕭步鰲一到，紅旗幫眾精神斗擻，在「光頭勇」和「金剛炳」配合下，又殺了幾個佛朗機人。這樣一種埋身廝殺，大家都失去理性，屍骸成山，滿地皆紅。

蕭步鰲提刀與米狄亞斯單挑，船上雙方餘眾各靠一方。米狄亞斯用劍，身法靈活，蕭步鰲身高刀長，大刀揮處，殺氣騰騰。米狄亞斯閃避幾個回合，找到一個空隙處，見蕭步鰲刀已用老，闖前揮劍，直取心臟。蕭步鰲大喝一聲，身體急速旋轉，竟在劍未至時，刀已先劈中米狄亞斯左臂。米狄亞斯血流如注，眾紅旗幫吶喊，米狄亞斯不斷閃避，退到船尾。蕭步鰲仰天大嘯，米狄亞斯一驚，墜地，蕭步鰲撲前，騎在米狄亞斯身上，一手斬下他的首級。

先鋒被斬，聯軍軍心大亂，阿科佛拉多竟指揮「英孔克斯塔費號」向聖米谷號開礮，把本來起火的「聖米谷號」擊沉。蕭步鰲等被迫返回奪來的滿清官船，把米狄亞斯頭顱高舉，聯軍後撤。

這日激戰，雙方死傷慘重。雖然毀了一個佛朗機團隊，殺了一個先鋒米狄亞斯，紅旗幫有二千多名兄弟死去，百多艘小艇遭擊沉，戰艦只餘下二十九艘。

* * *

一戰爭，沒有意義，亦不用想意義。當你踏上這條船，大海供給所有你想要的東西，只要你夠膽識，能取多少就是你的；不過，自由，是有代價的。大海很公平，同樣會給你無數次死亡的機會。你不要害怕死亡，你要擁抱死亡，因為它本來就在你身邊。生於亂世，本來就不用追尋意義，只有不懼生死的人，才能在海上生存。」

不知何故，張保仔想起鄭一的一番話。

那時他只有十七歲，家破人亡，整個家都給鄭一所摧毀。鄭一帶張保仔到廣東內河洗劫一條村落，屍橫遍野，海盜奪財奪美女，野狗烏鴉搶屍搶骨頭。張保仔雙眼模糊，鄭一從後擁抱他，用臉貼著他的臉，温柔地跟他說了這一番說話。

已經打了六天，而且埋身戰開始。廿七艘戰艦，對抗滿清和佛郎機聯軍百多艘戰艦。對方已摸到一點底細，往後的戰事只會更兇險。

張保仔心裡擔憂，但是他乃一幫之主，不能流露愁色，猶仰天大笑，道：「蕭四哥今日斬下佛郎機先鋒首級，立下大功！戰勝之日，滿清走狗船艦上的財寶，蕭四哥第一個可以先挑選。」

蕭步鰲得意地道：「哼！那個『大鼻子』總司令走得慢一點，我連他的首級也拿下。」

石氏問道：「三哥，我們還有多久才能修補船艦？」

「三天！」梁皮保道：「兄弟日夜不眠工作，已經很快。」

蘇懷祖與張保仔對望，道：「戰事愈來愈急，拖延愈來愈難，我們可能要出最後一招了。」

石氏問道：「蕭四哥，你不是說過有一批水性很厲害的兄弟麼？」

蕭步鰲道：「嗯！我精挑了出來，他們都是水上人家，自小熟水。」

「好！晚飯賞他們每人一尾魚，叫他們好好休息，明天戰事，可以派他們上陣。」

蕭步鰲領旨而去。

*　　　*　　　*

遠處除了聯軍艦隊的點點燈火，四處黑暗，天上星星都可以清楚見到。張保仔和石氏在甲板上看海。海很黑，靜靜的黑海，完全看不出今天廝殺的場面，沒有腥臭，沒有血紅。包容一切生死，洗滌一切歷史。海沒有發聲，只有黑色，靜靜的黑海。

石氏擁抱張保仔，道：「如果明天我戰死，你記緊把我的屍體找回來，埋入土裡。我不想永遠在這個海躺下，冰冷無情的海！」張保仔用唇掩去石氏的話。

張保仔心裡充滿擔憂，他倆雖然身經百戰，但是如此劣勢下作戰，九死一生。佛郎機人米狄亞斯被殺，激起了佛朗機人的仇恨。明天一戰，只會更加兇險。

石氏知道張保仔害怕面對現實，坦然道：「我是認真的，你答應我。」

「嗯！」張保仔道：「我不會讓你死！」

石氏淺笑，道：「一天接一天，無止境地打這種沒有意義的硬仗，真使人疲累。」

張保仔道：「『自從搭上了這頭船，就回不了頭。』是你跟我說的，你記得嗎？」

石氏道：「希望明天，我還能活著。」

張保仔親了石氏一吻，道：「你會的！」

石氏淺笑，笑中充滿愁苦。「我要休息了。」說罷石氏返回睡房。他倆雖然是夫妻，作戰期間，亦分房而睡，以保持戰鬥士氣和體力。

張保仔飲了一杯威士忌，看著靜靜的黑海，黑海沒有說話。

張保仔飲了一杯干邑，看著靜靜的黑海，黑海沒有說話。

張保仔飲了一杯芝華士，看著靜靜的黑海，黑海沒有說話。

張保仔飲了一杯伏特加，看著靜靜的黑海，黑海說話了，卻是鄭一的聲音：

「戰爭，沒有意義，亦不用想意義。當你踏上這條船，大海供給所有你想要的東西，只要你夠膽識，能取多少就是你的；不過，自由，是有代價的。大海很公平，同樣會給你無數次死亡的機會。你不要害怕死亡，你要擁抱死亡，因為它本來就在你身邊。生於亂世，本來就不用追尋意義，只有不懼生死的人，才能在海上生存。」

*　*　*

第七日，「大鼻子」總司令阿科佛拉多有新部署，調配有二十四門礮的「印度號」做先頭部隊，「矮腳虎」施露華做先鋒。原來的先鋒「藍眼睛」嘉洛查統領的「卡洛達號」做後軍。「光頭怒漢」米狄亞斯那種怒衝向前卻招致死亡的經驗，令佛朗機人有戒心，他們害怕太接近亡命的海盜，又想加強軍事勢力。於是，用五十艘滿清官船先行，由「矮腳虎」施露華領軍。總司令阿科佛拉多與左右翼則以優秀的礮火從後掩護。

只見石氏將手頭二十九艘船艦，分成三排，輪流密集式的放礮。「矮腳虎」施露華多次想突圍，但是滿清官船不敢冒進，而石氏的嚴密礮火，幾乎找不到漏洞。攻了一個清晨，無法前進。

午飯後，阿科佛拉多讓旗艦「英孔克斯塔費號」、「巴拉號」和「比利薩里奧號」與施露華的「印度號」並肩而上。一輪礮轟，阿科佛拉多靠左邊，「矮腳虎」施露華靠右邊，中間留給礮力較弱的「巴拉號」和「比利薩里奧號」，避開其正面的威力，將集中力轉向紅旗幫艦隊的左右兩邊較弱的地方攻擊，互相礮擊一個小時，阿科佛拉多和施露華分別得手，先後三次擊沉紅旗幫最左和最右的船艦，共擊沉六艘船艦。

石氏被迫後撤，形勢危急，只有二十五艘戰艦。「大鼻子」阿科佛拉多乘勝追擊，但見石氏不斷後撤，有點古怪。雖然今日初獲小捷，阿科佛拉多想起米狄亞斯的教訓，不敢冒進，逼五十艘滿清官船先行。由「矮腳虎」施露華先行，「英孔克斯塔費號」等慢慢壓上，先看形勢。

石氏後撤至近淺灘，「矮腳虎」施露華領著五十艘滿清官船愈追愈近，忽然多艘滿清官船停下，不向前行。此時，石氏的船艦隊改為一字兒排開，猛烈礮擊，十多艘滿清船艦遭擊沉。只見紅旗幫艦隊放了一些繩索在水中，每條繩索竟然埋伏一人，潛入水中，以長矛將船底打穿，所以無法前行，礮火一擊即沉。施露華只見眼前又有十多艘滿清官船遭擊沉，立即後撤。有些紅旗幫眾從水中躍出，跳上船殺人劫船。「印度號」亦有十個海盜跳上船來，埋身殺人，毛瑟槍隊把他們擊斃。「光頭怒漢」米狄亞斯的死狀，令施露華有了戒心，立即後撤。

時已近黃昏，滿清官船大多走避不及，埋身肉搏，屍首都被拋到海裏。阿科佛拉多領大軍後撤。最後竟有三艘滿清官船遭擄去，四十一艘滿清官船遭擊沉，五十艘滿清官船的先頭部隊，只有六艘逃回來。海盜的亡命戰術十分奏效，阿科佛拉多只好鳴金收兵。

* * *

是夜，紅旗幫眾心情沉重。連日守備，只守不攻。作戰部隊現在由原來廿九艘，減至廿六艘，雙方實力懸殊，難以持久。只要長洲灣海面失守，紅旗幫便要面對搶攤登陸戰。長洲總部是紅旗幫的心臟，不容有失。

蕭步鰲道：「一日比一日難守，有沒有方法可以扭轉局勢？」

梁皮保道：「除非有奇兵到！」

蘇懷祖走入會議室，道：「我們有奇兵到！」蘇懷祖把一封信交給張保仔，張保仔拆信一看，竟是來自大不列顛帝國東印度公司的洛伯先生，邀約在長洲以東的東灣會面，而戰事的長洲灣則剛好在長洲灣以西。因此，在長洲灣的聯軍部隊不可能知道，安排非常小心精密。

「英國鬼，不是好東西！」梁皮保道。

「此時來，正是好時機。」蘇懷祖道。

「小心為上！」石氏道：「戰事我一人支撐，留守防備。蕭步鰲，你負責保護幫主安危。」

張保仔道：「好！即管一會英國鬼子，看他們想玩什麼花樣。」

* * *

夜深，香港長洲東灣海上，停泊一艘大型的戰艦，是大不列顛帝國皇家海洋艦隊的護航艦「聖亞爾邦斯號」。

張保仔等一行五人，以張保仔為首，蕭步鰲帶了兩大助手，「光頭勇」和「金剛炳」，還有蘇懷祖。他們登船赴會，船內裝潢亮麗，有一個小酒吧廳，極具英國風味。張保仔坐沙發正中，蘇懷祖、蕭步鰲分坐左右，「光頭勇」和「金剛炳」站立沙發後。對面三位英國人，紳士打扮的洛伯居中，右邊是淺綠西裝的多林文，左邊是一位綠眼睛的軍官，奧斯登艦長，臉上似笑非笑。中間一張方形玻璃桌子，上有一盤小花和水果盤，一位英國侍應以美酒招待眾人。

雙方互相客套問好。洛伯笑容滿面，介紹各種不同的水果，有日本的木通果、中美洲的仙蜜果（今之火龍果）、長江的獼猴桃（今之奇異果）、印度的杧果（今之芒果）、汶萊的麝香貓果（今之榴蓮）等，展示大英帝國的物資充裕，勢力遍及世界。

張保仔搶白，直截入題：「洛伯先生，我們與清佛聯軍對峙多日，時間不多，今日相訪，有話請直言。」

洛伯伸手拿了水果盤上一個蘋果，笑道：「上次張幫主的表演，我記憶猶新，今日我亦想給大家看一個表演。」他卻把蘋果放入口中，咬了一口。

大家想起上次邀洛伯等上紅旗幫船，請雜技員把蘋果拋在包浩天頭上，然後梁皮保拔搶，射穿蘋果的情景。今日，眾人冒險登上英軍船上，不知對方會玩什麼花樣，不禁緊張起來。蕭步鰲向左右使了個眼色，「光頭勇」和「金剛炳」各自手摸身上武器，準備隨時發動，保護張保仔。

奧斯登拍一下手，兩個英軍水手推了一盞大燈來，燈光朝著窗外的岸邊投射，將黑夜轉為白晝，岸上的樹林和遠處的村落都清楚看到。

奧斯登又拍兩下手，一個英軍士兵走進來，手持一枝英式長型號手槍，裝備先進。只見他純熟地做開檔步驟，把長槍放上肩膊。

紅旗幫眾都緊張起來，連久慣風雨的蕭步鰲心裡都不禁怦怦亂跳，張保仔依然保持笑容，全無懼色。

奧斯登從水果盤中取了一個蘋果，他的華語生硬，語氣充滿威嚴地道：「張幫主，請看清楚了！」只見他手一揚，蘋果向海岸高速拋出，飛上半天。

噗哧一聲。

蘋果在半空被擊中，約有三丈多遠。射程既遠，火力驚人。

眾人目瞪口呆，洛伯和多林文拍掌叫好，奧斯登臉上似笑非笑，揚一揚眉，以英語道：「Brown Bess。」

多林文的聲音具濃重英國口音，以華語道：「伯克式燧發槍，英國現時最新款的長槍，我們東印度公司出售。最遠射程可達三百碼左右，最佳的射程大約在八十至一百碼之間。」

洛伯道：「如果有了這批槍械，你們如虎添翼，要打敗聯軍，易如反掌。」

張保仔等不由得心動。

洛伯擊掌，兩個水手把一個木箱搬入來，只見兩名水手年輕健碩，卻腳步沉穩，可見木箱內東西非輕。

奧斯登走上前，從腰間拔出一把小刀，刀柄鑲有寶石，刀手很薄，有藍光。張保仔跟從鄭一多年，知道這把小刀價值不菲。只見奧斯登用小刀鋸斷粗繩，打開木箱。裡面赫然全是嶄新的伯克式燧發槍，數目不少。

奧斯登臉上似笑非笑，向上打開手掌，以生硬華語道：「五……五十！」

「張幫主，如果你今天答應跟我們合作，這箱槍械，你立即可以帶走。」多林文道。

眼下是幫會生死存亡之秋，張保仔深吸口氣，有點心動，問道：「條件？」

洛伯慢條斯理地，舉起手中拔蘭地，道：「我們希望紅旗幫與大英帝國，以及我們東印度公司有長期合作。」

張保仔與他碰杯，各自喝了一口，僵固的冰鋒破開了。奧斯特艦長與多林文又各自舉杯，與張保仔及眾人碰杯，氣氛友好。

張保仔問道：「如何合作？」

洛伯豎起三根手指，道：「三個簡單的要求。」

張保仔做了個「請說下去」的動作。

「一、大家共同軍事合作。反對滿清政權，以及佛朗機在澳門的軍力。」洛伯道。

張保仔鬆了口氣，滿清和佛朗機正是大家的共同敵人。他想亦不想，一口答應，道：「當然沒有問題。」

「二、每個月繳交清銀五千両，作為軍事武力借用費。」

張保仔臉色一沉，東印度公司做的不正是跟海盜行為無異？海上，一向只有海盜要求商船交保護費，怎會有海盜向商家交保護費的道理？這個決定，完全違背過往劫富濟貧，打劫外國商人，與華民通商的原則。

蘇懷祖見張保仔猶豫，在他耳邊道：「忍一時之氣，錢財可想辦法。我們需要這批武器。」

張保仔緊握拳頭，道：「趁火打劫，今日就姑且答允，還有什麼條件？」

洛伯華語能力有限，不太聽得明白張保仔的意思，蘇懷祖用標準英語翻譯：「幫主初步同意，想知道下一個條件。」

張保仔等紅旗幫眾都有點意外，想不到平日言行低調的蘇懷祖竟然有這麼流利的英語能力。

洛伯點首，道：「紅旗幫承諾以後不劫東印度公司或其他英國商船，確保粵東一帶的英國軍商民用航行出入平安。」

「鴉片買賣呢？」張保仔問道。

洛伯溫柔微笑道：「當然包含其中。」

張保仔站起來，堅定道：「那就算了！香港一帶是我地頭，沒有英國槍械，我們一樣百戰百勝。即使再遇你們的英國水師，我們也不會手軟。」

「幫主，要不要再三思呢？」蘇懷祖道。

「其他可以談，鴉片毒害人民，我決不同意！」張保仔堅持，蕭步鰲立在張保仔身側，眾人準備離開。只有蘇懷祖依然坐在沙發。

蘇懷祖向洛伯問道：「我們還有長遠合作。你們讓一步，可以麼？」

洛伯怪笑，道：「你們沒有帶部下來，亦足見誠意。不錯！大家還要長遠合作，除了鴉片一項，其他事情，張幫主都同意吧？」

張保仔深吸口氣，下了很大的決心，回首道：「好！我同意。」

多林文從皮包內取出羊皮文件，上面寫的全是英語。多林文道：「口講無憑，簽名作實。」

只見他專業而熟稔地取出英國墨寶和羊毛大筆。

張保仔想不到他們來這一套法律程序，江湖上，一向口講作實，從來沒有這些繁文縟節。君中無戲言，張保仔想起，如果言慧林在身邊，這個時候可以幫忙檢查英語條款是否無誤就好了。其實張保仔不懂法律，更不可能懂得英國法律，其間的細項原則不易察覺，僅從表面意思推斷。

多林文猶微笑道：「我在大學修讀法律，所以有一個律師執照。我們的法例，都以大英帝國的法律為準。」

張保仔心情七上八落，滿紙英文，看不出中間有什麼法律問題，但是隱約覺得這是一個陷阱。

蘇懷祖低聲道：「幫主，果斷行事！」

張保仔二話不說，接過半毛大筆，手一揮動，簽下大名。張保仔心裡隱隱然感覺不安，但又說不出個所以然來。

* * *

第八日，石氏在淺灘佈防，二十六艘戰艦一字排開，下面佈滿潛水海盜。「大鼻子」總司令阿科佛拉多和曾智良研究過，想到新的對策。阿科佛拉多用「英孔克斯塔費號」的四門旋轉礮，配合佛朗機艦隊上的紅毛瑟槍兵，根據紅旗幫船上的繩索，瞄準海裏狂射，滿清官船則用長矛向水裏插去。海裏立即浮現大量血紅。阿科佛拉多發動全面攻擊，紅旗幫不過二十六艘戰艦，聯軍卻有百多艘戰艦，互相密集礮擊，雖然有三艘滿清官船遭擊中焚燒，卻有十多艘紅旗戰艦遭擊沉。

石氏知大勢已去，領七艘船艦往右逃遁，蕭步鰲領六艘船艦向左逃遁。阿科佛拉多喜出望外，直望長洲，只見山上廟，竟有一素衣人站立其中，雙手合什，雙目閉上，八個方位各有身穿袈裟高僧坐在蒲團誦經。岸上不見守備，廟宇四處平靜，不似有埋伏。

阿科佛拉多猶豫是否搶灘，曾智良道：「張保仔連日不出現，現在突然露面，看來有邪門，不宜搶灘。還是先摧毀海上部隊，再行決定。」阿科佛拉多亦覺可疑，遂由「矮腳虎」施露華和「金牙」阿爾費斯追擊石氏，「藍眼睛」嘉洛查和「大鬍子」米朗達追剿蕭步鰲。阿科佛拉多則帶領三十艘滿清官船停留中間守候。

只見石氏和蕭步鰲各自貼近岸邊而行，聯軍部隊亦貼近岸邊追擊。只聽一連串礮響，礮彈不知從何處來，彷彿從天而降，大量滿清官船遭擊沉，「大鬍子」米郎達率領的「巴拉號」中礮焚燒。

「怎麼會這樣？怎麼會這樣？」本來勝券在握的阿科佛拉多大感訝異。只見礮彈槍聲不絕，又有幾十艘船艦遭擊沉。大量海盜從岸邊山洞中跳出來，手持精良配備的英國伯克式燧發槍，跳上甲板開槍殺人，把船艦奪去。

「原來山洞裏有伏兵，快撤！」曾智良道。

張保仔連日帶火藥和挖泥工開闢秘道，從廟後門可直達地底，通往不同山洞，正是後來著名的「張保仔洞」。

伏兵將大礮收藏山洞，待聯軍艦隊駛近，才開礮偷襲，奇兵之奇，防不勝防。伏兵配以英國伯克式燧發槍，有如天兵天將，如虎添翼，聯軍嚇得三魂不見七魄，來不及反應，已到了鬼門關。

雖然阿科佛拉多鳴金收兵，但是不少戰艦都被擊毀或焚燒，本來逃遁的紅旗幫艦隊都停下來，一字兒排開，發動礮擊。

聯軍狼狽逃遁至長洲灣五千米外，此役死傷嚴重，二十艘滿清官船遭紅旗幫所擄。聯軍大半兵力折損，「巴拉號」雖然倖免逃脫，損毀嚴重，已經不能作戰，聯軍艦隊元氣大傷，整體戰艦僅餘七十多艘。

張保仔陣營大為慶祝，將士都飲酒吃肉，意氣風發。

石氏道：「今次幫主設計的廟洞，大顯神威！以後不如叫『張保仔洞』。」

蕭步鰲飲酒吟詩，道：「『張保仔洞』嘩哈哈，天將奇兵殺殺殺！」

石氏道：「你的詩似乎不太押韻啊！」

眾大笑。

梁皮保風塵僕僕走來，道：「好消息！好消息！所有戰艦修復妥當，可以加入一戰。」

張保仔宣佈道：「好！明天破曉，大軍殺清狗一個遍甲不留！」

眾吶喊歡呼，戰意高昂。

* * *

翌日破曉，只見張保仔一身素衣，登上「神樓船」，八位僧人圍繞張保仔分坐八個方位，八艘護航艦分守八個方向。前面三十艘戰艦一字排開，左邊是石氏領軍，右邊是蕭步鰲領軍。

「封鎖長洲九天，張保仔，終於夠膽出來了！」阿科佛拉多咬牙切齒道。

曾智良道：「看來他胸有成竹。」

「哼！裝模作樣，今天要他領教一下佛朗機人的厲害！」阿科佛拉多充滿仇恨，決定親自作先鋒。雖然曾智良一再反對，阿科佛拉多都不加理會。

聯軍旗艦「英孔克斯塔費號」與「矮腳虎」施露華的「印度號」各帶二十五艘滿清官船並肩前航。「金牙」阿爾費斯和「大鬍子」米朗達各領十艘滿清官船作為第二隊前進。後軍只有「藍眼睛」嘉洛查領導的礮十六門「卡洛達號」，以及六艘滿清官船殿後。曾智良不敢冒險，亦隨嘉洛查留守後軍。

聯軍先鋒艦隊向張保仔等開礮，張保仔艦隊紋風不動，沒有開礮還擊，靜靜地停在海中間，只聽到和尚唱頌佛經的聲音。

曾智良朗聲道：「小心！不知他們有什麼計謀。」阿科佛拉多大罵道：「裝神弄鬼！」

阿科佛拉多恃著所領導「英孔克斯塔費號」擁有火力強勁的大礮，並不懼怕，向對方大喝道：「張保仔，明年今日是你的死期！」

「英孔克斯塔費號」和「印度號」並肩向前，旁邊滿清官船開礮掩護。

張保仔徐徐伸出左手，彈出一片殷紅花瓣。神樓船上和尚敲鐘。陡然間，石氏和蕭步鰲同時開礮，左邊出現六、七十艘戰艦急速衝過來，三當家「鐵面判官」梁皮保站在船首；右邊又出現六、七十艘戰艦急速衝過來，五當家鯊嘴城站在船首。

「有埋伏！撤！」阿科佛拉多大叫。

滿清官船亂作一團，互相衝擊，反而成為障礙。阿科佛拉多下令「英孔克斯塔費號」掉頭，急速向前衝，竟然衝沉了幾艘擋在面前的滿清官船，軍心大亂。「印度號」無法突破，「矮腳虎」施露華硬著頭皮以礮火還擊。無奈張保仔艦隊太龐大，四十八門大礮難敵千門大礮，中礮起火。

大量紅旗幫眾跳上船來，施露華欲帶領毛瑟槍隊近身搏鬥，梁皮保帶領一隊紅旗幫兄弟，全都配備先進的英國伯克式燧發槍。梁皮保一槍擊中施露華肩膊，施露華只得投降，「印度號」受擄。三十多艘滿清官船扯起白旗投降。

梁皮保與鯊嘴城百多艘戰艦分左右追上前，包圍「比利薩里奧號」和「巴拉號」。「金牙」阿爾費斯和「大鬍子」米朗達不戰而降。

張保仔的「神樓船」與石氏的船艦隊合力追截，「大鼻子」總司令阿科佛拉多作垂死掙扎，「英孔克斯塔費號」航行甚快，欲與後軍「藍眼睛」嘉洛查領導的「卡洛達號」匯合。豈料「卡洛達號」無法前進，與六艘滿清官船發礮還擊，後面竟有五十多艘艦隊包圍，紅旗飄揚，赫然是失去聯絡多時的蕭雞爛部隊。

「藍眼睛」嘉洛查自小在澳門成長，對於這一帶水域甚為熟悉。「卡洛達號」乘風遁去，在眾紅旗船艦包圍下。其餘六艘滿清官船，全被擄去。

擒賊先擒王，蕭雞爛沒有刻意追截嘉洛查，反而開動主力艦隊包圍「英孔克斯塔費號」。

阿科佛拉多十分頑強，在眾多戰艦包圍下，依然奮力抵抗，左右兩邊二十六門礮不斷發礮，四門旋轉礮攔截前後兩個方位，阻止紅旗幫船艦駛近。「英孔克斯塔費號」防備精密，一時之間，無法靠近。紅旗幫眾艦包圍下，「英孔克斯塔費號」不斷發礮，直至時近黃昏，再無火藥可發了。整個海面靜下來。

只見「英孔克斯塔費號」兩側，有眾多槍管口，毛瑟槍隊埋伏船邊，準備埋身拚命。紅旗幫戰艦上，有一個大將站立船頭，道：「好漢，大家談談吧！不要再有人流血了。」只見那大將黑衣黑褲，體型奇高，身長八尺，皮膚黝黑如炭，雙眼如炬，活生生的鍾馗相貌，頭髮很長，紮一條馬尾，正是二當家蕭雞爛。

「大鼻子」總司令阿科佛拉多走上船頭站立，道：「我不降！」

蕭雞爛抱拳，朗聲道：「阿科佛拉多將軍，久仰大名，在下『香山二』蕭稽爛。」只見他抱起甲板上酒罈，兩個「東營」手下拿起兩隻碗，蕭雞爛斟酒，道：「我想敬英雄飲一碗酒。」

蕭雞爛的船艦緩慢靠近，兩船船頭雙接。阿科佛拉多心知勝負已決，把心一橫，從蕭雞爛手中接過了酒，二人碰碗，乾了酒。

石氏鼓掌，眾人亦同鼓掌。

石氏道：「阿科佛拉多總司令，你是好漢，我們不會動刀槍。幫主素來仰慕英雄，特為你設宴，請隨我們上來長洲總壇。」

原來石氏見蕭雞爛把形勢板平，不想讓他主導戰事，搶去風頭，立即反客為主，先以幫主之名壓上。石氏是老江湖，深深明白阿科佛拉多受軟不受硬，遂提出設宴款待，杯酒解甲。

阿科佛拉多知道大勢無可挽回，他是硬漢子，勝敗兵家常事，卻不能受羞辱。彼此大戰九日，互見高下，不打不相識。阿科佛拉多見紅旗幫眾以禮相待，不似一般海盜，亦不能失禮，朗聲道：「請引路！我開我的船跟你們去。」

石氏揚手道：「將軍，請！」

由張保仔「神樓船」引路，左邊是石氏艦隊，右邊是沙嘴城艦隊，後面是蕭雞爛艦隊，押著「英孔克斯塔費號」上岸。

九日的聯軍封鎖大戰，由是結束。

紅旗幫眾設宴款待「大鼻子」總司令阿科佛拉多及他的幾個頭目，晚宴後，紅旗幫兄弟監視他們。眾頭目商量如何處置。

蕭雞爛堅持道：「佛朗機人不可殺，一定要釋放他們！」

鯊嘴城同意，道：「阿科佛拉多是條好漢，清兵走狗一定不可留，佛朗機人就釋放他們吧。」

蕭步鰲道：「很多兄弟在戰事中死去，我們是海盜，是否要這麼假仁假義呢？」

蕭雞爛堅持道：「澳門跟我們很近，佛朗機人不能殺！」

梁皮保道：「優勝劣敗，戰利品不可還。如果維持他們尊嚴，只讓他保留『英孔克斯塔費號』離去。」

張保仔見眾人堅持釋放阿科佛拉多，他心裡雖然喜歡這個漢子，但是佛朗機人與清人聯軍打擊，九死一生，又逼得他向英軍簽下屈辱條款，心裡憤憤不平。他見一向足智多謀的蘇懷祖沒有發言，遂問他意見。

「佛朗機人不是不可惡！」蘇懷祖道：「我看，不如只放阿科佛拉多，其他頭目要佛朗機人交贖金取回。」

蕭步鰲拍案叫好。

蕭雞爛堅持道：「不行！今時不同往日，我們不宜開罪澳門佛朗機人。」

石氏十分精明，聽出他言談後有玄機，問：「你是否知道一些，我們不知道的秘密？」

只見蕭雞爛肩膊一晃，道：「我在外面聽到一個新消息：郭婆帶投降了清廷。」

大家感到十分愕然，黑旗幫郭婆帶一向是紅旗幫的左右手，大家合作無間。郭婆帶跟張保仔反目，無所容身，想不到竟然投降清廷。

鯊嘴城的反應最大，拍案大罵：「掉那媽！郭婆帶竟然背棄海上原則，怎可以淪為滿清走狗？」

石氏明白大局已定，道：「阿科佛拉多算是走運了！我們現在不宜建立太多敵人。幫主，我看，只有放人了！」

「好！就讓他們乘『英孔克斯塔費號』去吧！」張保仔不禁歎息，道：「今後江湖更多風雲了！」

且說阿科佛拉多感激紅旗幫沒有羞辱敗將，他率領眾頭目和兵士，乘「英孔克斯塔費號」回去。

紅旗幫上下喜氣洋洋，酒池肉林，載歌載舞，狂歡慶祝。

張保仔打勝仗，連日來心裡想起言慧林，很想一起飲洋酒，聊聊天，學英語，由船首走到船尾，又由船尾走到船頭，腦裡想的，都是他。

張保仔問心齋，心齋亦沒有見過他們，不知道去了哪裏？言慧林跟明兒一起失蹤了。

在眾聲歡樂的歌舞中，張保仔沒有心情，獨自看看海。

海無言，變幻莫測。

翌日，一封信來，整個紅旗幫翻天覆地。

書信，來自澳門長官阿利阿加之手。致張保仔，感謝紅旗幫能無條件釋放阿科佛拉多等將領。阿利阿加在信中，特別游說張保仔投降清廷，並表示他可以做中間人，保證張保仔會有良好待遇。

這一夜，風猶平，浪疑靜。吸氣有火，呼氣有霧。海若有波濤，浪似有暗湧，天地悄悄洩露著兆頭，未知是吉，未知是凶。

這一夜，張保仔將遇到三個重要的人。

張保仔要做人生最重要的決定，不單是自己的命，牽涉到整個紅旗幫的命運，整個漢族的未來……

六、第一個人：石氏

這一夜，風猶平，浪疑靜。吸氣有火，呼氣有霧。海若有波濤，浪似有暗湧，天地悄悄洩露著兆頭，未知是吉，未知是凶。

張保仔讀完那封信，那封來自澳門長官阿利阿加的信。然後，他聽到第一次拍門聲。門啓開，只見一個瘦削的女子，即使黑夜中亦會黑得發亮的獵豹，那雙寶石一樣的眼睛，發著烏黑的原始味。那是張保仔的義母，亦是他的妻子——石氏。

房內的壁火猶豫不定，乍明還暗的光影，時顯時晦。

石氏那性感厚重的嘴唇，告訴張保仔一個故事。那些聲音似是這麼熟悉，又好像從很遙遠很遙遠的過去，一直傳送過來，一直傳送過來……

男人，船艦上都是男人，強壯，粗獷，暴戾，野性。胸口大得恍如腥腥，連乳頭都是深黑色，甚至帶毛的。肌膚有黃的、紅的、黑的，流著汗的肌膚，在火光中顯得這麼光亮，滑溜，具侵略性。星月無光，陰晦雲厚，在這個伸手不見五指的漆黑之夜，竟然不點燈，不知何解？整個船艙都是漆黑一片的，光亮，只有來自那幾隻又粗又黑的手臂，來自那些手臂上握著又粗又黑的火把。他們的眼神，都看著我。懇請的、兇悍的、邪笑的、哀求的、猥褻的、陰險的、殘暴的、貪婪的、失去理性的、殺氣騰騰的，各種各式的眼神，都看著我。他們慢慢逼近，赤裸裸的軀體，慢慢地逼近，毛茸茸的大腿，慢慢地逼近，腳甲呈黃的大腳，慢慢地向我逼近。空氣只有原始的味道，是獸的氣味，是各種各樣獸的氣味。長頸鹿的氣味。蚯蚓的氣味。長鶴的氣味，響尾蛇的氣味。大龜的氣味。野馬的氣味。大象長鼻噴出來的氣味……我向後逃跑，他們沒有停步，慢慢地向我逼近。我的身後有一道門，推開門，前面漆黑一片，在這個伸手不見五指的漆黑之夜，竟然不點燈，不知何解？整個船艙都是漆黑一片的，繼續往前跑，陡然間有光亮，來自那些又粗又黑的火把，火把由那幾隻又粗又黑的手臂握著。前面都是男人，強壯，粗獷，暴戾，野性。胸口大得恍如腥腥，連乳頭都是深黑色，甚至帶毛的。肌膚有黃的、紅的、黑的，流著汗的肌膚，在火光中顯得這麼光亮，滑溜，具侵略性。星月無光，陰晦雲厚，他們的眼神，都看著我。懇請的、兇悍的、邪笑的、哀求的、猥褻的、陰險的、殘暴的、貪婪的、失去理性的、殺氣騰騰的，各種各式的眼神，都看著我。他們慢慢逼近，赤裸裸的軀體，慢慢地逼近，毛茸茸的大腿，慢慢地逼近，腳甲呈黃的大腳，慢慢地向我逼近。空氣只有原始的味道，是獸的氣味，是各種各樣獸的氣味。長頸鹿的氣味。蚯蚓的氣味。長鶴的氣味，響尾蛇的氣味。大龜的氣味。野馬的氣味。大象長鼻噴出來的氣味……我向後逃跑，後面都是成千上萬的赤裸男人，好像一面巨大的高牆，慢慢地向我逼來。向前來望，前面那群赤裸裸向前都是成千上萬的赤裸男人，好像一面巨大的高牆，慢慢地向我逼來……

那是夢。一場噩夢。自從登上了船後，石氏無時無刻做同一樣的夢。

雖然船上其實不是只有一個女性，但是感覺上，她好像每天都跟一群赤裸的男人一起生活。

鄭一帶她上船，那年已經廿七歲，不過她沒有年老感，反而具有成熟韻味，而身材依然苗條，綽約若處子，傾城傾國。

鄭一看中她，就好像發現奇珍異品一樣。

石氏眼睛好像寶石，閃爍燦爛，鼻骨隆，鼻頭尖，身材高挑，一點不似中原女性，鄭一為她的美麗讚歎，而事實上，她不是來自漢族，她是苗族人。

石氏是個寡婦，初婚洞房之夜，丈夫心臟輒止，死去。苗人信巫教，巫師認為她命相剋夫，只有命運極邪門的人，才能與她共處，並相信丈夫是她間接害死的。族人保守迷信，每見石氏經過，不敢走近。留在夫家麼？沒有顏面再住下去了；返回娘家呢？家人頭腦封建，嫁出門的女人，是潑出去的水。回頭是不可能的！石氏無可容身，孤身走到沒有苗人的廣東內河生活，在碼頭附近，投身妓院，賣身維生。

嘉慶六年，鄭一的哥哥鄭七在戰爭中死去，鄭一臨危接掌幫主之職，曾親率部眾到安南港報仇，逼安南港第一美人黎氏為妻。然而妻子不及一年，懷著身孕逃走，卻遍尋不獲，鄭一視為奇恥大辱。

正當失落之際，鄭一率領紅旗幫眾侵掠內河。側聞內河有一妓女，美若天仙，為廣州沿海一帶的第一名妓。但是性情高雅，廣州沿海富豪競技比富，莫不想度春宵一刻，卻不能輕易得其芳心。

鄭一率眾，直闖妓院。石氏素顏，以婢女打扮，混在一眾僕人之中。鄭一把妓院封鎖，逼所有女人匯聚大廳。鄭一又豈是等閒人物？多年來闖蕩江湖，什麼美人沒有見過？只見鄭一鼻子一動，雙目一轉。眾裡尋她千百度，驀然回首，二人四目交投。

只見石氏相貌獨特，輪廓突出，身體每寸肌膚都充滿彈性，修長若豹子的身形，充滿原始美感，是皇后之相，怎逃得過鄭一法眼？

鄭一等待不及，就地正法。當晚就在妓院的第一號頭房過夜，立石氏為妻。石氏本無依靠，有海盜之王迎娶，欣然接受。鄭一感到自己獲得愛情，對石氏寵愛有加。石氏可沒有告訴鄭一，她天生有剋夫之命，並確有剋死前夫之實。

說來也奇怪，自從鄭一娶了石氏，第一晚洞房花燭，享受過魚水之樂。此後，鄭一生理竟然發生問題，他與石氏行房，總無法成功，試了各種奇奇怪怪的方法，什麼三蛇鞭、虎鞭、牛鞭、龍虎鳳、保陽大龍丸、黃帝內經、擇時辰行房法，俱無法尋回魚水之歡，是他們二人之間的秘密。鄭一固然喜歡石氏，但是二人只有柏拉圖式的愛情，沒有肉慾之歡。

石氏心裡想起苗族巫師之言，相信自己命相剋夫，只有命運極邪門的人，才能與她共處。鄭一是海盜之王，夠邪門，足以抵擋剋夫之詛咒，但是卻帶來生理的苦惱。難得的是，鄭一竟然不太介懷，依然無損對石氏的愛意。

猶記得初婚之時，石氏很高興成為幫主夫人，鄭一雖然是海盜之首，馬臉，細長目，奇形怪相，卻不是個粗人；相反他留有兩撇鬚，具藝術家品味，喜歡收集世上一切美好的奇珍異寶。石氏從鄭一身上，學懂欣賞這個世界美的一面，包括對於自己的儀容裝扮。

莫看鄭一乃一代梟雄，稱霸海上。閨房之中，他會為石氏畫眉。他的筆法很好，眉筆在他手中，也不知怎樣弄，看似隨隨便便的一筆，就畫出一道彎曲適度的峨眉。但是換了是石氏自行化妝，左畫一筆右添一筆，總無法畫出那種神韻氣度。

有時候，鄭一叫石氏赤裸站在面前，他用畫筆把石氏的軀體線條記下。鄭一用欣賞的目光，凝視自己的胴體，讓自己成為一種美的姿態，石氏已經感到一種莫名的興奮了。

鄭一實在太喜歡追求精美的東西，到達奇技淫巧的地步。每次征戰，他都第一個去選最美的東西，據為己有。大如鐘鼎、巨佛像，小如銅錢、美玉，只要是美的東西，都不會逃過他的法眼，以致他有好幾個藏寶室，將各地收集到的不同珍品，放置其中。但是，珍品得手以後，鄭一的目光很快又會被新的事物吸引了眼球，舊的收藏品成為他擁有的東西，可是他不會再投放時間去欣賞或撫摸。

鄭一為人多疑，不許閒人進入藏寶室，石氏只好經常為他的收藏品整理打掃。有一天，鄭一命部下搬動一個巨大的石佛頭，重逾千斤，從南掌（即今寮國）帶回來的。

石氏忍不住問：「你收集的東西已經價值連城，愈來愈多了，就快要用一整艘戰艦也無法盛裝。為什麼你總是要無止境的追尋呢？」

鄭一道：「我們每天在槍林彈雨中討日子，旦生夕死。生有時，死無涯。若在有生之年，看到美麗的東西，還不立即擁有，痛其快哉！還待何時？」說罷仰天大笑，笑聲卻有無盡滄桑之感。

* * *

石氏的噩夢，是來自鄭一率眾劫掠新會九如鄉。

那次，紅旗幫遇到村民頑固反抗，當地鄉勇受過官府訓練，又設有礮台和水柵，晝夜久攻下，幾十兄弟或傷或亡。深夜，鄭一終於攻破，入村，大開殺界。海盜拚死一戰，憤怒難平，當時村內剩餘人民皆老弱婦孺，無力抗爭，海盜見男丁則殺，見女丁則就地強姦。

石氏難以忘懷，整條村哀聲震天，火棒處處，光芒照耀整條村莊如同白晝。事後紅旗幫眾將村婦帶上船，盡皆裸體。時近破曉，船隊漸離九如村，遠處猶見焚村的火光，甲板上裸女處處，都是選挑年青的，肥瘦高矮皆有。一眾海盜，如狼似虎，在甲板上雜交。其時晨光初現，卻盡是婦女呻吟叫哭聲。

石氏是唯一一位居高臨下目睹一切的婦女，心裡不無同情。雖然她沒有赤身裸體，感覺亦如同赤裸。尤其「香山二」蕭雞爛的眼神。

二當家蕭雞爛其實早已被石氏的外貌所深深吸引，礙於幫主先選她為后，蕭雞爛只好隱藏心裡的欲望。然而石氏是何等聰明的女人，蕭雞爛的眼神，她一看就洞悉，只是故裝不知。

蕭雞爛在甲板上強暴少女，眼神卻始終沒有離開過石氏的胴體。彷彿他有一雙能隔空望穿衣服的眼睛，隔著衣服可以看到石氏的裸體。石氏只覺十分厭惡，彷彿化身成那個赤裸少女，受到蕭雞爛的凌辱。

那一刻，石氏閃過一個念頭。她發覺自己身處的環境非常危險！她是幫主夫人，只是礙於形勢，幫眾不敢動她一根頭髮。同時又因為她是幫主夫人，成為全幫上下男性欲望的對象。假使鄭一有什麼不測，自己會否好像那些婦女一樣，遭剝光強暴呢？那是全幫上下男性發洩的工具，下場豈不比那些少女下場更可怕？石氏感到不敢想像。

在一個晚餐的機會，石氏曾側面向鄭一試探這個問題，問道：「婦女在船上任人魚肉，如果當中有一位少女特別漂亮，幫中兄弟爭奪而打鬥，怎麼辦？」

鄭一當時夾了一塊煎蛋餅，想一想，用筷子把煎蛋餅分成兩半，把一塊放在口裡，道：「好像我這樣，就可以了。」

石氏一怔，道：「那少女是一個人，難道把她分開兩半嗎？死了的屍體，哪有兄弟想要？」

「你誤會了！」鄭一用一塊別緻的英式餐巾抹嘴，微笑道：「我的意思是抽籤，一個先吃……」把吃剩的另一半煎蛋餅放入口中，續道：「一個後吃。」

「如果互不相讓，只要一人獨佔呢？可不可以訂立婚姻制？」

鄭一飲了一口白酒，想一想，道：「船上兄弟都無拘無束，自由慣的，婚姻制度在船上行不通的。」

「若然真的難分難解呢？」

「那就決鬥吧！梁皮保是公證人，每人給他們一枝鬼火槍，鬥快開槍。以前也有兄弟糾紛，躺下的就算輸了，站起來的就是道理，不過為了一個女人而決鬥，好似未發生過。」

石氏按耐不著，道：「你的兄弟全都沒有妻室。假如有一天你有何不測，我如何打算？難道嫁給『香山二』做老婆？」

鄭一狠狠地刮了石氏一個耳光，石氏沒有哭，摔掉筷子，幽幽地道：「你做人老公，也不替人擔心？」

鄭一喝了口白酒，歎道：「我需要一個繼任人。」

*　　*　　*

好景不常，自從鄭一劫掠江門村民，他倆的感情發生很大的裂縫。

江門蜑戶幾乎不是紅旗幫對手，主動獻上漁獲和金錢，只求紅旗幫眾不要毀家園和搶奪美女。鄭一答應，不費一兵一卒，而得到物資，何樂不為？江門蜑戶派青年運送物資，鄭一發現有一少年，相格稱奇，接近完美，男女莫辨，陰陽互存。陽光下，那少年出類拔萃，集天地靈氣，宛若不吃人間煙火。鄭一與他目光相接，美少年天真無邪的一笑，只覺其雙目有如深不見底的海水，懾人魂魄，驚為天人。

鄭一答允蜑戶不奪美女，沒有說過不搶美男，他親自走過去，一手抄起美少年後領，把他強行捉上船。江門蜑戶反抗發難，一漁民青年竟撒開漁網，將七、八個海盜困在網中，其他漁民拔刀刺死海盜，有如劏魚，手法兇悍。鄭一憤而下令開，全面進擊。漁船如礮灰，船毀人亡。美少年大叫：「爸！爸！」，親眼目睹家園被毀，一個老漁民死於亂刀之下。整條村都焚毀，美少年只懂痛哭，不敢相信他的一笑，竟然滅村滅族。

這位美少年，就是後來統領一方的張保仔了。

* * *

鄭一寵愛美少年，每天都要美少年到畫房中，赤裸繪畫。繪畫時只有二人獨處，旁人不能進，每次最少兩個時辰。此後，鄭一整個人神采飛揚，彷佛年輕不少。石氏感到鄭一恍如重拾新婚時興奮，暗覺這美少年邪門。而鄭一很少觀賞石氏胴體，彷佛被張保仔深深吸引了。

石氏在藏寶室獨自打掃寶物，忽然感動落淚。眼前寶物無不價值連城，塵封的古劍，結了蜘蛛絲的圓形巨玉，畫框銅銹的名畫，無不獨一無異，舉世無雙，卻無人理會。每一件寶物都曾經教鄭一傾心，迷醉一時。現在只能被收藏密室之中，不見天日。命運有如過氣的紅牌老倌，如今再沒有人看他的戲。那種霉臭，讓石氏感到作嘔。每當早上，石氏獨自畫眉，不知為誰而畫。自感命苦，好像大好寶物，活在藏寶室之中等待塵封至死。

適逢蕭雞爛在澳門劫掠時遇葡萄牙戰艦伏擊，鄭一出兵迎救，留下張保仔在大漁山，石氏找到一個機會，看一看這個美少年。

在小恩的引領下，張保仔來了。

這個美少年果然不同凡響，他的臉相、皮膚、體形，無一不是集天地陰柔之氣，雌雄同體，美得令人心裡一軟。

「娘娘。」張保仔臉無表情。

石氏親切一笑，招待他坐下，飲普洱熱茶，問道：「來了多久？」

「兩個星期。」張保仔神情憔悴。

石氏早聞說張保仔在船上很少與人對話，眉宇間盡是憂鬱，遂問道：「想家？」

張保仔抬頭，眼睛充滿憂慮，好像海一樣深，懾人魂魄，歎道：「家已破。」

石氏事前特意令大廚肥澤準備美食，小恩此時獻上廣東美點，一盅一盅，精緻小巧，琳琅滿目。石氏一邊打開盅蓋，一邊介紹：「有乾蒸帶子燒賣、九蝦餃子、水蒸粉果、义燒包、蝦球甜腸粉、三寶鴨腳札、欖仁馬拉糕、魚露炸蝦餅、瑤柱汁拉柚皮。」盅蓋打開，蒸氣騰騰。

美食當前，張保仔毫不客氣，興奮地狂吃。他出身自粵東，這些都是家鄉小菜，吃了一半，想起家，忽然落淚。一邊落淚，又一邊吃點心。

石氏取出絹布，替他擦眼淚。

張保仔架開她的手，嗔道：「不要你的假仁假義！」

石氏手一晃動，銀光霍霍，張保仔嚇了一跳，只見牆上釘了三根銀針，分別釘著三隻蒼蠅。

「上這條船，不是每一個人都是自願的。不過上了這條船，就要學懂生存之道。」石氏冷冷地教訓張保仔。

「生存之道？」

「海盜船上討日子，並不容易。每個人都有一種生存之道。弱肉強食，你要尋找自己的一種方法，否則就好像牆上蒼蠅。」

張保仔似有所思，想一想，問道：「你……你……娘娘，也是鄭一搶擄上船的？」

每個人的故事都不一樣！」石氏苦笑道：「不過，我已經無路可走，不可能上岸生活了。」她用絹布擦去張保仔臉上淚水。「你今年幾歲？」

「十七。」

「我上船的時候，只有廿七，看來你要待下去的時間更久。」

張保仔向石氏打量，道：「娘娘，不似。」

石氏不解，問道：「什麼？」

張保仔由衷道：「你年齡不似，你很漂亮！」

石氏一笑，道：「嘴真甜。你沒有聽說過嗎？鄭一是完美追求者，他喜歡的東西，從來沒有不是美的。」

「鄭一很可惡！」張保仔咬牙切齒，忽然一陣香氣撲鼻襲來，原來是石氏的一隻玉手。

「有些說話，只能心裡知道，嘴裡不能說。海，是兇險詭譎之地，你要牢牢緊記！」石氏放開了手，定睛看著張保仔道。

「娘娘，我喜歡跟你聊天。」

石氏會心一笑，道：「將來總有機會的。」

* * *

鄭一返回大漁山後，直闖入張保仔房間。

石氏一直遠眺著，張保仔的房門。自日光普照，到天色漸暗。房門，一動不動。

當晚多雲，月光微弱。涼風一掠，竟然風如龍，雨如鳳。龍鳳交戰，天雷閃電。船大搖大動。石氏沒有睡意，一直遠眺著張保仔房門。儘管天搖地動，房門紋絲不動。

風雨過後，晨光初現。此時船身的木頭，猶自見濕。濕木的氣味與海水的鹹味，混雜空氣中，使人感到混身不對勁。石氏的一雙眼，晨曦中見紅根，死直直的盯著張保仔房門，房門依然無動。

上船以後，石氏從未有過孤獨恐懼的感覺。不知何解，死亡，好像具體的立在面前。只見死神雙腳張開，穩定地站立，立於張保仔的房門前……

* * *

海水，涓涓細流若淑女，滾滾怒潮騰蛟龍。一起一伏，一起一伏，晝夜無休，是大自然脈動？

日上三竿，床上人猶貪睡半醒，浮沉若夢。高床暖枕，誰不依戀？張開惺忪雙眼，翻一翻身，絲綢棉被滑下，露出嫩幼細臂，長長纖瘦的一條大腿，白皙如玉。細看下，弱小脈動隱約浮現。纖肌冰骨，無瑕無瑜。半躺床上，昨夜瘋狂激烈，恍如做夢，醒來猶然帶三分痛楚，不覺輕揉細臂。餓腸呼喚，不得不掙扎醒來，赤裸軀體爬出暖窩，猶帶香氣。少年半熟，肌膚賽雪，粉嫩無垢，無陰無陽。

一襲絲織錦衣，若花蝶展翅，裹掩裸身。束起垂肩長髮，露出瓜子粉臉，眉骨纖幼，鼻樑端直，眼波若水，隱含傲氣，端的一副完美臉相，令人目眩。輕打呵欠，紅唇幼齒。

床頭有小鈴，輕輕搖晃，鈴鐺鈴鐺，一個胖漢子走入，是大廚澤叔，手捧早餐入來。白粥與蔥餅，蒸氣瀰漫，手切蔥絲飄浮粥面，入口芬芳，是熬過半天的豬骨湯底肴成。蔥餅新鮮脆口，甘香生甜。

海上日子，閒暇散漫。初來時，偶有風浪，不免暈眩嘔吐。如今慢慢適應，又愛上飄泊感覺。用餐後走上船頭，沿途水手見到少年，打揖行禮，恭稱「少主」。

是日天朗氣清，大船飄浮海中。抬頭見大鵬騰飛，自由翱翔，空氣中散滿鹽的氣味。茫茫大海，不見陸地。不知前路如何走？少主雙目含愁，難道一生都要飄泊海上？

石氏看著這個少年，陽光下，恍若神明，潔淨無垢。一面心生讚歎，一面又嫉妒如焚。世上竟有如斯美男子，怪不得鄭一重獲新生，冷待自己。

石氏不希望成為被遺棄的舊物，陳腐發臭，永遠深深封閉於珍藏室之中。

石氏腦海裡閃過一個可怕的念頭：

合謀殺了鄭一，奪其寶座！

石氏從來沒有想過自己會有這樣近乎妄想的想法。不知何解，看到眼前這個美少年，多麼異想天開的念頭，好似都變得合理。

為了佔領這個稀世的美少年，你膽敢闖過刀山險境，你膽敢幹從未想過的事情。

此際陽光燦爛，風特温柔，吹亂眼前少年的秀髮，秀髮恍如染了金光，教人著迷。

張保仔，彷彿是一尊來自上天的活佛。

張保仔，彷彿是一個來自地獄的魔鬼。

石氏和張保仔一見如故，連石氏也意想不到。當鄭一離開大本營，石氏便會邀張保仔來飲茶聊天，彼此惺惺相惜，同是天涯淪落人。不見對方的日子，竟然有所牽掛。

鄭一很希望培訓張保仔成接班人，世上只有擁有這麼美好相臉的人，才配繼任為紅旗幫幫主。鄭一已無法生育，如果有孩子，必定要好像張保仔這麼完美。他把所有心思和愛心，傾注在張保仔身上。鄭一不懂英語，但是他明白海盜王很多時候需要與外國人交往，擄了一個英國水手，每天教張保仔英語。可惜，那英國水手後來試圖逃走，被梁皮保發現，一槍打中太陽穴。然後，鄭一又捉了一個佛朗機人上船，他在澳門成長的，懂一點華文，亦通英語，可以讓張保仔的英語學得更好。

鄭一雖然是海盜，始終是鄭芝龍後人，具有名人之後的修養。他明白西方文化不限於英語，輾轉在澳門找到一位精通中西廚藝的大廚肥澤，三顧草廬，誠邀他舉家上船入會。張保仔要學習享用西餐，西方飲食文化，認識各種西洋酒等等。同時，鄭一又帶張保仔訂做西裝。鄭一無法了解的西方文化、西方氣質，卻希望在張保仔身上都能找到。

張保仔感到自己好像是一件玩具，鄭一對張保仔的寵愛愈大，他對鄭一的仇恨益深。鄭一對張保仔的寵愛愈大，石氏對鄭一的仇恨益深。

一個春雨綿綿的晚上，張保仔在石氏房間，將他認識的西洋酒與石氏分享，二人飲得酒暖體熱，那個晚上不斷下雨，綿綿不絕。不知何時，二人卻光身裸體。是酒的作用？不是酒的作用？是清醒？是做夢？天光之時，義母和義子赤身裸體，共臥一床。

一夜之間，張保仔不再是兒童，做了男人。石氏有點緊張，這樣的關係會很危險，反而張保仔愉悅微笑。「我倆的幸福，要由自己爭取。」

原來這麼可怕的念頭，不是只有她一人想到。

如果可怕的念頭只是在一個人心裡，那最多只是一顆種子，一個夢想。

當兩個人共同擁有可怕的念頭，那就可以化為參天的巨樹，變成一把鋒利的小刀。

如果鄭一不存在於世，石氏依然是夫人，只是幫主變為張保仔。

如果鄭一不存在於世，石氏依然是夫人，只是丈夫變為張保仔。

如果鄭一不存在於世，石氏可以有真正的自由，張保仔可以有真正的自由，如果鄭一不存在於世，他們可以真正的自由戀愛。

世上只有一種人不存在於世，就是死人。

石氏是苗族人，熟諳蠱毒。鄭一每次用餐的食料中，石氏為他下輕微的毒。日久毒深，七七四十九天後，鄭一毒發。這種分開多日下毒的方法，表面上，死者看似自然死亡，身體不會發黑，因為毒已深入內臟。

命運總喜歡作弄人，想不到鄭一有個私生子叫黎復，剛巧在這一天出現，要為母報仇，雙雙跌入海中。黎復的出現，是個意外之數。鄭一的故事，遂有神來之筆。風浪中鄭一無意間墜海，雖然有紅旗幫兄弟黎復英勇入水拯救，最後溺斃身亡。

*

鄭一死亡，身後事不是最重要，最危險的地方是權力移交。

海盜頭目背景不同，如何控制這些烏合之眾甘願誠服呢？石氏是女性，不能接掌權力。張保仔並沒有鄭氏血統，沒有鄭成功後人的魅力。而且年少，恐不能復眾。海上江湖兇險，人性叵測，石氏要一一對付。

*

三當家梁皮保好酒，喜歡五加皮。這個人富有正義感，喜歡權力，亦較得幫中人的信服。鄭一在位時，會把幫中糾紛交由梁皮保做公證。石氏將梁皮保定為幫中刑法負責人，「鐵面判官」的外號由石氏為他改。梁皮保有一妻一妾，生了六個孩子，都在船中生活，具有家庭觀念。石氏與他的妻妾很熟，彼此經常商議解決幫中女性問題。梁皮保同意定下規矩，建立婚姻制，禁止強暴，以防幫中為少女而起糾紛。又將已婚婦人先釋放，以免擾民。石氏首先爭取梁皮保信任，並將她一直以來擔負的女性問題解決。

*

五當家鯊嘴城好食，石氏經常要大廚肥澤嘗試做不同新菜式，借故邀請他來試食。鯊嘴城本是天地會成員，只要保證反清復明路線不變，他亦誠心支持。

六當家蘇懷祖高深莫測，他領導的「中營」是神秘組織，具有獨立運作權力。幸好蘇懷祖對鄭一忠心，鄭一為了扶植張保仔，早命蘇懷祖想方設法要保護這位少主接掌權力。蘇懷祖邀請高僧扶持，以宗教力量讓張保仔的繼位視同天授，幫中兄弟都視張保仔如神明，因此年紀雖少，卻能在幫中建立威信。

蕭步鰲好賭，石氏廣結澳門和東莞一帶騙徒，安排幾個天仙局，引蕭步鰲賭錢。蕭步鰲泥足深陷，債台高築，終於鋌而走險，在一次運送幫中物資時，私下盜竊，石氏早已埋伏耳目。石氏有蕭步鰲的罪證，卻沒有向幫主鄭一告發，亦沒有向梁皮保告密，否則按江湖規矩，要切手指，逐出幫會。石氏放蕭步鰲一馬，並承諾幫他把債務解決。蕭步鰲欠石氏一個人情，他為人老實，因此對石氏特別敬重。

最難對付的是蕭雞爛。他自稱「香山二」，眼中除了鄭氏兄弟，其他人都不放在眼內。他在幫中權力最大，資歷最深。蕭步鰲是他表弟，往往聽命於蕭雞爛；又加上蕭雞爛為人好色，經常想佔有石氏，石氏與梁皮保提出禁止姦淫的建議，亦引起他大力反對。不過蕭雞爛唯一弱點是愛面子，重義氣，非常重視江湖上對他的看法和評價。

鄭一去世，石氏請五旗幫各幫主來弔唁。五旗幫表面同氣連枝，實際關係疏落。鄭一生前交託張保仔是幫會唯一繼任人。其中黑旗幫幫主郭婆帶與紅旗幫關係密切，石氏對郭婆帶亦有提拔之恩。石氏在五旗幫各幫主面前，宣佈張保仔繼位，以江湖世叔伯見證。蕭雞爛心裡不服，但是他亦不敢發難。此後，石氏與張保仔故意調配蕭雞爛處理廣東一帶的海上貿易，使他很少留在香港，不容易作反。

海上的生活充滿詭譎，不容易生存。

郭婆帶與張保仔反目，更投靠清廷，對紅旗幫是極具震撼的事情。

張保仔上位不過幾年，每一天石氏都十分擔憂。自從石氏與梁皮保與民約法三章，禁止姦淫，那個可怕的噩夢，那個船艙上逼滿裸男的噩夢，再沒有出現了。

不過，一個新的夢，卻佔據了石氏睡眠的時間。

夢中，她好像回復青春，回到少女時。她結紮一條小馬尾，在一條船上玩捉迷藏。卻有一個馬臉的人抱著肚子，肚子好像懷孕三月的婦人，走路很慢，每踏出一步，地上就有一個水的腳印。她記得那人的臉很白，很漲，說話時，眼耳口鼻都有黑水流出來。那個馬臉人要找她，她不斷在船艙中間走來走去，躲藏閃避，卻無法擺脫這個馬臉人。馬臉人不斷重複說：「很辛苦啊！我肚裏有很多黑色的水，你做好心，用口幫我吸出來吧！……很辛苦啊！我肚裏有很多黑色的水，你做好心，用口幫我吸出來吧！……」

這個夢愈來愈逼真，有時石氏坐在房裡，會看到有個馬臉人走過。她問小恩有沒有見到有人走過，小恩說沒有，但是地上卻留下了幾個水的腳印。她知道鄭一的靈魂要來報復。

石氏跟張保仔同床，會感到有一雙眼睛看著他們。夜半之時，石氏夢醒之間，矇矓中感覺到有人在床邊走過。船的地板用木造，走路會發出「吱吱啞啞」的聲音。石氏有一次壯膽張眼一看，大叫一聲，把寢邊的張保仔亦嚇醒，只見地上赫然有明顯的腳形水印，是濕淋淋的赤腳走過留下的痕跡。可以是人的腳，為什麼不可以是鬼的足跡呢？會不會是鄭一的靈魂來報復呢？這個念頭一直縈繞著她，揮之不去。

海上戰事頻繁，石氏指揮用兵，需要很好的體力和精神。因此每有幫中要事，石氏都提出分房而睡。沒有張保仔在房間，石氏發現房間內沒有那對監視的眼睛，亦不會有半夜地板發出「吱吱啞啞」的走路聲，更不會有腳形的水印。她可以平靜入睡，很少做噩夢。

自從那個翻譯的言慧林上了船，石氏知道張保仔每天都找他。兩個俊朗的年青男子，共處一室，十分危險。石氏一直不敢問張保仔，其實鄭一與張保仔共處一室，赤裸相對時，除了繪畫，鄭一有沒有做其他事情呢？張保仔男生女相，是個集陰陽氣質於一身的人，會不會對男性會有興趣呢？石氏心裡有點懷疑，不過從未直接詢問過他。

同樣的幫主夫人，石氏發覺迥然不同。鄭一身上流著鄭芝龍的血，江湖上他是名正言順的幫主。鄭一與眾兄弟出生入死，兄弟都甘心為他奔波。哥們兒商量大事，很少有石氏的位置。她只是安心做一位夫人便可以了。不過，石氏卻經常擔憂有一天，幫主不在，她會受欺凌。

她要求自領一隊幫眾，研究各種戰術；閒時練習發射苗族獨門毒針，自我保護。

石氏成為張保仔的幫主夫人後，壓力大增。張保仔始終年少，蕭雞爛不會甘心做一個「香山二」。她終日提心吊膽，幫會中的事情，常常要提點張保仔。她一方面要利用郭婆帶的勢力，令蕭雞爛不敢造次；另一方面，又害怕郭婆帶勢力太大，會威脅張保仔的地位。所以，她邀請郭婆帶合作劫洋商，但是郭婆帶不懂英語，不知談判內容，分贓時要求他稍為削一點比重，想不到這個郭婆帶因利反目，如今更投降清師。

最可怕的是，這個消息竟然來自蕭雞爛口中。

接到清廷的勸降書後，蕭雞爛與蕭步鰲竟然一起私下來拜會石氏，石氏不知他們來意，這種舉動從未曾見。

小恩招待兩位茶點，離去。

「二哥、四弟，聯袂而來，所為何事？」

「夫人，你應該收到信了吧？」蕭雞爛問道。

石氏心裡一顫，這個消息只是她和張保仔剛剛知道，怎麼他們會知道？石氏裝作愚鈍，反問道：「二哥，我不知你想說什麼？」

「大家開門見山吧！」蕭步鰲道：「是否降清，是幫中大事，我們應該一起商量。」

石氏一驚，故作鎮定，冷笑道：「你們都知道了！今天是有備而來？」

蕭雞爛道：「我們兩老表覺得，清廷今次很有誠意，希望你支持。」

「你要我降清？」石氏冷冷地道。

蕭雞爛道：「你可以放心，幫中兄弟不會有亂子的。鯊嘴城以前是天地會成員，屬死硬派，我已請鯊嘴城去廣東買物資補給，他不在，事情會比較好辦。」

蕭步鰲道：「郭婆帶現在享有官祿，不用再冒生命危險。大家海上打生打死，不過想要富貴榮華，現今是千載難逢的機會，不能錯失！」

蕭雞爛道：「我倆老表，東西兩營兵力現在都駐總部。蘇懷祖的『中營』專責情報，沒有實際兵力；梁皮保如果要發難，我們聯手亦可把他制服。夫人不必擔心。」

蕭步鰲道：「兩廣總督百齡初步跟我們談過，我們紅旗幫勢力龐大，他願意承諾，開給我們的條件，會在郭婆帶之上。」

蕭雞爛道：「夫人，我們現在就聯手勸服梁皮保；如果他發難，唯有大義滅親。你覺得如何？」

石氏聽二人一唱一和，愈聽愈荒謬。二人早有預謀，思前想後，她慢慢組織到整件事的來龍去脈。

石氏反問道：「如果我跟張保仔反對，你們是否亦來大義滅親呢？」

蕭步鰲有點緊張，手握腰刀刀柄。

蕭雞爛仰天怪笑，道：「夫人是聰明人，應該知道怎樣決定的。」

石氏慢條斯理，道：「我開始明白了。我們在東洲灣與清狗聯軍拼過你死我活之時，多次發訊號，卻聯絡不上你二當家蕭雞爛，其實不是消息聯繫不上，你的軍隊一直在附近，只是看看清狗聯軍能否真的將我們打敗。想不到的是，我們以寡敵眾，真的捱過了九天，補給和修補都完成，反敗為勝。你在這個時候才帶軍回來，一切都不是巧合。」她直呼其名，不再尊稱蕭雞爛為二哥。

蕭雞爛怪笑，道：「你從何得知？」

石氏道：「你堅持釋放阿科佛拉多和佛朗機人，這是你出現的原因和任務。」

蕭雞爛甩一甩肩膊，不置可否的表情。

石氏道：「你根本就已經受清狗收買，是他們的人。」

石氏所猜的全對。

＊　　＊　　＊

原來當日曾智良跟兩廣總督百齡提及，他有三著奇兵。當時他只說了第一著奇兵周翁的「造謠」，第二著奇兵，就是「離間計」，黑旗幫的郭就喜是清廷間諜，專職挑撥離間張保仔與郭婆帶的感情，令他們兄弟反目。郭就喜亦是促成郭婆帶投降的關鍵人物；第三著奇兵，就是內奸，「香山二」蕭雞爛受到收買，利用他不甘當老二的心態，賄賂他成為脅迫張保仔投降的主力。

百齡聽完曾智良的三著奇兵，歎道：「看來我是不是很幸運？」

「總督何出此言？你鴻運當頭，一向都是幸運兒。」

百齡搖搖頭，道：「你用計真辣！如果你是我敵人，我就遭殃了！你是我朋友不是敵人，所以我很幸運。」

「大人過獎了！」

二人相對而笑。

＊　　＊　　＊

且說張保仔聽到這個消息，感到十分愕然。原以為打勝了一場大仗，原來局中有局，又要面對另一場更兇險的逼宮。

「我們可以選擇不降嗎？」張保仔問。

「如果我們的選擇，只有死亡和投降，其實我們沒有選擇。」石氏冷冷地道。

「佛朗機人與大清聯手，我們都不怕！你不是說好，我們要在海上建立自由的國度嗎？」

「那是以前的事。郭婆帶投降晉爵，做了很好的例子，大清招安之手是真實誠懇的。如今蕭氏兄弟叛逆威脅，內憂外患。最大問題是，大清強盛，海上兄弟的心都想歸降，取得一官半職。」石氏打開一瓶白蘭地，仰頭便喝。

「勢，若流水，順之者昌，逆之者亡。」石氏的大眼睛，酒後似在清澈的湖水上泛起了一層霧氣，浮游不定。

張保仔和石氏經歷過不少大風浪，合謀殺死鄭一，篡奪紅旗幫幫主之位，義母義仔結婚，幫內收服各頭目，改革幫規，外商談判定海上規則，連場大戰清水師，大敗郭婆帶，大戰清葡聯軍。石氏從來沒有一絲猶豫，從來沒有一分懼色。但是，今次不一樣了！

張保仔明白，這是不可逆轉的歷史勢頭，憑誰都無法扭轉。

蕭氏兄弟的救兵變成兵變的最大敵人，外面還有郭婆帶降清後結合的大清水師、佛朗機水師，裡裡外外都是敵人，層層包圍。

時機變化實在太快，勢頭的逆轉令人無法呼吸。

張保仔接過石氏手中的白蘭地，仰頭一喝。

酒，入肝腸，愁更愁。

「阿利阿加保證，我們的待遇在郭婆帶之上。」

「加官晉爵，將來日子只有更太平快樂，富貴榮華，不就是我們本來所求嗎？」「大清之下，比海上浮沉更平穩呢！未嘗不是壞事。」

石氏的聲音似是一種咒詛，把降清說成是好事。

張保仔再喝一口，白蘭地打通全身經脈，腦袋為之一振，似有所悟。

「海上和大清，還是有分別的。」

「……」石氏無言，接過酒喝一口。

「分別是自由。在海上，我是王，我們可以呼風喚雨，可以實踐與民共享資源，可以迫使外商船旅跟我們的規則行事。降清後，我們只能聽命官府，沒有任何理想，沒有自由意志。」

「海上一日，人間一年。」石氏又喝一口，感慨道：「我在江湖行走多年，已經不年青了。我怕有一天會跌倒，我怕有一天會遭打敗。疲倦的感覺，只有愈來愈重。也許，這是個時候了。」

石氏雙頰有些微紅，雙眼堅定地望著張保仔。

「我已決定了，就這樣！」石氏站起來。

酒，就讓酒佔據全身經脈。也許八成血腋，都有白蘭地的味道，張保仔想。

這一夜顯得特別長，特別有酒勁。

張保仔猶記得，門不知何時悄悄關上。

石氏修長的身影消失在門口。

門關上。

留下了一句話：

「破曉之前，紅旗倒，清旗立。你提燈籠來，到我船會合。」

也許門沒有好好關上，一個黑影彷彿在外。

「誰？」張保仔問。

「張公子，時候不早了！」

「怎麼樣？」張保仔見他神情古怪，欲言又止。

「是時候執拾行裝了！要不要我幫忙？」

「執拾行裝？為什麼我要執拾行裝？」

「張公子，我侍候你這麼多年了。我希望你將來入宮，亦能夠留下我服侍張公子。」

張保仔一怔，心齋不可能知道降清的事，他怎麼說起「執拾行裝」、「入宮」等事呢？張保仔遂問道：「什麼入宮？究竟你知道多少事情？」

心齋嘆道：「降清是大勢！我看……張公子不應三心兩意了。天下是滿清的，你如果一意孤行，以卵擊石，不會有好下場的。」

張保仔腦海閃現一個過去的片段，當時盤問滿清派來的奸細陳文。

*　　　　*　　　　*

……陳文道：「我真正的身分是捕頭。」

「呸！」張保仔啐了一口，道：「滿清氣數已盡，遲早由我們漢人當家作主。你是非不分，為虎作倀。」

「兵是兵，賊是賊。今日栽在你手，我無話可說。」

張保仔看著陳文的眼，道：「如果你供出同黨，我立即賜你死，免受折磨，就當看在咱們的情義份上。」

「……」陳文沉默，雙眼卻向蘇懷祖、心齋、影子一、影子二逐一掃視。

心齋按耐不著，大喝：「快供出來！」一腳踢向陳文的頭，那顆頭顱竟然十分清脆，折斷了，在地上滾動。……

*　　　*　　　*

張保仔內心一慄，道：「心齋，連你也受清廷收買？」

心齋道：「我只是通風報信，買賣消息而已。害你的行動，我從來沒有做過。不過，我會奉命守護你。」心齋語帶雙關，既似關懷，亦有威脅的意思。

連一個貼身書僮都出賣自己，清廷的收買工作真厲害。張保仔勃然大怒，一掌摑去，心齋迅速閃避，手腳極其敏捷。張保仔接連摑三掌，心齋左閃右避，掌緣貼到心齋臉前，都被閃開。

「原來你懂武術的！」張保仔道。

「哼！略懂一二。」心齋一直隱瞞，此刻驕傲直認。

「你可認得來人是誰？」張保仔忽然手指前方，心齋順著他的手指看去，走廊上一個人也沒有。正當他想問張保仔，一個拳頭已到了面前，立刻鼻破血流。

「你我從此義絕！」張保仔狠狠地道。

心齋用手袖抹鼻血，道：「張公子，我會一直守護你的。」

張保仔把門用力關上，坐在沙發上，取了酒杯，喝了一杯伏特加。心齋說得對，他跟我生活這麼近，如果要行刺或下毒，易如反掌。雖然有一點情義，但是他受清狗收買，出賣自己的情報，張保仔還是覺得不可饒恕。大清的勢力，好像一張巨大的蜘蛛網，你永遠看不清楚網的邊緣，不知自己是否在網中，亦不知身邊的人，誰是真心，誰是受收買的。

一杯白蘭地，又接一杯白蘭地，他想把自己灌醉，不如就這樣睡到天光算了。

劈啪一聲響。

思緒，像玻璃，碎滿一地。

酒醉是這麼夢幻，清醒是這麼痛苦。一隻墮落巨大蜘蛛網的小蟲，連逃走的意志，都彷彿被酒精佔領了。

七、第二個人：蘇懷祖

這一夜，風猶平，浪疑靜。吸氣有火，呼氣有霧。海若有波濤，浪似有暗湧，天地悄悄洩露著兆頭，未知是吉，未知是凶。

喝第一杯酒，他聽到拍門聲，打開門，是石氏。

喝第二杯酒，他聽到拍門聲，打開門，是蘇懷祖。

過去很多不為人知的事情，在蘇懷祖的口中一一吐露出來……

影子，是依附主體的。

只要有光，大家就注意主體，沒有人會留意地上的影子。

其實，在影子的世界裡，敵明我暗，一切的人因為看不見影子，反而被影子玩弄於指掌間。

張保仔神話，其實經過苦心經營的，都是六當家蘇懷祖所領導「中營」的功勞。中，就是在中心，不錯！「中營」，就是建立在心的。不是風動，不是幡動，是心在動。

鄭一說：「我想立張保仔為義子，但是我怕幫中兄弟不服氣。」

「肯定不會服氣的。」蘇懷祖尖聲嬌氣道。
「幫我想想辦法。」鄭一懇求道。
「既然幫主有此擔憂，蘇某就姑且一試啦。」蘇懷祖道。

＊　＊　＊

每年農曆三月二十二日是三婆誕，三婆是的姐姐，比誕早一日。誕又名天上聖母聖誕，海上人視為重要節日。三婆是保護海盜的水神，所以紅旗幫會以三婆為神。

娘娘，又名媽祖，香港水上人稱阿媽。娘娘相傳姓林，湄洲嶼人。相傳林氏出生不哭不鬧，長大後以巫祝為事，知人禍福。後來父兄駕船至閩江海域，遇風浪，林氏入海拯救，不幸罹難，船民打撈遺體，葬在岸邊，其後屍骨失蹤，鄉親相信她羽化升仙，遂於湄洲建媽祖宮。宋徽宗以後，各代皇帝追封。媽祖常於海上顯靈，影響力遍及東南亞。香港建大量廟，漁民視同神靈，事無大小向娘娘求卦。

三婆沒有娘娘這麼受大眾歡迎，比較邪門，受海盜等黑道人物所愛戴。相傳惠州一帶，有巫婆默娘，擅於施法，能附人體說話。默娘早死，死時不過廿八歲。三婆年紀較默娘大，婆是尊稱。

每年三婆誕，紅旗幫眾到香港赤柱三婆廟，恭迎三婆出會，巡遊，是紅旗幫的大事。紅旗幫上下會穿戴禮儀服飾，所有船隻亦以彩帶圍繞，好像嘉年華一樣，歌舞昇平，喜慶洋洋，海陸進行。儀式前一天，在三婆廟前和船艦各搭建戲棚，兄弟們一起看戲。先由紅旗幫眾舞獅舞龍，向三婆致敬。最重要的儀式之一，就是「搶火礮」。竹籤從花礮中爆出，眾人爭相搶奪。

最神聖的儀式，由和尚主持供請三婆神座上轎就坐，由八位大漢抬神轎而行。該八人不是隨便挑選的，經三婆廟和尚看其出生年日，再擲筊嚴挑細選出來的。抬轎者須七天前齋戒沐浴誦經，以淨心神。據說三婆會指點八人，巡行或停頓。八人心領神會，依三婆默傳的步伐而行，是神授的過程。

百多艘戰艦在海上繫成連環船，由繡旗隊先行，頭上戴尖帽，身穿藍衣和棕色褲。亦有些把魚蝦蟹放在身上裝飾，寓意龍宮武將。沿途打鑼擊鼓，從陸上廟，踏上連環船。

嘉慶九年，三婆誕發生幾件奇事，先有搶火礮，火礮三射不成，第四礮才打出頭礮。其後三艘船艦無故起火，時間剛巧是搶火礮時，打三礮不出。有人傳說三礮看似沒有射出來，卻神奇地礮落船艦導致火災；第二件奇事，三婆神轎走上連環船，停在一個少年旁邊，足有三個時辰，三婆不願離開。一般三婆祝福的人，都會稍為停頓，逗留這麼長時間，實屬罕見。

那少年正是張保仔！

有傳言道：「三婆默示，選定張保仔為繼承反清大業的人。」紅幫會眾，半信半疑。三婆廟主持妙空每年會為幫會擲筊，預示全年運程。妙空三擲筊三開，第四次才成功，又是第三件奇事。

妙空解籤，道：「三婆降福於紅旗幫，預言有神子降臨，將來能帶領紅旗幫，一統天下。降臨之日，三三不盡為徵。」

幫眾不由得不相信，當日正好有三件奇事，都與「三」字有關連，搶火礮三打不著，神轎停留三個時辰，妙空禪師三擲筊不開。

徇眾要求，順應三婆指示，鄭一當日立張保仔為義子，公開宣佈：「若鄭某有何不測，紅旗幫必聽命於張保仔，遵從『阿婆』神旨。」

幫眾俱認為神授天旨，皆接納張保仔為鄭一的義子，紅旗幫繼任人。

其實一切都是蘇懷祖精心安排。

當一個影子集團的首領，是最痛苦的。其實很多轟轟烈烈的大事，幹了亦沒有人知道。只有委託他的人才會知道。有時他真想把事情背後的種種經過告訴人家，可是不行，中營的工作是情報，密密實實，神神秘秘，是他們的專業性。

*　　　*　　　*

此後，蘇懷祖不斷製造神蹟。

清兵知道紅旗幫崇拜三婆，事無大小請示三婆。每年三婆節，必定是幫中大事，所有幫中龍頭人物登廟朝拜。這是清兵偷襲的大好時機，每年三婆誕遂變得兇險，每有人傷亡。

張保仔一天睡醒，說「阿婆」報夢，翌年三婆誕，要紅旗幫接上船。眾頭目紛紛爭奪要親手捧「阿婆」到自己船頭。

三婆的靈，就附在三婆廟的三婆像之中。換言之，三婆肉身就寄居在三婆像中。得三婆像者，得神靈庇祐。蕭稽爛爭先，第一個要搬上自己船首。說也奇怪，蕭稽爛平日力拔山河，如今弄得臉紅腦脹，仍不能動一分，大叫：「『阿婆』好重！」

三婆像，臉極黑，其身不過三四尺，活像一個初生嬰孩般大。但是說也奇怪，如是者三當家、四當家等輪番搬動，竟然無人成功，大呼怪哉。

石氏是女性，不能碰神物。張保仔是最後一個，竟然輕輕鬆鬆就把三婆像抱起，大家也心服了。

三婆像從此置張保仔的船首，但凡幫中大事要做決定，大家只好來到張保仔的船上參拜。其實報夢之說，不過蘇懷祖設計。三婆像的重量，亦不過是事前用磁石相吸的作用，放了一顆巨大重鉛在像身之下。張保仔抱像時，手伸到像後，拔走磁石，鉛石不跟像身，遂變回原來重量，輕易抱起。遂有三婆選中張保仔之說，令幫中上下都臣服其下。

又有一次，清兵攔截水路，鄭一與眾首領商討如何用兵對抗追捕的清兵。張保仔說用火攻，引起眾首領不滿。

梁皮保大罵：「荒謬！現在逆風對敵，用火會反燒我船！」

蕭稽爛道：「我們用兵打仗這麼多年，他懂什麼呢？」

「丑時！丑時可用火攻。」張保仔堅定地道。

蕭步鰲道：「我一生好運，逢賭必勝，不過今次亦無法相信。逆風用火，不合兵法。」

鄭一道：「不如擲筊問卜，交由天算！」

眾頭目遂登上張保仔的船，船上幾位和尚在三婆神座前問用火，擲筊，三個勝杯，意示堅定不移，可用火攻。眾首領半信半疑。

蕭稽爛道：「除非風轉向，否則不可盲目盡信。」大家採納蕭稽爛的建議，海盜兩手準備，既備火攻，又備硬闖。

時近丑時，說也奇怪，忽然來一陣怪風，風向突然轉向，如有神助。

張保仔道：「時辰已到，還不出火箭？」

紅旗幫忽然乘風用火，殺清兵一個措手不及，大獲全勝。

其實一切無非自然觀察。蘇懷祖懂天文，知地理。他事先測到風向轉易，故佈神秘，而僧人擲筊問卜，籤言都是早有安排。其實只是一場政治戲，卻成功建立大家對張保仔的信任。

此後，張保仔有何建議，幫眾首領不敢輕忽。而鄭一亦邀主持妙空大師請示三婆授意，精挑香港八大高僧齊上紅旗幫船，每天為張保仔祈福誦經。

服飾，亦是攻心重要的一環。蘇懷祖為張保仔選了素衣長衫，白衣白褲，建立潔淨的形象，既簡單，又鮮明，令人印象難忘。而且在戰爭船頭上一立，多遠的船見到一位白衣人，即知道是張保仔，讓張保仔身上彷彿帶有宗教光環。

鄭一不幸去世，張保仔順應鄭一公開的遺命，繼位為幫主。蘇懷祖知道他年輕，怕不能穩定軍心，特意為他加強宗教形象。建神樓船，一艘以宗教象徵意義為主的大船，船上建高樓，讓人遠遠看見。神樓船其利是居高位，易於行軍指揮，穩定軍心；其弊亦在於敵軍攻擊目標所在，若神樓船被毀，軍心即亂。而神樓船上有高樓，又掛佛門大鐘，重量已經不輕，礮門的數量受到影響，不便裝大量礮門。船艦不擅防守，更加要以輕身為主，其移動之便，行速飛快，比多裝礮門更為重要。防備工作，落在八艘重型戰艦身上，以八方陣式將神樓船團團相圍，封鎖任何一個方向的攻擊。為了建立氣派，八大高僧隨張保仔上高樓，八僧坐在八個方位的蒲團上，張保仔居中。高樓下都是僧人，負責誦經敲鐘，製造戰爭士氣。因此張保仔軍一出，海盜信心百倍，因為勇氣是來自宗教的，幫內對張保仔的崇敬之心更大，更能穩定人心。

*　　　*　　　*

更不為人知的是，黎復的出現。

黎復，天生具有一副跟張保仔相似的相貌，而且幫中幾乎沒有人見過他的相貌。蘇懷祖靈機一觸，想到一個絕世妙法。他多建一座神樓船，從三婆廟廣招八大高僧。

黎復加入「中營」，成為影子一〇一。他的身份神秘，擔任張保仔的替身。戰時先頭部隊由黎復扮演張保仔登神樓船，引敵方注意力在黎復身上。正式部隊卻隱埋，偷偷繞到敵方後營。當雙方作戰時，信號通報，黎復退下，張保仔從後方攻過來，殺敵方一個措手不及，奇兵突襲，百戰百勝。一方面令敵方親眼目睹張保仔恍如有分身之術，面對傳說中有三婆托庇的海上之子張保仔，心裡一怯，已輸了一半；另一方面，這個消息完全保密，恍如掩眼法一樣，能夠令紅旗幫士氣更壯，大家都相信張保仔非平凡之人，在張保仔神秘力量帶領下，旗開得勝。

蘇懷祖身為「中營」情報頭子，特別看重情報。他會查閱不同戰艦所用礮門的火力，事先知道火礮能射距離。所以護航戰艦會阻隔其他船艦接近神樓船，敵方船艦一心瞄準神樓船上的張保仔（或替身黎復）開礮，其實從未進入射程範圍，那些礮彈自然未射到張保仔，已經墜落水中。這個設計，進一步加強張保仔的神話，讓大家迷信張保仔擁有來自三婆的神秘力量，能呼風喚雨，不懼彈礮。

張保仔神話，全仗蘇懷祖領導的「中營」苦心經營。當然嚴守秘密，是「中營」最痛苦的事情。蘇懷祖一直保持低調，不常露面，甚少公開與張保仔以外的人對話，好像一個影子，一個守護張保仔的影子。

* * *

蘇懷祖的一番話，本來半醉的張保仔，好像清醒過來。

江湖上流傳的張保仔神話，幾乎九成都是出自蘇懷祖的計劃和謀略。

如果不聽蘇懷祖的意思，意味張保仔的神秘力量會隨之消失。

蘇懷祖取了一個地球儀出來，告訴張保仔世界大局。

普天之下，莫非英土，率土之濱，莫非英臣。今天下盡歸大不烈顛帝國。英國，又名日不落帝國，只要一日有太陽，英國就不會倒下。

英國水師，天下無敵。印度亦被英國臣服，種植鴉片，大量售賣給滿清，換成白花花的大銀。

英國與滿清，早晚一戰。

蘇懷祖一向知天文，通風水，精命相。屈指一算，香港百年後乃世界重要城市，百載福地。不過福地不會落在清人之手，英國早已看中了香港地利之便，成為殖民囊中之物。

張保仔要懂世界大勢，我們要跟東印度公司合作，要跟英國合作。

如何合作？張保仔感到消息實在太刺激了，又開了一瓶酒。

聯英抗清，共同建立香港的殖民城市，為漢人謀福祉。漢人從此多了一個殖民城市，在清人管治以外，得享東西文化交滙的榮華。

原來你一直跟英人合作！張保仔變得更清醒。

哈哈哈……蘇懷祖得意地笑。

上次跟東印度公司簽合約，買軍火，都是你安排的。張保仔變得愈來愈清醒。

哈哈哈……蘇懷祖得意地笑。

你的英語十分標準，你一直有跟英國人通話，交換信息。張保仔變得愈來愈清醒。

哈哈哈……蘇懷祖得意地笑。

蘇懷祖，你就是英國的間諜！張保仔變得愈來愈清醒。

哈哈哈……蘇懷祖得意地笑。

你是一個人才！英國進入滿清，需要熟悉清人的當地人引路。我們培植你多年，教你熟悉水路。養兵千日，用在一時，今日正是你回報大英帝國之時了。蘇懷祖陰聲細氣地說。

哈哈哈……張保仔大笑。

如果你願意協助英國政府，榮華富貴，永享不息。

哈哈哈……張保仔大笑。

大不烈顛是全世界最強大的帝國，擁有世界各地殖民的資源。你只有答應，可以封為爵士，從此可以自由出入英國皇土。自由，是真正可以擁有。

哈哈哈……張保仔大笑。

張保仔放下酒杯，喝了一口冰水。酒能醉人，冰能醒神。酒愈喝愈醉，水愈飲愈冷靜。

若果我不遵從呢？

蘇懷祖的笑容收斂起來。若不從者，以後就是大不烈顛的敵人。你會死無葬身之地。

張保仔無言，只是喝冰水。

你在海上沒有靠山，一切的力量都是虛幻的。別忘記你的一切神話，都是大英帝國和我一手策劃出來的。獨立，你沒有真正的實力；降清，你就是大英帝國的敵人。英國是全世界的盟主，船堅礮利，文化強盛，再給一百年大清，都不可能趕上的文明。

張保仔無言，只是喝冰水。

你是聰明人，你應該明白如何抉擇。天亮之前，你提著燈籠，登我船上，以後你我在大英帝國，共享榮華。

張保仔無言，只是喝冰水。

你好像有選擇，其實你沒有選擇。人從來只是跟著命運走。天下一切都早有安排，這是命中註定，不可抗命的！你好自為之。

張保仔無言。為什麼今夜這麼難熬？這麼多人逼我要做決定，天亮之前？天可以一直不亮嗎？就讓天一直黑暗，永不光明好了。

煩惱的時候，張保仔又想喝酒。還是先來一杯伏特加吧！舉頭伏特加，低頭威士忌。

半醉半醒中，蘇懷祖那個矮小醜陋的身影，消失在眼前。但是蘇懷祖魔鬼一樣的陰聲細氣，邪惡巨大的權力黑暗影子，卻好像不斷瀰漫，逐漸吞噬了整個房間，吞噬了整頭船艦，吞噬了整個艦隊，吞噬了整個香港，吞噬了整個的天，整個的地，整個的海……

八、第三個人：林蕙妍

這一夜，風猶平，浪疑靜。吸氣有火，呼氣有霧。海若有波濤，浪似有暗湧，天地悄悄洩露著兆頭，未知是吉，未知是凶。

喝第一杯酒，他聽到拍門聲，打開門，是石氏。石氏請他降清，他別無選擇，因為時勢。

喝第二杯酒，他聽到拍門聲，打開門，是蘇懷祖。蘇懷祖請他助英國，他別無選擇，因為命運。

喝第三杯酒，他看見窗外有影，打開窗，是言慧林。言慧林跟他說了一個從未想過的事實，他只感到世事如煙……

人的命運，究竟是上天安排，還是自己選擇的呢？

這個問題，困惑了張保仔的大半生。當上一幫之主，海盜之王，他都是不由自主。海上生活，令他大開眼界。戰事、謀略、西方文化與思想、財富、美食、權力，張保仔的生命因為鄭一改變了。死亡總是擦身而過，無日無之。他心裡最大的陰影是鄭一，以為跟石氏合謀殺了鄭一之後，他可以過平靜的日子。事實卻並非如此，踏上紅旗幫幫主之路，權大的鬥爭，只是更加嚴重。

抗衡「香山二」蕭稽爛的野心，張保仔只有向蘇懷祖和郭婆帶靠攏。

依賴蘇懷祖的宗教包裝，令幫中兄弟信服。決定幫中大事，蘇懷祖每每與他事先商量，張保仔開會時提出建議，再請眾和尚在三婆面前擲筊，請示神意。幾乎每次張保仔提出的建議，都得三婆認同。當然背後都是蘇懷祖一手策劃的假象，蘇懷祖努力塑造張保仔的宗教神聖，張保仔卻感到是一種威脅。蘇懷祖很想利用張保仔之口，去控制幫會。有時他會逼張保仔做一些不情願的決定，張保仔不得不依，他害怕自己的意見，最終在擲筊時，遭三婆否決，影響幫會地位和頭目的信任。實際上，蘇懷祖在控制他，張保仔明白，但是又不知如何抗衡。

郭婆帶的軍事威脅，亦令張保仔擔心。因此張保仔與民約法三章，增取民心。他成功地在短時間內建立形象，廣招民眾或入會或接濟，令紅旗幫勢力迅速成長，三年內已經超越郭婆帶。但是他跟郭婆帶互相合作、利用、競爭，關係十分複雜矛盾。

直至遇到言慧林，張保仔感到一種衝擊。

言慧林跟他年紀相若，同樣是相貌非凡，經常使張保仔回想起，第一天遭鄭一擄上海盜船的情況。假如當日沒有上船，他可能仍在江門蜑戶捕漁。刺激的海上生活，時間變得很快，人每天鬥爭和殺戮，變得冷漠。每天面對幫會門徒，他們充滿宗教敬仰的目光，張保仔感到榮譽，同時感到恐懼。他害怕有一天，蘇懷祖告訴大家真相，宗教的光環被剝奪，大家會怎樣對付他？如果可以重歸平淡，老老實實做一個平凡蜑戶，張保仔是否可以不用擔驚受怕過日子？

張保仔曾重返江門，走上岸，到附近村落，碰見昔日鄉鄰。他們知道張保仔不是當日的張保仔了，大家的眼神慌張，流露不信任的眼神。張保仔已經是一方之霸，海盜之王，他們擔心張保仔會來搶劫，只有漁民亞丁例外。亞丁是張保仔一起成長的知己好友，他招待張保仔回家。張保仔見他赤裸上身，肌肉結實，全身皮膚由於暴曬變得烏黑，穿著一條粗布短褲，背轉身走路時，屁股的位置因為磨損太多，已經穿了個洞，仍不捨丟掉。張保仔心裡難受，明白蜑戶生活艱苦。如今自己身穿素衣素褲，上等絲質，一塵不染，恍似活在不一樣的世界。亞丁的家依然是以前的家，一模一樣的陳設，童年經常在這裡玩耍，全無變化。唯一改變的，只是他的父母都不在了。

「爹娘都被海盜打死了！」亞丁說時眼露紅根，雖然他不是怪罪於張保仔，但是張保仔心裡有難以說出口的傷痛。

亞丁招待的茶水，淡而無味，那是過去家鄉的茶。但是張保仔在肥澤訓練下，舌頭嚐盡中西美食，再不能飲到昔日的味道。這麼難喝的茶，張保仔完全記不起為何童年會接受這種茶？

「你記得我們以前放紙鳶嗎？」亞丁問。

「記得！你永遠讓紙鳶完全受控制，聽聽話話，一切都在魚絲的控制下，安全而飛，安全著陸。」張保仔道。

「你則永遠是斷了線的紙鳶，不受控制，不聽指揮，魚絲斷了，乘風而去，一去不返，放任自由。」亞丁說。

二人相視而笑。

往事，好像風吹亂沙，看得見，抓不著。

問起現今的生活，亞丁總是說：「都是老樣子！」然後不知如何應對。他的生活就是日出而作，日入而息，蜑戶的生活都是平平淡淡。亞丁很努力擠到個話題，說最近發現哪個河域的魚量較多，哪些魚類應該到哪個海域捕獲較好，哪裏的水流太急不適捕魚等等。張保仔的精神無法集中，慢慢想起自己每天殺人，搶掠，跟洋商談生意，調兵遣將，鬥智用謀，關於幫會的種種，無法跟亞丁分享。忽然有個胖胖的少婦走出來，身穿粗布麻衣，手裏抱著個娃娃。

「我老婆，孩子快半歲了。」亞丁介紹。

亞丁老婆抱著娃娃讓張保仔看，但是她仍在哺乳，露出雪白的乳房。漁家蜑戶沒有什麼禁忌，亞丁忽然想起張保仔是海盜，警覺起來，他聽聞過很多海盜搶奪婦人的事，眼神變得戒備，連忙叫妻子回房。

張保仔心裡很不好受，覺得大家的距離，好像隔著一個海那樣深，那樣遠。

這種遙遠是永遠無法彌補的。

張保仔感到再待下去亦沒有意思，匆匆告辭。臨別時想起自己沒有帶什麼水果禮物，又見亞丁生活艱苦，很想做點什麼事情。他從懷裡取了幾個金元寶，放在亞丁家的桌面。

「什麼意思？」亞丁反應很大。

「希望你和家人生活愉快！娃娃成長，需要金錢，就當是我的一點心意吧！」

「不要！你拿去！」亞丁迅速揑著金元寶往張保仔手裏塞。

「你不用客氣，你需要！」張保仔推回給亞丁。

「不要！」亞丁有點激動，大力推去，金元寶跌在地上，道：「我雖然是個窮漁民，不用你施捨！」

張保仔看看地上的金元寶，知道他意志堅定。輕歎一聲，準備轉身離去。

「……嗯……有一個消息……」亞丁吞吐地說：「不知道該不該說。」

張保仔本來揚步的腿放下，立定，身體仍向著門口，沒有回轉過來。一陣清風送來，張保仔的秀髮飄逸。

「村裡的人都說，你爹被海盜殺了，你卻做認海盜作父，還要做海盜之王。」

張保仔的秀髮依然在飄逸，立正，但是細看之下，其實手緊握著，身體在震動。聽到最親的朋友口中吐露這麼直白的一番話，張保仔心裡有點激動。

亞丁吸口氣，道：「但是我不相信！因為……我知道了另一個秘密。」

張保仔沒有問，也沒有回頭，依然立在風中。

「你的樣子跟你爹娘一點都不相似，因為他們根本不是你父母。你只是他們的養子。」

陽光下，只見到張保仔的剪影，依然沒有回頭，也不言語。

只聽亞丁的聲音續道：「父老陳伯臨終時親口對我講。他說，如果有一天，你回來，叫我告訴你。你母親是一個樣子娟好的女子，她抱著孩子想自殺不遂，陳伯救了她。她說被海盜強暴，不想做人。她待在村裏休息了幾天，然後突然失蹤了，就遺下了一個嬰兒。張伯無兒，收養你成人……」

「你以後不用再來了，這裡根本沒有你的親人……」

張保仔的身影慢慢消失在風中，好似沒有來過一樣。陽光照耀下，地上的金元寶金光閃閃。

紅旗飄揚，江門變得愈來愈小。眼前所見的景象變得陌生，過去種種變得模模糊糊。以前所記掛的家，念茲在茲的鄉，原來都不是真的。爹的老實，娘的慈祥，竟然都是一場欺騙。過去那個蜑戶張保仔已經死了。

自從他上了這條船，一切都已經改變了。

他一直以為海上的飄泊，是不由自主的。

原來飄泊無根的海，才是自己的命運。

原來不羈自由的風，才是自己的本性。

這一天，張保仔發現，世上再沒有朋友，再沒有親人。

* * *

幫會中的人都是久經風浪的海盜，又或是部下，張保仔沒有可能信任他們，沒有可能跟他們交心。言慧林身份特殊，他不是幫會中人，卻可以在船上生活，張保仔常常不經意地向言慧林吐露心事。

有一次，二人在書房試洋酒。張保仔有三分醉意，躺在沙發上，道：「言仔，你知道麼？我表面看來是個幫主，其實很多事情都身不由己。」

「不，你帶來了很多變化。海盜都是惡形惡相，侵擾民間。你做了幫主，人民都喜歡紅旗幫。你們劫富濟貧，與民通商，打劫連官府都害怕的洋人，是海上的大英雄。」

「我是英雄？我會是歷史上留名的英雄嗎？」

「會！」言慧林亦有點醉意，道：「你知道嗎？你是漢人的民族英雄。你打敗滿清水師提督，打敗洋鬼子。只要你統領海盜，打上京城，推翻滿清政權，你會是皇。漢人的皇帝！」

「我會是漢人的皇帝？哈哈！我會是漢人的皇帝！我會是漢人的皇帝！」張保仔向著窗口大叫。

雖然是酒後胡言，每當張保仔感到迷惘，心裡就想起他的這番說話。

這個「好朋友」自從孫全謀突襲一役之後，音訊全無，好像一陣風，來去無蹤。吹不走哀與愁，只吹亂了他的心。

* * *

窗口一個黑影闖入，好像一陣風。

「誰？」張保仔雖然喝了很多酒，始終是海盜，自我保護的原始本能，教他時刻驚覺。手裡已拔出鬼火槍，轉身一看。

「是我！」赫然是林蕙妍，一身貼身的黑色夜行衣，把她修長的身軀顯露出來。

「慧林！」張保仔帶著三分醉，掉了鬼火槍，向前與她擁抱，抱得緊緊的，林蕙妍反過來抱緊他，兩個人好似磁石相貼。

「你為何一走了之？我以為你不會回來。」他們幾乎抱得不能呼吸了。「咦！」張保仔好像發現了什麼，酒醒了大半，雙手摸向林蕙妍胸口，驚叫：「怎麼會這樣？」

張保仔嚇得跌坐地下。

林蕙妍把頭髮解開，回復女兒相。端的亭亭玉立，修長清雅，赫然是個美人兒。「我本是女兒身，又不是男兒漢。你那夜……那夜……不就知道？」

「為何？」張保仔激動得以背靠牆角，大喝：「為何連你也騙我？每個人都騙我，你究竟是誰？」

「我真正的名字是林蕙妍，翰林院庶吉士林則徐的妹妹。」

「你，連你都是清廷派來的？」張保仔不敢置信。

「不，是我任性要闖上來的，連哥哥也沒有告知。我們之間這麼多經歷，你不相信我麼？」

林蕙妍走前。

張保仔道：「你知道麼？我明天要投降了，投降清廷了，你高興吧？你高興吧？」

「我今日來，就是來告訴你，還有第二條路你可以選擇！」

「第二條路？」張保仔一怔。

「嗯！」林蕙妍又走近一些，蹲在張保仔身前，道：「跟我遠走高飛！我們再闖江湖。」

「就只有你和我？」張保仔問道。

「你不想麼？」

「你知道我是誰麼？我是臭名遠播的海盜王，跟你一走出去，全國通緝，天下圍攻。不出一周，便會遭人暗殺，暴屍街頭。」

「你不只是海盜王，你是真正的皇。天下漢民都願跟你走，推翻滿清，只等你一聲令下。」

「別發夢了！我的部下都投大清了，我沒有選擇了。」

「你有！」林蕙妍道：「你還有忠心的鯊嘴城。他的軍隊如今就在大漁山，只要你跟我走，我們可以東山復出。」

「就憑這一支軍隊？」

「還有整個漢族的心，民心！」

「民心？」

「不錯！還有天地會，還有天下的海盜，他們願意跟你一起打江山，推翻滿清，建立新政權。」

「天地會？」張保仔一時之間弄不清楚她說什麼。

*　　*　　*

話說當日梁韜受孫全謀之命，護送林蕙妍往北京。途中有一批黑衣人伏擊，林蕙妍遭劫走。

林蕙妍遭黑衣人擄走，口鼻遭一條毛巾塞過來。大概是餵了蒙汗藥，胡裡胡塗，昏睡過去了。

待藥力漸散，林蕙妍發現雙眼漆黑，什麼也看不見，只隱約聽到兩個人的對話，互相念古怪的詩句，似打暗語：

「來者何人？」

「地鎮高溪，一脈江山千古秀。」一人唱。

「門朝大海，三河合水萬年流。」一人和。

「日月風清百馬侯，三姓結萬李朱洪。」一人唱。

「木立斗世天下知，順天興明合和同。」一人和。

「結骨盟心為兄弟，萬姓同來共一宗。」一人唱。

「扶李相信教口胆，齊心協力討江山。」一人和。

「好似江湖秘語，不知是什麼組織呢？詩句怪異，看來防守很嚴密。」林蕙妍心道。「不知這番落在誰人手裡，難道還有比紅旗幫更厲害的地下組織？」

然後聽到開門聲。

「找誰？」

「陳舵主。」

「哥的大名是？」

「我是老六。」

「帶貨來？」

「沒關係，重要的貨，要親自給總舵主。」

「嗯嗯……跟我來！」

然後感到那個自稱「老六」的人，提著她走動。

「重要的貨？他們說的貨是我嗎？我怎麼會變成了貨？為什麼要見什麼總舵主？」一連串

問號，隨著「老六」左轉右拐，九曲十三彎一樣走了很多道路。

門啓動的聲音。

「六哥！」一把傷風般的聲音，鼻音特重。

「塞鼻！」「老六」的聲音親切。

「名字叫做『塞鼻』？這個人的聲音就是鼻塞，名字改的好！」林蕙妍心道。

「帶來了？」

「帶來了。」

「很好！五湖四海，盡匯博羅。大家在大廳等你。」

「博羅？哥哥曾經談過，在東莞一帶的惠州，有很多少數民族，什麼瑤族、畲族啊……怎麼走了這麼遠，可能已經昏睡了好一段時間。」林蕙妍心裡一沉。「五湖四海？聽起來好似有很多人馬來。他們好像早有預謀。究竟是誰要設計擄我？背後有什麼陰謀？」

只覺「老六」隨著「塞鼻」又走了一段路。

門打開的聲音。

「六哥！」「老六到了！」很多人同時說話，聲音雜亂，似是個廣闊的空間，人數眾多。

「六弟！」一把磁性的聲音，充滿温熱與感情。

「大哥！」

「是他嗎？」那位「大哥」問道。

有個人走近，似在打量林蕙妍良久，道：「對，就是他了！」

林蕙妍心道：「這人是誰？聲音很熟。」

「太好了！」「老六」道。

林蕙妍感到自己被放在一張櫈子上，由於昏睡多時，腸胃飢餓，竟然發出咕咕聲。

「言兄，看來你也醒了吧？」「老六」道。

忽然眼前一亮，蒙在眼前的黑布拿掉。

眼睛一時不能適應。偌大的大廳，時已夜晚，四壁掛上燈火。只見滿堂盡是雄赳赳的好漢，只少有二三十人。面前是張怪獸臉，頭顱又圓又大，眼奇大，嘴巴奇大。臉有道深深的疤痕，自左眼下，游過鼻，到嘴唇上。頭髮蓬鬆，下巴鬍子又濃又鬈，身長七尺，體格奇大。

此人正是「老六」。

「言公子。」「老六」抱拳，道：「在下『老將六』，負責護送公子，有不周之處，多多包涵。」

林蕙妍感到莫名其妙，瞥一瞥「老將六」身後，有張熟悉的臉孔，胖胖的臉，皮光肉滑，細目如鼠，鼻孔朝天，嘴巴奇大，好像一頭豬。赫然是紅旗幫五當家鯊嘴城。

「五當家？這是怎麼一回事？」林蕙妍大叫。

「言公子，我先向你介紹。」鯊嘴城走向一位臉型清秀的先生，眉如劍，雙目充滿威儀。「這位是鼎鼎大名的陳近南，天地會總舵主。」

「言兄好！在下洪門陳氏。」陳近南淺笑，抱拳。只見他身後牆上一幅對聯：「清連心家和興洪順天，常樂我情本姓洪結義。」字體潦草，龍飛鳳舞，充滿江湖味。

林蕙妍腦海裡閃過，記得哥哥林則徐曾經談及過。天地會，又名三合會，取天地人三合之意。是廣州一帶的漢人地下組織，打「反清復明」為旗號，專門收編廣東大量弟子，組織力強，清府一直視為南方一股惡勢力。想不到這位統領一方的首領陳近南，就在目前。

「陳總舵主，久仰大名。在下紅旗幫言慧林。」林蕙妍立即回復「言慧林」的身份對話，眼卻向下一望。

「事出唐突，倉卒請你來，辛苦了！請茶！」陳近南談吐温文。林蕙妍順勢看下去，陳近南温文的外形，樸素的長衣，卻穿一雙陳舊破爛的布鞋。江湖傳聞陳近南有個外號「爛屐四」，一雙又臭又舊的爛布鞋，果然名不虛傳。林蕙妍心裡暗暗竊笑，但又不敢真的笑出來。剛才她說「久仰大名」，實是語帶雙關。不過看來坐中人無不打從心底裡敬重陳近南，沒有人意會到她的另一個意思。

一言公子好！在下洪門黃塞鼻，請用茶。」一個紅鼻子的壯漢送茶來，上面有精美的廣東點心。那個聲音似有點傷風，鼻音特重，正是剛才的「塞鼻」。

「謝謝！總舵主真細心，不客氣了！」言慧林早已餓得飢腸轆轆，也不顧儀態，三扒兩撥，不管三七二十一，將茶和茶點一股腦兒往嘴裡塞。

鯊嘴城慢條斯理地道：「實不相瞞，我收到情報，昨晚你被清師擄走。兄弟都要應付孫老狗的清師，這次突襲防不勝防，我們來不及調動人手。我知道天地會在博羅附近開反清大會，精英匯聚。老六是我的結義兄弟……」說到這裡，鯊嘴城向「老將六」一笑，「老將六」沒有表情，分別跟鯊嘴城、林蕙妍交換眼神，神情肅穆，不苟一笑。

鯊嘴城續道：「……老六做事，一向乾淨紮實，他手下兄弟都是猛將如雲，因此交帶他確實一下情報，如屬實，就出手迎救，請你來一趟了。」

林蕙妍剛巧吃完，手刷一刷嘴，豪氣地，問道：「今晚是什麼反清大會？」

黃塞鼻的酒糟鼻孔誇張地一開一合，用傷風鼻塞的聲音道：「是武林大會！今晚風雨欲來，天地色變，英雄雲集，好戲在後頭……」，

話未說畢，一隊黑黑實實的年青人進來，約十來人，一身黑背心黑褲。只見為首漢子眼大眉粗，殺氣騰騰。雙臂奇粗，皆紋身，左麒麟，右青龍。

為首漢子拱手作揖，道：「凰山吳淮泗，拜見公道兄。」陳近南，又名禮南，飲譽江湖，同道皆尊稱陳公道。

陳近南僅抱拳，道：「有失遠迎，來人，備酒，賜坐！」

幾個洪門弟兄，搬了張太師椅，放在陳近南右面牆上，放一個小茶几，上面備有酒水，果物，豬肉。

陳向吳淮泗問好，客套一番。

這邊廂林蕙妍的食物已清理，老將六招待鯊嘴城與林蕙妍，坐在陳近南左側牆上座，同樣備酒水與小食。

鯊嘴城低聲道：「吳淮泗，是台中鳳山起義軍的頭目，現在是鳳尾幫的一個頭目。」

林蕙妍聽到鯊嘴城一番話，表面不動聲色，心裡卻怦怦亂跳，想起哥哥林則徐與陣亡的總兵林國良的對話，他們剎有介事的談起南方海盜，江湖上盛傳的「閩浙粵，三分海南，閩王蔡牽，浙王朱瀆，粵王鄔石二」。鳳尾幫正是奉「閩王」蔡牽為幫主，莫非今晚真的撞上了武林大會？可真熱鬧啊！

大門打開，且看一群黑瘦瘦的小伙子，身穿顏色奪目的民族圖案，手持長矛。為首漢子只披一件彩綉斗篷，袒露上身，肌肉橫練出來，一點脂肪也沒有。黑實的胸口塗上一點白色粉沫，濃厚大眼，長髮蓬鬆，猶如一頭黑獅子。只見「黑獅子」打恭作揖，道：「蛤仔難吳沙，拜見陳總舵主。」

陳近南抱拳，道：「陳某平生第一次見到這麼多蛤仔難好漢，先向諸位敬酒。」洪門兄弟分派每位蛤仔難來賓一碗酒，大家高舉過頂，一口氣喝盡，豪氣干雲。

林蕙妍低聲問：「『蛤仔難』是什麼地方？」

鯊嘴城答道：「蛤仔難，又名噶瑪蘭，他們都是來自漳州的高山族，在粵東一帶務農為生。他們勤奮齊心，熟悉山野文化，清狗派欽差大將軍賽沖阿屢攻不下，在江湖上慢慢受到尊重，自成一個派別。」

陳近南賜吳沙坐於林蕙妍等人的右側。

大門打開，只見一眾身形高大的漢子闖入，沒有齊整的衣服，但是頭上結有一條紅布為記認，皆雄赳赳的好漢。為首一個中年漢子，臉有刀疤，貌甚醜，唱佑，道：「台南洪老四，率眾弟兄拜會陳總舵主。」

為首幾位兄弟接連唱佑，道：「台南陳棒。」「台南葉豹。」「台南李璉。」「台南盧平。」「合眾拜會陳總舵主。」

陳近南抱拳，朗聲道：「有朋自台南來，不亦悅乎？都是好漢子，來人，賜酒！」

洪門兄弟招呼洪老四就坐，坐在吳淮泗那方。吳居右，洪居左，中間兩張大太師椅空放其中，莫非今天鼎鼎大名的蔡牽會來？林蕙妍心情緊張。

只見洪老四為人豪邁，以碗代杯，酒水一碗一碗分給手下，仰頭便喝，大口啖肉，滿室豪氣。

鯊嘴城也貪吃，一啖肥豬肉，遙向洪老四敬酒。鯊嘴城向林蕙妍低聲道：「洪老四是台南最有名的山匪首領，蔡牽勢力以台灣為基地。洪老四在台南很有名望，他替蔡牽號召了數千人入黨。剛才他手下的陳棒、葉豹、李璉、盧平，在江湖上都薄有名氣，皆是各有戰績的起義軍首領。」鯊嘴城又喝一口酒，續道：「洪老四很會用兵，清兵攻到山上，莫不敗陣。清狗淡水都司陳廷梅戰死，同知胡應魁重傷，兩陣皆敗在洪老四手下。山上用兵如神，江湖上無人不服老四。」

話口未完，一隊雄壯的青年入來，個個渾身是勁，赤裸上身，不少背部紋龍，翹勇善戰。唯獨中間有個胖胖的中年漢子，一身絲綢藍衣。臉甚慈祥，有如活佛，笑口常開。頸上一串佛珠，顆顆如葡萄，玉氣碧光，一看就知價值連城。

「來者氣派不凡，莫非是鳳尾幫主『閻王』蔡牽？」林蕙妍心道。

只見那位胖胖的中年漢子，抱拳作揖，道：「公道兄，別來無恙。」

陳近南站立，拖拳，道：「朱幫主，久違了。」

「朱幫主」手下帶來一個小禮盒，「朱幫主」接過了，隨即上前，雙手恭敬呈獻給陳近南，道：「小小意思，不成敬意。」

打開一看，是一座玉器關公，恰如手掌一樣大，端的手工精緻，神態自如。「好！好！好！朱幫主，太客氣了！」陳近南收納，隨即呼叫左右：「開貢酒！都是大清王室取來的，供大家享用。」

在林蕙妍等的左側設座予「朱幫主」。

「來者莫非是江湖傳聞中的『浙王』朱濆？」林蕙妍低聲問鯊嘴城。

「正是朱濆，自封『海南王』，擅於打交道，人面闊。朱濆原是富戶出身，以截劫富商起家，後來與潮州澄海縣的海商林五，不打不相識，因為截劫多次後反而合作，成為好友。朱濆與林五合作，勒索其他商人。朱濆又擅於用錢疏通官路，實行官商合作，黑白兩道通殺，江湖上幾乎沒有敵人。」鯊嘴城低聲道。

「酒好！酒好！」朱濆與陳近南互相敬酒。

「人齊了嗎？」朱濆問。

「還有一位上客，今天將會很熱鬧。」陳近南淺笑。

但見大門打開，一對身材中短的夫婦，其貌不揚；左右彪形大漢，一色天藍，抬著一個巨型木箱進來。木箱之巨，前後十多人一起抬，煞有氣勢。

吳淮泗棄座站立，一眾凰山兄弟扶翼左右，大叫：「大老板！」「老板娘！」洪老四不甘後人，不單站起來，在陳棒、葉豹等諸位好漢簇擁下，擠到那對夫婦左側身旁，大叫：「大出海！」

吳淮泗與眾鳳山兄弟爭先恐後，擠到那對夫婦右側身旁。

陳近南親自上前親迎，抱拳道：「蔡大老板，老板娘，洪門陳某恭迎。」千呼萬喚始出來的一對夫婦，正是江湖上聞名色變的「閩王」蔡牽，自封「鎮海威武王」，獨霸一方。

「太客氣了！禮南兄，一收到英雄帖，我們馬不停蹄趕到。」蔡牽跟「老板娘」交換眼神，道：「來時匆匆，沒有什麼準備，薄禮一份，請禮南兄不嫌。」

「老板娘」一雙大眼打個圈，迅速在滿室打個轉，狀甚精明。只見她看中大門口前約二十步位置，走在那個地方，往空中拍兩下掌。

眾天藍衣大漢將那個巨木箱抬到「老板娘」所示位置，拆開來，竟是個巨大的關帝像，足有十尺高。關公揮動著青龍偃月刀，鬍子因為舞刀隨著吹起，雙眼骨碌有神，端的巧奪天工，匠心獨運。鎮守門口，威風凜凜，令人震懾。

陳近南忍不著繞圈看一周，讚歎不已。

林蕙妍與鯊嘴城亦忍不住走出來，繞圈一看，確實歎為觀止。

鯊嘴城一邊走，一邊低聲跟林蕙妍耳語。

「原來蔡牽是福建同安人，素來在江湖上行走，殺人放火，以惡知名。」

「原來蔡牽曾經犯法，受到官方通緝，入海逃避。」

「原來蔡牽以夫妻檔合作，在海上稱霸，最威風的時候，北至山東，南迄兩粵，建立沿海的商務大道，所有商船都要向他們交過海費。」

關帝像太宏偉了，大家走完一圈，又再走一圈欣賞，其樂無窮。

鯊嘴城一邊走，一邊低聲跟林蕙妍耳語。

「你看啊！你看啊！你看蔡妻一雙眼，又大又亮，一睇就知，莫以為她只是個小女人，其實是聰明過人，驍勇機智。『老板娘』在江湖上有個綽號，叫做『龍驍詐』，人人都知她才是幕後的軍師，奸狡詐滑，鳳尾幫的風波，多次都由她用計搞定的。」

「你看啊！你看啊！朱濆只是獨坐一隅，乾吃花生。你就知道江湖上傳言是真的。朱濆人緣這麼好，這麼喜歡交朋結友的人精，怎會不來一起湊熱鬧呢？你就知道朱濆和蔡牽兩方不和的傳言是真的。」

「你看啊！你看啊！朱濆與蔡牽沒有眼神接觸，你就知道江湖上傳言鳳尾幫與橫小幫不相往來的消息是真的。原來蔡牽勢力愈來愈大，招攬江南一帶的好漢加盟。朱濆本是漳州人，曾經入閩與蔡牽合作。蔡牽的兇狠，龍驍詐的狡詐，朱濆的圓滑，完美組合，一時無兩。後來惹來清狗注意，派出蔡牽的同鄉水師李長庚，擅水戰。同安人打同安人，蔡牽多次大敗，蔡、朱二人互相埋怨，互相仇恨。二人反目，各自發展，互不相干。」

「你看啊！你看啊！人家陳近南陳總舵主多有分寸，他走過去拉朱濆一起來，要大家燒紅紙，拜關帝。做主人照顧得方方面面，周周全全。他早知道蔡、朱有心病，只有一個陳近南，才能夠把這兩個人物，拉到同一場合。」

只見大家送酒來，碰杯為敬。

陳近南見各方代表到齊，逐一介紹。林蕙妍才知道，原來自己和鯊嘴城今敞是代表紅旗幫張保仔來開會的。

只見各人手夾三炷香，在關帝面前發誓，結下「山海之盟」。從今以後，山上海下，不分彼此，不記恩怨，關帝為證，各派連枝，共同聯手，反清復明。

鯊嘴城低聲道，林蕙妍是張保仔身邊紅人，代表張保仔。林蕙妍但感胡裡胡塗代表紅旗幫出席這麼大的武林大會，十分好玩。

武林大會的重點，當然是選盟主。

吳淮泗、洪老四爭相要捧「大老板」蔡牽當盟主。吳淮泗道：「當盟主首要旗幟鮮明，不能一邊反清，一邊跟清狗做生意。近幾年真正能與清廷抗衡的大勢力，只有蔡老板。」吳淮泗一邊說，一邊盯著朱濆。有意無意之間，諷刺面面俱圓的朱濆，大家都知朱以賄賂大清官員發跡。朱濆怒而視之。

洪老四道：「今次大會名『山海之盟』，我老四當山賊，縱橫江湖幾十年，可以代表山上兄弟。這幾年造福江湖的，我們只服蔡老板。」陳棒、葉豹、李璉、盧平眾聲和應，一時之間，好似大勢已成。

只見蔡牽一直不言不語，沒有表態。但明眼人都知蔡牽手下眾多，儼如江湖大老板一樣。這幾年愈來愈旺，更印有「光明正大」王印，自封「鎮海威武王」，氣勢如虹。

吳沙喝一口酒，大力把碗摔在枱面，道：「當盟主，不是恃勢凌人的！是要服眾心，領群雄。蛤仔難只是專心務農，本來很少涉足江湖。這麼多年來，清狗多次派兵來犯，誰來幫蛤仔難？莫不是朱濆兄。我阿沙，向來快人快語，蔡老板一直只是冷眼旁觀，不單沒有幫手，還要趁勢來逼迫蛤仔難分地。蛤仔難是不會屈服的。若果蔡老板當阿頭。我們蛤仔難就撤！」吳沙的漢語不是太純正，但是語氣肯定，斬釘截鐵一樣，令人感到沒有任何轉彎餘地。

朱濆冷笑。龍驍詐道：「我來說句老實話，大老板一向照顧同道，蛤仔難勤於耕作，誰人不喜歡呢？種了一圍，又種一圍，誰不佩服呢？據我所知，兄弟來訪，只是談共同開發土地的合作。我們一心想一起發財，一起抗清。門戶不開，怎麼合作呢？對不對？我們想過帶兵來協防，只是怕引起更多誤會。今次大家袒蕩蕩來談，是最好時機呢！」

龍驍詐發揮她能言善辯的才華，吳沙是老實人，一時不知如何應對。

朱濆沉吟，道：「……嗯……江湖紛亂，大清不弱。如果大家不能團結，會給大清機會逐一對付我們。」這番說話把握到時局的重點，大家不禁嚴肅起來。朱濆續道：「但是要領導群雄，必須有足夠的威德，才能服眾。方今天下，依我看……只有公道兄，真心讓人折服的。就讓天地會做盟主吧！」

陳近南謙讓，道：「陳某何德何能，豈敢言領導群雄呢？」

蔡牽道：「有德行，有能力的，才能夠擔當領袖。老實講，我蔡某什麼人也不服；除非公道兄出來。否則，江湖從來是散沙，不見得需要聯盟，就讓他繼續吧！」

大家見蔡牽都表態了，本來心裡還想撐蔡牽的，都不再發聲了。全室目光，一時間都投向陳近南。

「各位英雄愛戴，甚感欣慰；但是我爛屐四，不過一介武夫，老粗人不會外語，如何興邦立國呢？」陳近南一番老實話，令滿室困惑。若不是陳公道，誰還有這個資格呢？眾人你眼望我眼，未知陳近南心裡賣什麼藥。

陳近南喝一口酒，清清喉嚨，朗聲道：「方今武林，足以抗清的，除了漢人，還需要懂得與域外溝通，足以與英葡等外國鼎立，才能為民建立福祉。依我看，只有紅旗幫張保仔，才是我們的領袖。」

眾人目光都落在林蕙妍身上，但是眼光充滿懷疑。

龍驍詐道：「今日武林大會，張保仔本人都不來，我們為何要相信他？況且我不見得張保仔願意合作。」

龍驍詐一鼓動，洪老四、吳淮泗、陳棒、葉豹、李璉，盧平等你一言，我一語，互相和應，表達不滿。滿室怨氣，吵吵嚷嚷。

鯊嘴城朗聲道：「我沙香城，是紅旗幫當家，可以代表說一兩句話。若果大家真的願意由我幫領導，我沙香城勸張保仔來當領袖。」

洪老四反唇相譏，道：「呸！我們真的很想依靠張保仔啊！」

朱濆道：「張保仔近年冒起得快，能與外國人直接溝通，連殺幾個大清猛將，又屢敗外國戰船，連大不列顛帝國的東印度公司都買他怕，實力確是無人匹敵。」

黃塞鼻道：「張保仔亦有規則，不做鴉片生意，專劫外商，與民約法三章，廣得民心。這些都是街知巷聞。」

朱瀆道：「陳公道兄都佩服的人，朱某絕不懷疑。」

陳近南向朱瀆報以感激眼神，道：「陳某所想，不是個人利害，而是人民福祉。只有真正能安內攘外的領袖，才是國民的幸福。」

蔡牽道：「難道我們今天山海之盟，就選一個不出席的人當領袖？我怕座上很多英雄也不服，我們顏面何在？今後如何在江湖立足？」

洪老四、吳淮泗、陳棒、葉豹、李璉，盧平等互相叫嚣。

龍驍詐道：「張保仔也不見得長勝不敗，大清派上大將孫全謀偷襲張保仔成功，兵困赤瀝角；我收到小道消息，滿清連同佛朗機人聯軍，正從澳門出兵來，我只怕張保仔只是泥菩薩過江，自身難保。」

洪老四、吳淮泗、陳棒、葉豹、李璉，盧平等拍枱拍櫈，吵吵鬧鬧。

陳近南朗聲道：「請聽我一言。」

蔡牽揚一揚手，洪老四、吳淮泗等人才安靜下來。

「我們不如打個賭。」陳近南道：「我們各方都不要出手，且看紅旗幫能否力戰清佛聯軍？

若果紅旗幫實力在清兵與佛朗機人之上，我們依仗張保仔的兵力，不怕打不上北京。」

滿室鴉雀無聲，各自盤算。

吳沙打破沉默，道：「陳公道之言，甚有道理。我們之中，有誰敢言實力能撼動清兵與佛朗機人聯手？若然張保仔真的做到，我們蛤仔難第一個支持。」

朱濆道：「這樣的打賭，甚有意思！朱某覺得可行。」

龍驍詐道：「我看等張保仔真的打勝了，再看吧！」

陳近南不理龍驍詐，只看著蔡牽，問道：「大老板，這個賭局，你跟不跟？」

蔡牽沉吟半晌，歎道：「公道的意思甚美；但張保仔不在，這場賭博不見得會成功。」

鯊嘴城道：「言慧林是張保仔最信任的人，有他在，可以跟張保仔直接對話。若張保仔打勝聯軍，而不願意來做『山海之盟』領袖，我鯊嘴城的首級可以摘下！」

林蕙妍心裡慌張，本來是被擄走了，胡裡胡塗卻來了這個什麼武林大會，怎麼變成了大會的主角？但是嘴裡卻道：「放心！包在我身上！」群情洶湧，林蕙妍也是見慣大場面的，現時勢成騎虎，不得有半步退卻餘地。事情發展到這一步，亦不是林蕙妍所想到的。

＊　　＊　　＊

聽著林蕙妍一五一十，說罷這番奇遇，張保仔只覺不可思議。

「一個漢人統治的新政權，就在你手。」蕙妍捉著張保仔的手，道：「只要你相信我！」

張保仔閉上眼，感受她手的溫柔，再張開眼，林蕙妍深情的雙眼中，充滿媚態，立即摔開她的手，大叫：「你扮男人欺騙我感情，還要我相信你？」

林蕙妍歎道：「都是命運，在江湖行走，不可能以女裝示人。但是我一直不敢公開真正性別，怕你接受不了。但是我想通了！」林蕙妍定睛凝視張保仔，道：「如果你真正喜歡我，哪怕我是男是女呢？你喜歡的是我，不是我的性別。」

張保仔打量林蕙妍女性的臉孔。

林蕙妍一張嘴慢慢送過來，那是一片溫熱的嘴唇，還有她的舌頭。

張保仔如墮夢中，呼吸也有點困難。

林蕙妍女生男相，英姿之中有一種秀氣。

他第一次欣賞到她的女性媚態。

林蕙妍定睛凝視張保仔，道：「我對你是真的！我雖然出生官宦之家，但是這幾個月跟你東奔西跑，我真的看到了漢人的希望。你能夠改變海盜的本性，你對洋人的不留情，你戰鬥時的冷靜，我知道將來，你會是皇！」

「漢人若能夠團結，真的有機會推翻滿清？」張保仔疑惑。

「大家都尊你為首。漢人的事情，只有漢人自己救！」

「石氏勸我降清，是因為時勢；蘇懷祖勸我投英，是因為命運；你勸我做反，為了什麼？」

「為了情！」

「為了人民的感情？為了反清復明？」

林蕙妍點首，想一想，又搖頭。

「為了兄弟手足之情？為了鯊嘴城以首級為擔保的承諾？」

林蕙妍點首，想一想，又搖頭。

「為了你我之情。」林蕙妍提著張保仔的手，伸進她的肚子裡，道：「你感覺到嗎？」

張保仔只覺觸手溫暖，但是撫摸良久，發現有心跳起伏在其中。

張保仔心裡一慌，問道：「這是什麼？」

「是你我的骨肉！」林蕙妍定睛看著張保仔，道：「你要為下一代的自由努力。」

張保仔嚇得立即縮手，大叫：「我怎麼可能無緣無故會有骨肉？」

「你難道忘了那一晚的事嗎？」林蕙妍見到他的反應，雙眼含淚。

「那一晚？我什麼都沒有做……」張保仔十分訝異。

「你自己做過的事情，你自己不知道嗎？」林蕙妍嗔道。

門外心齋的拍門聲。

「孩子是誰？難道做母親的不知道嗎？」林蕙妍咬一咬唇，也許太激動，下唇咬破了，道：「我是處子之身，我只給過你……」

張保仔只覺莫名其妙，他只記得那晚他們玩摔交，林蕙妍掙扎走了，但是他們之間確實沒有發生過什麼事情；但是此情此景，又好似難以爭辯。

門外心齋的拍門聲。「張公子，你這邊沒事吧？」

「沒事！」張保仔大喝。

「我要入來了！」

「你站好！」張保仔大喝。

林蕙妍一行眼淚無情滑下，幽幽的道：「天光之前，你提燈籠來。西岸香樹，備有快馬，直奔西灣。不見不散！」

林蕙妍的眼神，在長髮飄逸之中，充滿期盼，充滿怨恨，好像一直看著張保仔。

房門打開了，心齋已在房間，盯著張保仔。

只見窗已打開，林蕙妍的倩影早已不在。

「張公子，剛才我聽到有聲音，什麼人在？」心齋四處打量。
「你來，我告訴你。」張保仔低聲道。
心齋貼近張保仔。
「在上面……」張保仔道。
心齋向上一看，忽然面前一黑，鼻子一甜，已吃了張保仔重重一記痛擊。
「你算是監視我嗎？你給我滾！」張保仔大喝。
心齋鼻子都在滴血，走出房間，狠狠地關上房門。

室內就只有張保仔一人。
夜，闃靜。是最自由的一刻。
回看半生，張保仔沒有一刻，是自己好好選擇。
登上海盜船是鄭一所強擄，擔任幫主是鄭一的心意，殺害鄭一是石氏的主意，成為「海之子」是蘇懷祖的精心策劃……張保仔覺得自己的前半生，好像斷了線的紙鳶，不受自己決定的。
「我是斷了線的紙鳶，不受控制，不聽指揮，魚絲斷了，乘風而去，一去不返，放任自由。」張保仔心道。

「如果我現在收拾行裝，穿上白色西裝，可以跟石氏一起生活，加入清廷當大官，享富貴榮華。」

「如果我找蘇懷祖，可以擁有英國的船堅礮利，與大英帝國聯手抗清，勝選極大，可以揮軍京城，揚名世界。」

「如果我到岸邊香樹，便可以跟蕙妍生活。我跟天地會成員、闖王、浙王聯成漢人反清兵團，以漢人的團結，抗暴腐敗的滿清政府，立萬世功業。」張保仔心道。

他把頭探出窗外，外面靜寂。碼頭很黑，只有星光伴隨。

「天光之前，岸邊香樹。不見不散！」林蕙妍的聲音猶在。

摸一摸口唇，那一吻的餘温猶在。

極目遠處，彷彿看到她就在碼頭的香樹前等他，然後有一對年青俠侶，策騎快馬，快意夜色，穿越一片香樹之間。

張保仔喝了一杯威士忌，心道：

——我是斷了線的紙鳶，不受控制，不聽指揮，魚絲斷了，乘風而去，一去不返，放任自由。

——我在等什麼？

張保仔也不清楚，難以拿定主意。他又喝了一杯威士忌，問大海。

天猶未破曉，海不語，只有無盡的深沉，風雲無間，波浪詭譎，無垠的漆黑，看不到半點光亮……

九、無盡的夜

威士忌之後，是伏特加。伏特加之後，是白蘭地。白蘭地之後，是貝里斯。貝里斯之後，是威士忌。

喝第一杯酒，張保仔坐在欖上。

喝第二杯酒，張保仔依然坐在欖上。

喝第三杯酒，張保仔依然坐在欖上。

這一夜，特別長。

天，好似永遠不會見到光明。

喝第四杯酒，張保仔依然坐在欖上。

喝第五杯酒，張保仔依然坐在欖上。

喝第六杯酒，張保仔依然坐在欖上。

天猶未破曉，海不語，只有無盡的深沉，風雲無間，波浪詭譎，無垠的漆黑，看不到半點光亮……

——張保仔呀，張保仔，你在等什麼呢？

聲音似從海裡來，又隨著風捲走。來得這麼輕，又鑽得那麼深。那好似是誰的聲音，又好似是自己的聲音。酒的氣味。海的聲音。搖晃的韻律。衣服隨風盪蕩著肌膚的感覺。整個香港仿似危立於崩潰死亡前。鹽一樣的悲傷從鼻孔走到眼眶變成酸酸的怪味。淚水交織成模糊不清的前景偏要努力尋找意義方向與目的。潮濕的時間被拖著重重的鎖鏈不夠勇氣往前移動一步。

——我是斷了綫的紙鳶，不受控制，不聽指揮，魚絲斷了，乘風而去，一去不返，放任自由。

——也許，我在等

——一陣風……

夜，無盡的黑，無盡的寒。

十、黎明之前

夜，無論多漆黑，無論多漫長，也會有破曉的時候。

百艘戰艦泊在岸邊，靜靜的。燈前各掛小燈籠，霧氣瀰漫之中，點點閃爍，猶如星空。

靜，鳥兒仍在夢中，沒有鳥兒的歌聲。

靜，可以令人心安，可以令人心顫。

靜，能夠聽見自己的呼吸聲，自己的腳步聲，燈籠掛在竹枝上搖動摩擦聲，風吹衣裳搖曳晃動聲。

霧氣深深，一燈籠，張保仔蝸蝸獨行。

霧氣看不清前路，沒有人知道張保仔選擇走向哪方。

走去石氏的船上？走到蘇懷祖的船上？還是遠行至岸邊香樹會林蕙妍？

沒有人知道。

霧氣深深，一燈籠，張保仔蝸蝸獨行。

霧，似在護送著張保仔前行，行去他想去的地方。

霧，似躲著很多很多雙眼睛，不知有多大的力量想阻止他想去的方向。

天，裂開了一條小小的縫。

漆黑的世界，彷彿被割開了一道傷口。血光乍洩，怕要流出來了。

沒有時間容許多想。不管前面是龍潭虎穴，是地獄無門，還是柳暗花明，他只有向前行。

沒有時間可以多想了。

張保仔深吸口氣。

隱隱然感到天命之將盡，時日之無多。

酒氣，本是充沛了全身血脈，支撐著自己熱血沸騰前行的動力。

黎明前的空氣特寒，一下子，酒氣，吹得煙消。

霧氣深深，一燈籠，張保仔踽踽獨行。

他懷著他的希望，他的夢想，往前行。

霧氣中似有鬼差，默默的帶著他踏向鬼門關。

能否真的可以走到目的地？他不太肯定。

霧，鎖香港。

霧氣深深，一燈籠，張保仔踽踽獨行。

〔完〕

故事之後

故事之後有一個殘酷的結局，掙扎了多次，要不要讓這個結局面世呢？最後還是放在「故事之後」。如果你不想看到殘酷無情的現實，千萬別打開來看，讓你保留著故事的希望，讓你繼續為張保仔抉擇一個美滿的方向，留下一塊空白的想像空間。

認真的，想清楚才往下看了！

現實不一定帶來快樂的。如果你看下去，需要有足夠的心理準備啊。

霧，鎖香港。

霧氣深深，一燈籠，張保仔蝺蝺獨行。

一陣寒風，陡然而來，吹動了雲，掩蓋了日月。

一陣寒風，陡然而來，熄滅了燈籠，不見光，霧氣中只有漆黑。

一陣寒風，陡然而來，驚動了樹，樹枝擺動急勁。張保仔抬頭，只見漆黑之中，只有漆黑。

一陣寒風，陡然而來，寒涼的感覺，在頸項上清脆地滑過。然後耳聽到泉噴的聲音。據說那是世上最美妙的聲音，聽著聽著，令人忘記了時間，忘卻了空間，進入了一種非詩非夢的狀態。

張保仔彷彿嗅到一陣香甜的味道，身體輕飄飄的，彷彿會飛起來。

天裂開了，晨曦從裂縫中射出來，穿越過人間，在濃濃厚厚的雲霧中乍現。

一切如夢幻，一切如泡影，張保仔看到自己站在自己面前，一樣的服飾，一樣的裝扮，一樣的神情。

張保仔聽到另一個張保仔說：「你知道為什麼你是張保仔嗎？只因為你擁有這個命相。」

張保仔聽到另一個張保仔說：「相由天定，命隨相行。你知道這是個什麼命盤嗎？天生異相，陰陽並生。一生幸運，逢凶化吉，轉危為機，遇險不驚。手握兵權，統領一方。」

張保仔聽到另一個張保仔說：「我跟你同一個相，卻有不同的命，我一直苦思不得其解。就好似一件未開鋒的神兵利器，若果終身不能開鋒，只能飲恨。但是多得你的好朋友言慧林，令我想通了很多事情⋯⋯」

霧氣中的光，閃閃爍爍。張保仔慢慢知道，這不是一個夢。閃爍的光，在霧中穿插流動，張保仔的燈籠不知何時掉了，霧氣中見到一條紅色的水柱，染紅了雲霧，又很快被雲霧吞噬。對面的張保仔左手提著燈籠，右手握著一把鋒利的小刀，小刀上沾了血光，霧光中閃閃爍爍。

張保仔向那個持刀的張保仔道：「言慧林的肚，是你幹的？」

那個持刀的張保仔向張保仔說：「你知道開鋒的感覺嗎？都是言慧林給我的靈感。我起初以為把她灌醉了，趕她走。其實她是裝醉的。她一直裝成男人，原來是個美女。她一直暗戀你，她把我當成你。我第一次做了個男人，我第一次感到可以取代你！」

張保仔向那個持刀的張保仔道：「你是個畜牲！」

那個持刀的張保仔向張保仔說：「是你逼我變成一頭畜牲的！你記得我們第一次在船上見面嗎？你我相貌一樣，恍如鏡子。你要我當你的替身，一個永遠活在你陰暗世界的影子。你知道做影子的感覺嗎？我心裡只有妒忌和憎恨，為什麼你可以擁有一切？一切的權力，一切的金錢，一切的愛戴。你我本來同相，而你在光明，我在陰暗，為什麼？後來我想通了！是你給我的機會，是上天給我的機會，讓我一直留在你身邊，就是為了等今日。」

張保仔向那個持刀的張保仔道：「你這個仆街！竟敢取代我？」

那個持刀的張保仔向張保仔說：「正確一點說，你做張保仔這個角色太長時間了；下半場，由我演下去吧。我旁觀者清，張——保——仔，太厲害的神話了！大清要勸你歸降，全世界都看著你，你身處危險的權力角力漩渦之中，我希望張保仔的下半場可以平平安安，長命百歲，生活富足；你卻偏要去闖！逆天而行。今日我只是替天行道，為張保仔的命運，做一個正確的選擇！」

張保仔向那個持刀的張保仔道：「漢人的命運，都毀在你手！你憑什麼去做選擇？」

那個持刀的張保仔向張保仔說：「你記得亞丁嗎？那個鄉下兒時好友。在你跟他見面後，我再入去亞丁的家……」

張保仔向那個持刀的張保仔道：「你跟蹤我？」

那個持刀的張保仔向張保仔說：「我用亞丁的孩子，脅迫亞丁見村裡的老人，那些曾經目睹你媽媽懷孕的老人。我一直有一個懷疑，身上藏著那個賤人的相圖，向幾個老人求證過，那個強姦你母親的畜生。你道是誰？你聽清楚，就是你最敬愛的義父鄭一！不！鄭一其實不是你的義父，他根本就是你的父親！一個獸父！」

張保仔呻吟，噴血的聲音愈來愈小，也許血快要噴光了。聽說刀割喉頭，是很快樂的感覺。不會立刻感到痛苦，因為刀很快，很鋒利，血噴出來會有一種興奮的感覺。痛苦，是在血將噴完的時候，才會開始的。無法分清楚是他感到肉體的痛楚，還是消息太震撼，帶來心靈的痛楚。畢竟鄭一與張保仔的關係撲朔迷離，無論情感、肉體、倫理上都是如此這般離經叛道，如此這般刻骨銘心。

「我還聽到一個很震撼消息。」那個持刀的張保仔向張保仔說：「當時你媽媽生了一胞孖胎，一個留在村裡，一個她自己抱走了。」

張保仔向那個持刀的張保仔道：「你我是同胞雙生的兄弟？」

那個持刀的張保仔向張保仔說：「媽媽本來是安南港第一美人，被鄭一擄上賊船，逼做押寨夫人。我上船是為了親手殺死鄭一，不過看來你比我早一步，向他餵了毒！天，給鄭一佈下了最荒唐的報應！鄭一強姦我們的媽媽，雞姦自己的兒子，再被兩個兒子殺兩次。天理循環，報應不爽！你知道這一切來龍去脈，可以瞑目啦！」

張保仔已經躺在地上，臉上全是白色，頸上沒有血再噴出來。霧氣漸散，晨光漸放，身體倒變得愈來愈冰冷。

張保仔向那個持刀的張保仔道：「張保仔人生下半部的故事會如何發展？」

「你很想知道嗎？」那個持刀的張保仔臉上神采飛揚，容光煥發，道：「我就偏不告訴你！」

張保仔只見張保仔持刀在自己臉上劃一個圈，他的臉落在張保仔手裡。沒有了臉相的人會怎麼樣？張保仔無法知道，身體很虛弱，他只見到霧氣也虛弱，陽光下，只見持刀的張保仔雙目，充滿自信。眼睛好似一個深不見底的泉，泉水洋溢，把人的靈魂亦能懾走勾去了。

「哈哈哈……」張保仔大笑，雖然有點有氣無力。

「你真是個樂觀的人！」那個持刀的張保仔向張保仔說：「你現在連顏面也沒有，比鬼更酗陋。」

「你我真正互換身份了。」張保仔向那個持刀的張保仔道：「其實我要向你道謝。」

那個持刀的張保仔向張保仔說：「向我道謝？」

「我早已不想活了！」張保仔向那個持刀的張保仔道。

那個持刀的張保仔一怔，向張保仔說：「你是明知道沒有活的希望，故意用說話激我吧？」

「不，我是認真的。」張保仔向那個持刀的張保仔道：「我不用做決定了，這一刻才感到真正的自由。你知道嗎？這麼多年來，我沒有一刻不在恐懼之中活著。正如你所說，表面上，我是一個海盜的領袖。實際上，他們這班成年人只是利用我。他們從不想把真正的大權，交給我這個年輕人。他們當中其實誰也不想做這個領袖，卻喜歡在背後玩弄權力。因為領袖就要面對壓力，成為焦點。所有勢力都會對準這個領袖來搞。事實上，青年人只是個傀儡，真正的權力依然在這批成年人手中。所有目光卻在我身上，這種生活令人厭捲極了。」

「你想我不要降清？你不相信清朝的大官，更不相信你的太太石一嫂；當然你更不可能相信英國的成年人……」那個持刀的張保仔向張保仔說：「我知道你的心願，其實你想我去找言慧林？這是激將法。哈哈哈……我不上當。」

「我當時沒有想清楚！其實就算找到陳近南，我跟他們素未謀面，他們憑什麼要推我做盟主？什麼反清復明，不過是另一場權力遊戲。成年人的世界，都喜歡放一個青年人做權力移交的對象，其實從來沒有真正的權力移交，只有權力控制。你明白嗎？你……明……白……嗎？我其實……其實……很想你……替我跟言……言……言仔……說一聲……不論他是男……是女……我其實最想……跟他一起……」他的口唇乾了，那張沒有顏臉的臉，盡是紅色的血肉，非常嚇人。只見他雙眼一翻，氣絕了。

張保仔把燈籠掉在那具沒有臉相的屍體上，火把屍體上的衣物點燃燒起來。張保仔抱了一塊大石，把燒焦的屍體綁在一起，掉入水中。

噗通一聲。

一個無法估計如何發展的故事結局，掉入河中，下沉到不知幾千幾萬里的水底中。

沒有顏臉的人最後的言論，語重心長；但是張保仔其實不是聽得很明白。不過，一切都不重要了。張保仔胸有成竹，一切跟著心目中的想法而行。

張保仔向著石一嫂的船上走去。

其時陽光充沛，天朗氣清。大清旗早已懸掛，在艷陽中飄揚。

* * *

不遠處岸邊的香樹旁，有一少女，牽著兩匹駿馬，呆呆等到日出。

忽見天變異色，日被吞蝕，天全黑，風急勁，海浪翻騰。

斗轉星移，一顆巨星，劃破長空，急墮而下。

那個少女很失望。

聽說她很傷心，一個人策馬而去。

林蕙妍心傷寂滅，大地的榮華不是真的，大海的梟雄都失信義。一個斷腸人，孑然一身，獨自策馬，走了很長很長的路，穿過了沙灘，穿過了村莊，穿過了樹林，一直走到了湖水中心。

天下之大，無所容身。

不如就躍入湖中，抱石投身，葬於天湖……

但見水中倒影，芳香脫俗世，綽約若處子，陰中有陽，陽中生陰。遠處有禪院鐘聲，越群山，梭霧氣，洗滌心靈。

林蕙妍自幼與佛有緣，念及就此了盡餘生，心有不甘。

陡然頓悟，獨上大漁山之巔，削髮為尼，道號無心。從此歸依佛門，終生不嫁。

後記

話說張保仔被兩廣總督百齡招撫，此後易名張寶。百齡幾乎孤身上船，勸降一代梟雄張保仔，為後世所樂道。當時百齡曾賦詩，自鳴得意。不過後人幫他改了一筆，變為「嶺南一事最堪記，撫賊歸來啖荔枝」，「殺」易為「撫」，是嘲笑百齡不切事實。後來清史有載：

……粵洋欠不靖，巨寇張保仔挾眾數萬，勢甚張。百齡至，撤沿海商船，改鹽運由陸，禁銷贓、接濟火米諸弊，籌餉練水師，懲貪去懦，巡哨周嚴，遇盜輒擊之沉海，群魁奪氣，始有投誠意。張保婦鄭尤黠悍，遣朱爾賡額、溫承志往諭以利害，遂勸保降，要制府親臨乃聽命。百齡曰：粵人苦盜久矣，不坦懷待之，海氛何由息。遂單舸出虎門，從者數十人。保率艦數百，轟礮如雷，環船跪迓，立撫其眾，許奏乞貸死，旬日解散二萬餘人。……

〈百齡傳〉，《清史稿．列傳》第一三〇頁

反清勢力沒有張保仔擔當首領，四分五裂，先後遭清廷逐一殲滅。陳近南在博羅羊屎山發動起義，遭官兵圍剿，陳潛逃往增城流環峒期間遭官兵殺死。蔡牽與朱濆聯手，但是朱濆中了浙江巡撫阮元的離間計，朱濆率船往閩海，在金門洋遭清總兵許松年水師截擊，中炮身亡。其後蔡牽遭福建提督王得祿組成的聯軍圍剿，蔡牽力戰至僅餘十數艘船，自沉船而死。

至於，張寶官運亨通，嘉慶二十四年（公元一八一九年），升為福建閩安協副將，曾轉任澎湖協副將。當時林則徐任江南道監察御史，參了張寶一把，在嘉慶二十五年二月十七日，向上呈上奏摺〈副將張保不宜駐守澎湖並應限制投誠人員品位摺〉。林則徐在該奏摺開宗明義是點名批評張保仔，是否緣於林蕙妍與張保仔一段有花無果的情緣，則不得而知了。林則徐在奏摺上力陳張保仔的海盜背景，是不值得朝廷相信的。林則徐在奏摺中，既反對張保仔鎮守澎湖重鎮，更為投誠人員的品位設限，嘉慶皇帝取納其意見。可以說，張保仔終其一生只能官至「副將」，不能擔任總兵，是直接受林則徐的這封奏摺所致。

林則徐為人正直，文武雙全，後來官拜湖廣總督，任內做了一件轟動歷史的事情，就是在廣東虎門銷鴉片，時為道光十八年（公元一八三九年）。引發了後來的鴉片戰爭，香港亦隨著南京條約，割讓香港島，寫下了香港近百年的殖民地歷史。

全文完

張保仔

作者　黃勁輝

封面繪畫　Alan Cheung@fatlundraw
封面題字　伍翠蓮
內文排版　陳灝堂

出版　文化工房
香港九龍青山道 505 號通源工業大廈 6 樓 C1 室
電話/WhatsApp　5409 0460

香港發行　香港聯合書刊物流有限公司
香港新界大埔汀麗路 36 號中華商務印刷大廈三字樓
電話　2150 2100　　傳真　2407 3062

台灣發行　遠景出版事業有限公司
220台北縣板橋市松柏街65號5樓
電話　02 2254 2899

出版日期　2019 年 5 月 初版
2019 年 7 月 再版

國際書號　978-988-79552-1-4

上架建議　香港文學：小說